Hochsommer in Schattin, ein Dorf im Norden Mecklenburg-Vorpommerns. Christin ist Mitte zwanzig und vor kurzem auf den Milchviehbetrieb ihres Freundes Jan gezogen. Dem Geruch der Tiere, den Schwielen an den Händen und den dreckigen Gummistiefeln kann sie allerdings nichts abgewinnen, sie träumt von der Großstadt und einem Job im Büro. Doch daraus ist bis jetzt nichts geworden. Wo soll Christin auch hin ohne Ausbildung und ohne eigenes Geld?

Unerschrocken und mit großer Wucht zeichnet Alina Herbing eine ehrliche und unromantische Milieustudie über das Landleben und eine vernachlässigte Nachwendegeneration. *Niemand ist bei den Kälbern* ist ein Roman über Grenzen und Grenzüberschreitungen, über Existenzkämpfe und die Suche nach einem besseren Leben.

»Ein ziemlich umwerfender Heimatroman aus einer vergessenen deutschen Gegend.«

Katja Engler, *Hamburger Abendblatt*

Alina Herbing, geboren 1984 in Lübeck, wuchs in Mecklenburg auf und lebt heute in Berlin. Sie studierte in Greifswald, Berlin und Hildesheim. 2017 erschien im Arche Literatur Verlag ihr vielbeachtetes Romandebüt *Niemand ist bei den Kälbern*, das unter anderem mit dem ›Friedrich-Hölderlin-Förderpreis der Stadt Bad Homburg‹ ausgezeichnet wurde. Der Roman kam 2022 verfilmt von Sabrina Sarabi in die Kinos. 2024 erschien Herbings zweiter Roman *Tiere, vor denen man Angst haben muss*.

Alina Herbing

Roman

Niemand ist bei den Kälbern

Handlung und Figuren in diesem Roman sind frei erfunden. Jede Ähnlichkeit mit lebenden Personen ist unbeabsichtigt.

Das Zitat auf Seite 52 aus dem Roman *Herr Lehmann* von Sven Regener wurde der Taschenbuchausgabe entnommen – Wilhelm Goldmann Verlag, München, S. 6; © Eichborn Verlag in der Bastei Lübbe AG, Köln.

Ungekürzte Taschenbuchausgabe
3. Auflage 2024
© Arche Literatur Verlag,
ein Imprint der Atrium Verlag AG Zürich
Alle Rechte vorbehalten
Umschlaggestaltung: Büro Jorge Schmidt, München
Umschlagmotiv: © Simone Belcher/Getty Images
Satz: Pinkuin Satz und Datentechnik, Berlin
Druck und Bindung: GGP Media GmbH, Pößneck
Printed in Germany
ISBN 978-3-7160-4008-9

www.arche-verlag.com
Instagram: arche_verlag

Auf der Landstraße wirbelte der Wind Staubwolken auf.

Gustave Flaubert, *Madame Bovary*
(Deutsch von René Schickele und Irene Riesen)

Seit Stunden verschwinden die Grashalme unter der gelben Plane. Wenn sie auf der anderen Seite des Mähwerks wiederauftauchen, liegen sie da und bedecken das Feld. Die abgemähten Halme sehen so weich aus, als könnte man sich einfach reinfallen lassen. Aber das kann man nicht. Dadrunter ist der Lehmboden und der ist hart wie Stein.

Ich sitze hinter Jan und gucke durch die zerkratzte Scheibe. Die Sonne war erst über dem Wald, jetzt sinkt sie auf den Flugplatz von Lübeck zu, wie eine Bombe, eine sehr langsame Bombe.

Ich muss schreien, wenn ich will, dass Jan mich hört. Aber bis jetzt wollte ich das nicht. Ich gucke auf den Leberfleck an seinem Hals, und mein Kopf schlägt immer wieder gegen die Scheibe, genau an der Stelle, an der schon ein Fettfleck ist.

Ich habe versucht, mir Büros vorzustellen, Strände und Cafés mit Tulpen auf den Tischen, aber überall sind nur Felder, bis an den Horizont.

Ein Rattern kommt aus dem Mähwerk, das neben dem Trecker das Weidegras vom Boden schneidet.

»Scheiße.«

Durch die staubige Scheibe sehe ich nur noch, wie ein Reh Richtung Wald davonspringt, und ich kann nichts dagegen machen, dass in meinem Kopf sofort Bilder sind von Knochen, Fleisch und braunem Fell, das innerhalb von Sekunden in winzige Fetzen gehäckselt wird.

Jan stellt den Motor ab. Ich höre mich atmen, und irgendwo im Trecker knackt es noch. Ich kann kein Wort sagen, will die Stille nicht gleich wieder kaputtmachen. Ich stelle mir vor, dass überall Blut klebt. Gedärme verfangen sich in den Klingen.

Meine Hände rutschen von Jans Schultern, als er sich aus dem Sitz schwingt. Blut sickert in den Lehmboden. Ich stehe auf und halte mich am Metallgriff fest, der so heiß ist, dass ich eigentlich wieder loslassen müsste, um mir die Handinnenflächen nicht zu verbrennen, aber dann würde ich sofort umfallen, so zittrig sind meine Knie noch von der Fahrt.

»Dauert das lange?«, will ich fragen, aber aus meinem Hals kommt nur ein Krächzen. Ich räuspere mich und versuche es noch mal. »Ich muss aufs Klo«, sage ich.

Jan kniet neben dem Mähwerk und hebt die Plane an. »Und ich hab Hunger.«

Ich ziehe mir die Sonnenbrille vor die Augen, bevor ich die Stufen runtergehe. Damit ich die Augen nicht zusammenkneife und sich bald dicke Krater über meine Stirn ziehen. So wie bei Manuela.

Ich schau mich um. Da ist nur das Windrad, das sich nicht dreht, und dann ist da doch ein kleiner brauner Fleck am Wald, der zwischen den Bäumen verschwindet.

Aber direkt vor mir liegen Fellreste. Sie sind viel größer, als ich sie mir vorgestellt hab. Die Haare sind noch ganz ordentlich, kein bisschen zerknickt, und ich hab sofort diesen Impuls, mich runterzubeugen und diese Fetzen zu streicheln. So ein komischer Streichel-Reflex.

Aber ich bleibe stehen, weil auf Tieren immer massenhaft Bakterien rumkrauchen.

Ich war noch nie dabei, wenn ein Kitz zerhäckselt wurde. Früher hat Jans Vater uns Kinder geholt, um vor dem Trecker herzulaufen beim ersten Schnitt, mit Stöcken in der Hand, die wir waagerecht von uns gestreckt ins Weidegras halten mussten. Eigentlich hab ich das nie wegen dem Fünfmarkstück gemacht, das wir dafür gekriegt haben, sondern weil ich unbedingt ein Rehkitz finden wollte. Hab ich aber nie. Wahrscheinlich waren wir so laut, dass die Rehe schon weggelaufen sind, als wir uns noch um den besten Stock stritten.

»Is das nich viel zu spät«, sage ich, »im Juni?«

Jan steht auf, sucht das Gras ab. Er geht auf ein Stück zu, an dem ein winziges Ohr hängt, völlig heil, als könnte es noch hören und wackeln und alles. Daneben liegt ein schwarzer Klumpen, der das Auge sein könnte oder die Schnauze. Mir wird schlecht.

Jan greift nach dem Ohr und wirft den Kopfrest in die Treckerspur.

»Da sind Bakterien dran«, sage ich.

»An dir sind Bakterien dranne«, sagt er, greift nach einem Knochen, an dem noch Fell hängt, und wirft auch den in die Treckerspur, in der ich stehe.

»Das stimmt aber«, sage ich, »die meisten Rehe sind von Lungenwürmern und Haarbalgmilben befallen.« Hab ich erst vor ein paar Tagen im Internet gelesen.

»Das is so frisch, das können wir zum Abendbrot essen«, sagt Jan.

Er wischt sich die Hand an seiner Hose ab.

»Knusprige Rehöhrchen.« Er will tatsächlich seinen

Arm um meine Schultern legen. »Kitz-Kotelett.« Ich kann gerade noch rechtzeitig wegtauchen. In diesen Momenten ist Jan so weit weg von mir, als wäre ich Bauchtänzerin auf Bora Bora und er eben Bauer in Schattin.

»Wollten wir nicht fertig werden?«

Ich setz meinen Fuß auf die unterste Treckerstufe, als ich Motorengeräusche höre. Zwei Kleinbusse fahren den Berg hoch, die weißen von der Windkraftfirma.

»Och nö«, sagt Jan.

Die Busse biegen in den Feldweg ein, schlingern hin und her um die Schlaglöcher und wirbeln so viel Staub auf, dass die Reifen verschwinden.

»Komm jetzt«, sage ich, kletter rein und setze mich wieder auf meinen Platz.

Die Luft ist immer noch unerträglich stickig hier drin und es riecht sogar ein bisschen nach verbranntem Plastik, als würden die Sitze mit ihren Gummibezügen gleich schmelzen. Die sind schwarz und saugen sich sofort mit Sonne voll, sodass man sich den Hintern verbrennt, wenn man sich draufsetzt. Die neuen Trecker haben Klimaanlagen, getönte Scheiben und so, und Jan hat erzählt, er hat sogar schon mal einen mit Kühlschrank gesehen.

Jan hat das mit den heißen Sitzen auf jeden Fall nie gestört, aber ich hab mal in der *Jolie* gelesen oder *Maxi*, ich weiß nicht mehr genau, dass die Spermien im Hoden absterben, wenn sie zu warm werden, und wenn sich Jan, seit er vier ist, auf diese Sitze gesetzt hat, ist es ein Wunder, wenn da überhaupt noch Leben zwischen seinen Beinen ist.

»Jan«, rufe ich nach draußen. »Jan!«

Es ist gleich halb neun. Ich hab Hunger. Ich will nach Hause.

Aber bevor ich aus dem Trecker springen kann, um Jan zu sagen, wie spät es ist, geht er los, quer durchs abgemähte Gras. Er wird immer kleiner und seine Gummistiefel schlackern um seine nackten Beine. Wenn ich nicht selber Stiefel anhätte, würde ich ihm jetzt hinterherrennen.

Eine Maus läuft vor mir in ein Loch im Boden. Über Lübeck startet ein Flugzeug und fliegt direkt in die Sonne. Und sofort hab ich das Gefühl, ein dickes Kind klammert sich an meinen Rücken und schlingt seine Arme so fest es geht um meinen Hals. Manchmal glaub ich, jedes Flugzeug, das ich sehe, existiert überhaupt nur, um mich daran zu erinnern, dass ich einer der unbedeutendsten Menschen der Welt bin. Wieso sollte ich sonst in diesem Moment auf einem halb abgemähten Feld stehen? Nicht mal in einer Nazi-Hochburg, nicht mal an der Ostsee oder auf der Seenplatte, nicht mal auf dem Todesstreifen, sondern kurz davor, daneben, irgendwo zwischen alldem. Genau da, wo es eigentlich nichts gibt außer Gras und Lehmboden und ein paar Plätze, die gut genug sind, um da Windräder hinzustellen. Als Kind hat mir das irgendwie noch gereicht, aber nur weil ich fest davon überzeugt war, spätestens mit achtzehn würden meine Füße Tag und Nacht in High Heels stecken, mit denen ich lachend über den Berliner Asphalt stöckel.

Ich nehme die Fanta, die unterm Gaspedal klemmt. Die Flasche zischt nicht mal mehr beim Öffnen. Nach einem Schluck von diesem warmen Zeug ist mir jedenfalls schlecht und mein Magen fängt an zu knurren. Ich wühle zum dritten Mal in der Gefrierbox, aber da sind nur noch Alufolienreste und leere Gefrierbeutel, die orange angelaufen sind von meinen Möhren. Ganz unten liegt das Taschenmesser. Mit dem hat Jan mir vorhin eine braune Stelle aus meinem Apfel geschnitten, den ich dann zwar doch nicht gegessen hab, weil er nach Verfaultem geschmeckt hat, aber Jan hat ihn gegessen, mit Kernen und allem, bis nur der Stiel übrig war.

Ich klappe das Messer ein. Jan ist schon fast am Windrad. Er sieht wie ein kleiner Junge aus, wie er da in seinen abgeschnittenen Jeans über dieses riesige Feld stapft. Wenn er zurückkommt, brauchen wir bestimmt noch eine Stunde für die restlichen Bahnen. Ich klappe das Messer wieder aus. Über mir ist dieser riesige Himmel, und als ich hochgucke, sehe ich nur dieses verdammt blaue Blau, das sich über die ganze Welt zieht wie eine Plane, unter der wir gefangen sind.

Ich sehe Jan nicht mehr. Er ist in einer Senke verschwunden. Mit dem Messer kratze ich über den Trecker-Reifen, sodass der Lehm auf den Boden bröselt. Ich weiß nicht, ob dieses kleine Taschenmesser dazu in der Lage wäre, diesen Reifen zu durchstechen. Irgendwie hab ich das Gefühl, es würde mir viel, viel besser gehen, wenn ich es ausprobieren würde. Ich glaube, dann wäre ich auch nicht mehr sauer auf Jan, weil er mich hier stehen lässt und einfach zu diesen Windrad-Leuten gelaufen ist, obwohl ich Hunger hab und nach Hause will. Ich klappe es auf, die Klinge blitzt in der Sonne, und dann ist da so ein Kabel, das außen am Trecker langläuft, das schneide ich durch. Es beginnt an so einer Art Tank und verschwindet dann unter der Motorhaube. Jan hat mir mal erzählt, warum bei diesen alten Treckern die Tanks und Schläuche außen liegen. Aber ich hab den Grund wieder vergessen.

Ich gucke diese beiden Enden an, die da vor mir in die Luft ragen, und kann mir gar nicht mehr vorstellen, dass ich das war. Bevor noch mehr passiert, werfe ich das Messer lieber wieder in die Gefrierbox.

Meine Stiefel sinken ein ins Gras, ich wische mir den Staub von den Armen, streiche mir die Augenbrauen glatt. Ich greife mir mit der rechten Hand in den Ausschnitt und rücke mir die linke Brust zurecht, dann mit der linken Hand die rechte. Die Ränder vom BH schimmern durch den Stoff. Wenn ich gewusst hätte, dass ich heute Menschen begegnen würde, die nicht in Schattin wohnen, hätte ich mir was anderes angezogen. Vor mir rasen die Mäuse in ihre Löcher. Ab und zu bleibt eine kurz sitzen, mit so schnellem Atem, dass der ganze Körper bebt. Erst kurz bevor ich auf sie treten würde, verschwindet sie wieder im Boden.

»Wenn man eine Maus fangen will, muss man wie eine Maus denken«, hat Frank mir mal erklärt. Als ob es nichts Wichtigeres auf der Welt gibt. Dabei wollte ich überhaupt keine Maus fangen und ich wollte erst recht nicht wie eine denken. Er wollte das, weil er der Meinung ist, dass ich zu mehr nicht in der Lage bin. Würde er zwar nie zugeben, weiß ich aber genau. Außerdem will er mich nicht an seine Kühe lassen. An Mäuse ja, an seine wertvollen Milchkühe nicht. Manuela darf wenigstens noch an die Kälber, aber ich hab nach der Sache mit den Mausefallen dann die Tränken bekommen. Einen Gartenschlauch halten, das schaffe ich gerade noch.

In Wirklichkeit hatte ich die Mausefallen absichtlich falsch gespannt. Wer will schon eine halb zerquetschte Maus aus einer Falle pulen?

Das Windrad ist auf Nord-West stehen geblieben. So ruhig wie die Rotorblätter in den Himmel ragen, sieht es echt ungefährlich aus. Jan steht neben einem der Männer, die aus den weißen Bussen gestiegen sind. Ein paar Kraniche schreien im Wald, sonst ist es völlig still.

Als ich das erste Mal beim Windrad war, ist mir fast schwindelig geworden beim Hochgucken. Es sah aus, als würde es auf mich drauffallen, als ob es sich mit jeder Drehung auf mich zu bewegt. Ich hatte Angst, dass sich ein Blatt löst und mich erschlägt. An der Eisentür steht immerhin *Betreten der Windkraftanlage verboten. Lebensgefahr!* Außerdem hat jemand im Dorf erzählt, dass man einen Schlag kriegt, wenn man auf den Beton-sockel tritt, aber das ist natürlich Quatsch. Ich bin jedes Mal, wenn ich da war, auf den Betonsockel gestiegen. Ich hab sogar meinen Kopf an die Eisentür gelegt, und es ist nie was passiert. Wenn es wirklich gefährlich wär, hätten die einen Zaun bauen müssen um das ganze Gebiet, so wie bei den Löschteichen, die überall auf den Feldern angelegt werden.

Der *Wintec*-Mann zeigt auf eine Stelle im Weizen, und dann gehen Jan und er hinter dem Wagen vorbei. Kurz sehe ich sie nicht mehr. Ich hole Stroh aus meinen Taschen, Halme und Krümel und Samen und streue sie wie Hänsel und Gretel hinter mir her. Die Schwalben fliegen so hoch. Niemand wird meine Krümel wegpicken.

Jan bleibt mit dem *Wintec*-Mann am Feldrand stehen, neben einer Stelle, an der die Weizenpflanzen eingedrückt sind. Da liegt irgendwas Schwarzes, auf das sie runtergucken, ein Wildschwein oder ein Nandu. Als ich näherkomme sehe ich, dass es ein Raubvogel ist, völlig verkrümmt. Der eine Flügel ausgebreitet, der andere liegt unter dem Körper. Um ihn rum sind überall Federn verstreut.

»Ja, das Blei«, sagt der Mann und stupst den Flügel mit seiner Schuhspitze an.

»Kommen Sie mir nich mit Blei«, sagt Jan. »Ihr Waldscheißer glaubt wohl, man kann uns alles erzählen.«

Ich schmeiße den Grashalm, den ich gerade abgerissen hab, doch nicht weg. Ich behalte ihn, um ihn weiter zu zerknicken. Der Mann atmet laut aus.

»Na ja«, sagt er.

Seine Stimme ist ruhig und genervt, als würde er das jeden Tag hören. Ich lächel ihn an, damit er merkt, dass ich nicht so bin wie Jan, dass ich nichts gegen ihn hab und gegen Windräder auch nicht, aber er guckt übers Feld. Auf seinen Wangen sind winzige Sommersprossen. Seine Haut ist noch ganz okay dafür, dass er mindestens vierzig sein muss. Sein Schnauzbart bedeckt die Oberlippe nur halb. Man kann noch erkennen, dass er volle Lippen hat. Lippen sind mir nämlich ziemlich wichtig bei Männern, wichtiger als Augen oder Oberarme jedenfalls.

»Wissen Sie eigentlich, wie viele Vögel im Straßenverkehr draufgehen?«, kommt durch diese Lippen.

Er hat die Hände in die Taschen von seinem Overall geschoben. *Wintec – Wir drehen uns weiter* – steht auf seinem Bauch, dadrüber ist das Zeichen mit den Rädern.

Jan schüttelt den Kopf und grinst dieses ironische Grinsen. Der Vogel starrt direkt zu mir hoch. Seine Augen sind gelb und haben in der Mitte einen schwarzen Punkt, der Schnabel steht ein Stück offen, Blut klebt in den Federn vom Kopf.

»Is das ein Seeadler? Oder ein Bussard?«

Niemand antwortet mir, aber der *Wintec*-Mann atmet wieder laut aus, und dann höre ich nur noch seine Schritte im Gras.

»Der is doch nur ein Mitarbeiter«, sage ich und gehe in die Knie, runter zu dem Adler oder Bussard oder was das ist.

Anstatt mir zu antworten, dreht Jan sich einfach um und geht. Sein T-Shirt ist ausgeleiert, der Kragen hängt schräg um seinen Hals. Er sieht aus wie früher, als er mal in diesen Pflaumenbaum geklettert ist, um mir zu zeigen, dass er sich traut, von ganz weit oben runterzuspringen. Sein T-Shirt ist hängen geblieben, aufgerissen, und er ist mit nacktem Oberkörper vor mir gelandet, da waren wir zehn oder elf. Ich hab natürlich gelacht, weil es einfach echt komisch aussah, und er war sofort eingeschnappt und hat wochenlang nicht mehr mit mir geredet.

Ein Käfer klettert über die Augen von dem Raubvogel. Die ganze Zeit dachte ich, dass das Blut am Schnabel von einem Tier ist, das der Raubvogel gerissen hat, aber es ist aus einer Wunde gelaufen, direkt unter dem Auge. Wieder hab ich diesen Reflex, ihm über die Federn zu streichen, wie vorhin schon bei dem Rehkitz, aber ich halte einfach mit einer Hand meine andere Hand fest und denke an die Milben und Würmer.

Der Mann kommt mit einem Plastiksack in der Hand zurück und es ist mir ein bisschen peinlich, dass ich immer noch an dieser Stelle stehe. Ich lasse den Grashalm fallen.

»So«, sagt der Mann.

Über seine Hände hat er Gummihandschuhe gezogen, die ihm viel zu klein sind, sie reichen ihm nicht mal bis zum Handgelenk.

»Hältst du mal auf?«

Er wartet gar nicht darauf, was ich sage, sondern drückt mir den Müllsack in die Hand. Dann schiebt er den ausgestreckten Flügel unter den Körper und nimmt den Vogel hoch, sodass der Kopf hin und her wackelt. Ich halte den Müllsack so weit auf wie möglich. Ich kneife die Augen zu. Ich höre das Rascheln von Federn und Plastik, irgendwas berührt meine Finger und ich hoffe, dass das nicht der Vogel, sondern der Arm von diesem *Wintec*-Mann war.

»Danke.«

Er nimmt mir den Beutel aus der Hand.

Auf seinen Armen wachsen blonde Löckchen. Er schlägt das Plastik um den Adler, sodass er ein kleines Päckchen wird, das er sich unter den Arm klemmen kann.

»Mir tut das auch leid«, sagt er.

Er zieht die Handschuhe aus, knüllt sie in eine seiner Hosentaschen. Aus der anderen zieht er eine Packung Lucky Strike, die er mir entgegenstreckt, aber ich schüttel den Kopf. Früher hab ich manchmal bei Partys geraucht, aber Jan hasst das. Erstens ist es Geldverschwendung und zweitens mag er den Geschmack nicht beim Küssen. Darum muss ich jetzt jede Gelegenheit nutzen, in der ich ein bisschen passiv rauchen kann. Es erinnert mich einfach an die Zeit, als es noch kein Rauchverbot gab. Die Disco-Lichter, die bunten Schwaden im Dorfgemeinschaftshaus, bis dir die Augen tränen.

»Was soll man machen?«, sagt der Mann, die Zigarette im Bart.

Er steht genau da, wo der Vogel eben noch gelegen hat, auf den runtergedrückten Weizenhalmen und um ihn rum die Federn.

»Tja«, sage ich.

Ich hab keine Ahnung, was das alles mit dem Blei zu tun hat. Es geht um die Munition, die die Tiere vergiftet, so viel weiß ich. Ich könnte Jan fragen. Aber dann würde er wieder von alldem anfangen und bis morgen früh nicht mehr aufhören. Der Mann guckt über das Feld.

»Diesig heute«, sage ich und sehe dem Rauch hinterher, den er in die Luft pustet. »Es riecht so doll nach Heu, dass der Verwesungsgeruch gar nich auffällt«, sage ich.

Aber eigentlich riecht es nur nach Zigarette.

Wenn er wirklich schon über vierzig ist, wären das mindestens zwanzig Jahre Altersunterschied. Seine Sommersprossen kommen mir unwahrscheinlich vertraut vor. Der ganze Typ kommt mir sowieso total vertraut vor. Alles an ihm. Wie er raucht und redet und seine Hände in die Tasche steckt.

»Wir müssen weitermachen«, sage ich, gucke noch mal kurz zu seinen Augen hoch, die irgendwo in den Himmel über Lübeck starren. Das Flugzeug ist schon lange weg. Ich hab gar nicht gesehen, wohin es geflogen ist.

Ich gehe eine Stufe hoch und noch eine, bis ich in diesen runden Raum sehen kann, mit Sprossen an der Seite, dicken Kabeln und Metallseilen, die sich bis nach oben ziehen. Jan steht neben einem Stromkasten, den Kopf in den Nacken gelegt. Ich schiebe mir die Sonnenbrille in die Haare.

»Jan, komm da raus!«

Meine Stimme hallt zwischen den Wänden hin und her, und ich bin mir sicher, dass alle, die da oben im Turm sind, mich gehört haben müssen.

»Jan!«

»Nerv mich nich!«

Kleine Lichter leuchten hinter den Sprossen und blenden mich so sehr, dass ich das Ende vom Turm nicht sehen kann.

Der *Wintec*-Mann guckt in unsere Richtung. Vielleicht sieht man doch, dass mein BH gepolstert ist. Eigentlich ist da nicht besonders viel von mir drin. Er wirft seine Zigarette weg, nimmt das Vogelpaket und geht rüber zu dem Bus, aus dem er vorhin den Müllsack geholt hat.

»Ich geh jetzt.«

Ich spüre, wie unter mir die Wärme aus dem Beton aufsteigt. Auch außen am Windradturm ist eine Leiter, aber die beginnt erst zwei Meter über dem Boden. Keine Ahnung, wie man da hochkommen soll.

Mit Jan bin ich mal auf diesen alten Aussichtsturm geklettert, zwischen Restorf und Lüdersdorf. Wir waren beim Pfingstfest, das ist schon Jahre her.

»Komm mal mit«, hat Jan mir ins Ohr geflüstert. »Ich zeig dir was.«

Wir saßen auf so einer wackligen Bierbank. Die anderen waren schon ziemlich betrunken. Und ich hab wirklich überlegt, ob ich mitkommen soll, weil ich dachte, der will ja nur raus mit mir, um irgendwo im Dunkeln rumzuknutschen, was ich ziemlich kindisch gefunden hätte. Jan hat einfach meine Hand genommen und mich durch dieses volle Zelt gezogen bis raus auf den Parkplatz. Sein Auto war verdammt ordentlich, keine Flaschen, keine Pizza-Kartons, kein McDonald's-Müll, und er hat sich angeschnallt, obwohl wir nur zehn Minuten fahren mussten, bis wir vor einem verrosteten Tor hielten, das mir noch nie aufgefallen war, obwohl ich bestimmt jeden Tag mit dem Schulbus daran vorbeigefahren bin. Ja, ich will ihn, dachte ich in diesem Moment.

Jan schob das Tor durch den Schlamm. Die Absätze von meinen Pumps versanken im Gras.

»Soll ich dich tragen?«, hat er auch noch gefragt.

»Nein, nein.«

Meine Sohlen schmatzten, ich musste meine Absätze immer wieder aus der Wiese ziehen und nach ein paar Metern tauchte der Aussichtsturm im Mondschein auf. Jan stand schon auf der Leiter.

»Na, komm!«, rief er zu mir runter.

Der Turm schwankte und klapperte bei jeder Sprosse. Alles war total verrostet, es war ein Wunder, dass ich mir nicht einen Fingernagel abgebrochen hab. Und ich hatte echt teure Nägel damals.

Ich traute mich nicht an den Rand, obwohl ich mich gerne am Geländer festgehalten hätte, also stand ich nur in der Mitte, während Jan andauernd hin und her lief.

»Okay, tags ist die Aussicht besser.«

Unser ganzes Leben hatte ich ihn ja nur in Gummistiefeln gekannt, die Klamotten immer mit Kuhscheiße verklebt, und er stank nach Stall. Und jetzt hatte er dieses weiße Hemd an und sah fast aus, wie Dawson aus *Dawsons Creek*.

»Ich will runter«, hab ich dauernd gesagt und den Reißverschluss meiner Jacke ganz nach oben gezogen. Jans Wangen waren eiskalt.

Endlich. Das Klappern von der Metallleiter hinter mir. Jans Schritte auf dem Beton.

»Was hast du da gemacht?«, sage ich, als Jan hinter mir angekommen ist.

Ich sinke schon wieder ein im abgemähten Gras. Die Halme fliegen vor mir durch die Luft bei jedem Schritt.

»Soll ich dir jetzt was von Technik erzählen?«

Wenn ich es nicht hören will, erzählt er mir andauernd Techniksachen. Dann versuche ich immer so zu tun, als wäre das superinteressant. Männer brauchen das. Das ist eine der ersten und wichtigsten Regeln, die ich gelernt hab, von Caro: Männern zuhören, oder wenigstens so tun, immer schön lächeln und an den richtigen Stellen bemitleiden.

»Wenn Daniel schon ein bisschen angetrunken is, setzt du dich neben ihn, und wenn er anfängt zu labern, tust du so, als wär das alles megaspannend, reißt deine Äuglein auf, nickst und lächelst.« Genau so hab ich das damals gemacht. Nach zehn Minuten hat Daniel mich gefragt, ob ich nicht mal mit ihm nach draußen kommen will, und da ist es passiert. In den Monaten danach hab ich das dann ziemlich oft gemacht, mit ziemlich vielen Jungs. Bis Caro mit der nächsten Regel ankam: Frauen, die mit zu vielen Männern rummachen, sind Schlampen.

Ich drehe mich um, aber der Mann ist nicht mehr da. Wahrscheinlich ist er auch in diesem riesigen Turm verschwunden.

Jan geht um den Trecker und sucht noch mal den Boden ab, während ich mich die Stufen hochziehe. Als ich den Deckel von der Gefrierbox zudrücke, fällt mir das Messer wieder ein, aber da klettert Jan auch schon rein und wirft sich auf den Sitz, der quietschend auf und ab wippt. Ich gucke rüber zum Windrad, suche den Mann mit dem Schnauzbart, aber ich sehe ihn nicht mehr.

Der Motor brummt, rattert ein bisschen und geht wieder aus. Scheiße. Mir wird heiß, ich hebe mein T-Shirt ein bisschen an und wedel mir die Luft auf den Bauch. Dabei hab ich mir eigentlich nichts vorzuwerfen. Der Trecker ist so alt, dass er immer mal wieder nicht anspringt und Jan ein Auto holen muss, um die Batterien irgendwie überzuleiten. Er dreht den Schlüssel zum zweiten Mal um, es rattert, der Motor geht aus.

»Noch mal«, sage ich.

Diesmal höre ich nur noch das Klimpern vom Schlüssel, der Motor macht gar keinen Mucks mehr.

Ich hole mein Handy aus der Tasche und suche Franks Nummer, obwohl ich echt nicht glaube, dass wir ihn erreichen, weil er noch draußen ist und sein Handy immer in der Küche liegen lässt.

»Kannst du mal meinen Vater anrufen?«, sagt Jan, steht auf und guckt zum Windrad. Ich drücke auf den grünen Hörer.

Es tutet. Eine Mücke landet auf Jans Arm. Ich wische sie weg, dann nehme ich das Handy runter, schalte den Lautsprecher ein und halte es Jan hin, damit er es auch hören kann. Als die Mailboxstimme durch den Trecker schallt, drücke ich auf den roten Hörer.

»Gib mir ma«, sagt er, nimmt mir das Handy aus der Hand und wählt.

Ich höre das Tuten, so still ist es, und wünschte, ich wäre beim Windrad geblieben. *Dies ist die Mailbox von...* Jan legt auf, dann klickt er sich durch meine Kontakte. Wir atmen still vor uns hin, nur die Mücke summt zwischen seinem und meinem Arm hin und her und kann sich nicht entscheiden, wo sie als Nächstes landen soll.

Ein *Wintec*-Mann kommt aus dem Turm und geht zu einem der Busse. Ich glaub, der mit dem Schnauzbart. Er geht ruhig und entschlossen auf sein Ziel zu.

»Mailbox«, sagt Jan. »Ich hol den Wagen.«

»Ich hab Hunger.«

»Du wartest hier!«

»Und ich muss aufs Klo.«

»Der Boden kann Dünger gut vertragen.«

Jan springt runter ins Gras, und dann geht er querfeldein aufs Dorf zu.

Ich drehe den Schlüssel um und drücke auf dem Radio rum. Nichts. Nicht mal ein winziges Lämpchen geht an. Ich stecke mein Handy ein, kletter aus dem Trecker und stehe neben einem Rehhuf mit ein bisschen Bein.

Der *Wintec*-Mann steht neben dem Bus, in dem der Raubvogel liegt, und guckt mir entgegen.

»Was vergessen?«

»Trecker springt nich an.«

Er guckt mir direkt in die Augen. Sein Zigarettenrauch weht mir ins Gesicht. Ich stelle mir vor, wie es wäre, ihn zu küssen. Obwohl er so alt ist, oder gerade deswegen, würde ich es gerne ausprobieren.

»Und warum steht es?«, frage ich und nicke zum Windrad rüber.

»Wartungsarbeiten.«

Er wirft die Kippe in einen Reifenabdruck aus vertrocknetem Lehm.

»Klaus«, ruft einer der Männer von der obersten Stufe der Windkraftanlage.

»Bin gleich wieder da.«

»Okay.«

Ich trete den Zigarettenstummel mit meiner Stiefelspitze aus, verwische die Asche mit dem Lehm. Waldbrandstufe 3. Es hat schon ewig nicht mehr geregnet. Im letzten Jahr ist in der Nähe von der Autobahn eine riesige Scheune abgebrannt. Jan hat mit der Freiwilligen Feuerwehr die ganze Nacht gelöscht. Ich bin mit Manuela auf den Berg gefahren. Der ganze Himmel war rot, der Rauch, die Flammen. Es sah aus, als würde eine ganze Stadt brennen. Wie im Krieg. Manuela hat den

Männern nachts um vier noch mal Stullen und Cola gebracht, und ich hab mich um die Kälber gekümmert, nur um zu zeigen, dass ich es kann, denn eigentlich wäre ich auch gerne zum Feuer gefahren, aber das hat am nächsten Tag keinen mehr interessiert.

Klaus ist im Windrad verschwunden. Die Schiebetür vom Bus ist offen. Drinnen alles nagelneu. Die Sitze sind sauber, und es gibt einen Tisch voller Spielkarten, die hin und her gerutscht sind. Ein paar liegen sogar auf dem Boden. Eine Tupperdose steht vor dem Fenster. Es riecht nach Orange oder Zitrone, irgendwas Frisches, und im Kofferraum liegt die Tüte mit dem Vogel neben Kabeln und Kisten. Ich hebe die Karten auf und will sie eigentlich nur zu den andern auf den Tisch legen, aber dann sammel ich alle ein und klopfe sie zu einem ordentlichen Stapel zusammen. Auch hier kommt mir alles unheimlich vertraut vor. Der Geruch, das aufgewärmte Polster, als hätte ich diese Tupperdose da heute Morgen hingestellt. Manchmal glaube ich, dass das aus einem vorherigen Leben kommt, wenn man diese Vertrautheitsgefühle hat. Vielleicht habe ich in einem vorherigen Leben nämlich schon mal auf so einer Rückbank gesessen, in einer Kutsche oder in so einem alten Automobil, oder ich habe in einem Casino Karten gespielt, und diese Pik-Dame ist der Auslöser für das Gefühl, dass ich am richtigen Ort bin, dass ich mein Schicksal gefunden hab und mich nicht dagegen wehren soll.

Durch die Frontscheibe sehe ich, wie Klaus aus dem Windrad kommt. Er guckt sich um, als würde er mich suchen. Ich lehne mich zurück, gucke aus der offenen Tür in die wippenden Gräser, versuche mich zu entspannen, aber dieser Orangengeruch macht mich so wach. Dann steigt Klaus ein und es ist unerträglich still, bis ich sage:

»Ich dachte ... Sie könnten mich mitnehmen.«

Klaus dreht sich zu mir um. Der Schnauzbart bedeckt seine Lippen, aber dann lächelt er und ich sehe die Falten neben seinen Augen.

»Geht klar.«

Ich stehe noch mal auf und ziehe die Tür von innen zu.

Mein Kopf schlägt gegen die Scheibe, als er anfährt. Die Tupperdose rutscht vom Tisch, die Karten fallen wieder auseinander. Und als sie so vor mir liegen, Herz-Bube, Kreuz-Dame, Pik-Acht, beschließe ich, mindestens eine mitzunehmen, wenn ich wieder aussteige, und diese Karte wird mir sagen, wie es weitergeht. Ich spüre jetzt schon die Energie, die die Karten verströmen mit ihren abbröckelnden Farben und Kaffeeflecken, als hätten sie schon mehr erlebt als ich.

Klaus drückt auf dem Radio rum. Der Fahrtwind reißt mir die Strähnen aus dem Zopf.

»Wenn es zieht, sag Bescheid!«

»Nein, nein.«

Obwohl ich schon eine Gänsehaut hab. Aber manchmal mag ich es, zu frieren, weil es ist, als würde irgendwas Aufregendes passieren.

Je weiter wir fahren, desto weniger will ich aussteigen. Als wir den Berg runterfahren, aufs Dorf zu, weiß ich, dass ich hier sitzen bleiben muss. Keine Ahnung, woher ich das weiß. Schicksal, Bestimmung. Wir sind gleich bei dem ersten Haus, das ja eigentlich das letzte Haus vom Dorf ist. Auf der Wiese von der Deutschlehrerin läuft Samson schon auf den Zaun zu, um uns in ein paar Sekunden anzukläffen. Es ist egal, ob die Lehrerin mich sieht. Niemand im Dorf kennt sie wirklich.

»Wo wohnst du denn?«, ruft Klaus und lässt sein Fenster ein bisschen nach oben fahren.

»Auf dem großen Hof am Dorfplatz.«

»Der Milchviehbetrieb?«

»Genau!«

Im Rückspiegel sehe ich, dass sich seine Mundwinkel ein paar Millimeter nach oben ziehen, als würde er an irgendwas denken, was mit mir zu tun hat, keine Ahnung.

»Aber da will ich nicht hin«, sage ich dann, obwohl ich überhaupt keine Ahnung hab, wohin ich will. Ich will nur sitzen bleiben, in diesem Auto. Samson springt am Zaun auf und ab.

»Wo soll ich dich denn rauslassen?«, fragt Klaus.

In dem Moment klingelt sein Handy, das über dem Radio in so einer Halterung steckt. Er lässt die Fenster nach oben fahren.

»Hallo?«

Wir fahren schon an den Schlehenbüschen vorbei, hinter denen das kleine Reetdachhaus steht, in dem Jans Opa gewohnt hat. Gleich sind wir an der Weide mit den Trockenstehern. Von da kann man schon den Stall sehen. Ich beuge mich unter den Tisch und sammel die Spielkarten wieder auf. Jede einzeln, so langsam wie möglich.

»Ja«, sagt Klaus. »Ja.«

Er bremst ab, kurz bevor wir über das große Schlagloch fahren, das in der Kurve liegt. Caro-Sieben, Pik-Zehn. Dann gibt Klaus wieder Gas. Kreuz-Bube. Herz-

Acht. Ich höre das Rauschen in den großen Weiden vor dem Dorfplatz.

»Klar«, sagt Klaus.

Pik-Ass.

Vor dem Fenster leuchten Zapfsäulen, als der Motor ausgeht. Ich weiß nicht, ob ich geschlafen hab, aber jetzt bin ich wach, so wach, als hätte mir jemand eine Spritze voll mit Adrenalin in den Arm gerammt. Diesel, Super 95, Ultimate 100, Benzin. Klaus zwängt sich aus der Tür, drückt sie vorsichtig hinter sich zu. Vielleicht glaubt er, dass ich noch schlafe, aber ich gucke ihm dabei zu, wie er die Tanköffnung aufdreht, den Deckel auf der Tanksäule ablegt und die leuchtenden Zahlen anstarrt, die über das Display laufen.

Mein Nacken ist verspannt. Man darf in Autos einfach nicht einschlafen. Die Karten sind schon wieder überall auf dem Tisch verteilt, als hätte ein Kind versucht, sie zu mischen. Es klickt. 78,43 Euro. Wie spät ist es? Warum habe ich nichts von Jan gehört? Ich ziehe mein Handy aus der Tasche, drücke auf den Tasten rum, aber nichts passiert, und auch als ich ganz lange auf die ON-Taste drücke, bleibt das Display schwarz. Nur die rote Batterie leuchtet auf, flackert und ist wieder weg. Noch eine Spritze. Ohne Handy bin ich völlig allein. Ich weiß noch nicht mal, wo ich bin. Ich suche ein Nummernschild, kann aber keins erkennen, neben uns steht nur so ein flacher Sportwagen, in dem eine blonde Frau sitzt und auf dem Radio rumtippt. Einen Moment glaube ich, das bin ich, ein hängen gebliebener Rest aus meinem Traum oder eine Zukunftsvision. Ich bin fest davon überzeugt, dass alle Menschen die Gabe haben, in die Zukunft zu gucken. Tief im Unterbewusstsein wissen wir auch, was wir in unseren vergangenen Leben alles durchgemacht haben, aber die Wissenschaft, dieser ganze Schulunterricht, hat diese Gabe zerstört. Manchmal blitzt es noch durch, wenn wir es zulassen, aber normalerweise überlagert die Vernunft alles und wir wissen nicht mal, wer wir in diesem Leben sind.

Ich ziehe mir meinen Zopfgummi aus den Haaren, sehe Klaus in der Tankstelle durch die Gänge gehen. Ich lehne mich zwischen den Vordersitzen durch nach vorn, mache das Licht an und stelle mir den Rückspiegel so, dass ich mich sehen kann. Natürlich ist der Spiegel viel zu klein. Meine Haare sehen ziemlich undone aus. Ich wische mir ein bisschen Schlaf aus den Augen, kämme mir den Pony mit den Fingern durch.

Klaus steht an der Kasse. Ich befeuchte meine Lippen, und dann stell ich den Rückspiegel wieder so ein, wie er gewesen sein muss, ungefähr. Ich angel die Tupperdose vom Boden und lasse mich damit auf den Rücksitz fallen. Sie ist leer, mir kommt nur so ein Käse-Plastik-Geruch entgegen, dass mir noch schlechter wird und ich den Deckel sofort wieder zudrücke.

HH steht auf dem Nummernschild von dem Wagen, der jetzt auf die Tankstelle fährt. Ich war erst ein Mal in Hamburg, und das ist ewig her. Ich hatte diese angebliche Adresse von meiner Mutter gefunden. Ich glaube, in einer Jackentasche von meinem Vater, als ich seine Sachen gewaschen hab, da war so ein Zettel, auf dem *Petra* stand und eben diese Adresse in Hamburg, aber es standen auch noch andere Sachen drauf, ich weiß nicht mehr, was, auf jeden Fall hab ich in meinen pubertären

Träumereien sofort geglaubt, dass das die Adresse von meiner Mutter sein muss, und ich bin dann nach der Schule mit dem Bus nach Schönberg und von da aus mit der Bahn weiter. Ich war so aufgeregt, dass ich keine Hausaufgaben machen und auch nicht dieses Gedicht auswendig lernen konnte, wofür ich dann am Montag danach auch nur eine Vier bekommen hab. Herr Kladow hat mich ewig stotternd vor der Klasse stehen lassen, ab und zu fielen mir mal ein paar Worte ein, wenn ich Glück hatte, auch mal eine ganze Zeile. *Da kommen auf gedrängtem Weg, zwei Mörder plötzlich auf den Steg.*

Irgendwann stand ich jedenfalls zwischen diesen Menschenmassen am Hamburger Hauptbahnhof, die alle in alle Richtungen an mir vorbeiströmten, und wusste nicht, wohin ich sollte. Bis ich mit der richtigen S-Bahn in die richtige Richtung fuhr, waren Stunden vergangen, und es wurde schon dunkel, als ich bei diesem Haus ankam, das ungefähr sechzig Klingelschilder hatte. Auf jedem Klingelschild standen mindestens drei verschiedene Namen in fünf verschiedenen Handschriften, die völlig verblasst waren. Ich stand davor und hab mir die Namen alle immer wieder durchgelesen, dann hab ich die ausgeschlossen, die definitiv nicht wie *Wendorf* aussahen. Bei allen andern hab ich geklingelt. Einige haben aufgemacht, ohne was zu sagen, und ich bin auch ein paarmal reingegangen ins Haus, aber ich wusste nicht, welche Klingel zu welcher Wohnung in welchem Stock gehörte. Nachdem ich immer wieder durch die leeren Gänge gelaufen bin und mal hier, mal da gelauscht hab, ohne wirklich zu wissen, was ich eigentlich hören wollte, bin ich wieder raus, hab mir noch die Namen der Klingelschilder an den Nachbarhäusern durchgelesen, und

bin dann mit der S-Bahn wieder zurück zum Hauptbahnhof. Ich hab eine ganze Packung Toffifee gegessen,
bevor mein Zug kam, und für die Fahrt hatte ich mir
noch ein Sixpack Kleiner Feigling geholt, der schon vor
Bad Oldesloe alle war. Dann saß ich am Fenster und hab
meine Augen nur noch aufgemacht, um die Fläschchen
immer wieder nacheinander aufzudrehen und zu tes-
ten, ob nicht doch noch ein Tropfen drin ist. Dabei hab
ich mir aber bloß die Zunge an einem dieser winzigen
Metallringe aufgerissen, die am Flaschenhals zurück-
bleiben, wenn man den Deckel abdreht.

»Gut geschlafen?«

Ich lasse die Karten auf den Tisch klackern.

»Ich hab nur ein bisschen gedöst«, versuche ich zu
sagen, aber aus meinem Hals kommt noch kein Ton.
Von vorne höre ich es zischen, und dann streckt Klaus
mir ein Bier nach hinten.

»Hier«, sagt er und lächelt, das Feuerzeug noch zwischen den Fingern.

Die Flasche ist kalt und glitschig.

Klaus stellt seine Flasche in die Halterung, das Feuerzeug wirft er auf das Armaturenbrett. Dann geht die
Deckenbeleuchtung aus, das Radio an. Es laufen Nachrichten, irgendwas mit dem Euro.

Als wir wieder auf der Straße sind, streift das Licht
riesiger Laternen über die Sitze. Ich suche nach einem
Schild, aber draußen vor dem Fenster ist nur eine Mauer,
über die alte Bäume ragen. Die Blätter werden gelb
bestrahlt, was wunderschön aussieht. Das ist sowieso
das, was ich an Städten am meisten mag, die Lichter.
Es ist nie dunkel, weil es nachts immer so viele Lichter

gibt. Außerdem gibt es immer Menschen, die in irgendwelchen Krankenhäusern arbeiten, und man kann sich sicher sein, dass man gerettet wird, egal wie spät es ist, es sei denn, es hat irgendeinen Sinn, dass man stirbt.

DOM steht auf einem Plakat, das zerfleddert von der Mauer hängt. Mehr kann ich nicht lesen, aber da wollte ich schon immer mal hin. Torsten und Caro waren einmal dort, aber Caro hat sich in kein einziges Karussell getraut, nicht mal in das Riesenrad. Was für eine Verschwendung.

»Und, ist dir eingefallen, wo du rauswillst?«

Ich verschluck mich an meinem Bier. Ich war so fest davon ausgegangen, dass er mich einfach mitnimmt. Zu sich. Ich hab keine Ahnung, wo ich rauswill, ich will überhaupt nicht raus. Wenn ich auch nur ein Wort sage, bekomme ich einen Hustenanfall. Tränen steigen mir in die Augen, weil diese Biertropfen aus meiner Luftröhre wollen. Erst als das Bier fast leer ist, ist der Hustenreiz weg.

»Ich weiß nich«, sage ich.

Klaus starrt mich im Rückspiegel an. Das sehe ich genau, obwohl es so dunkel ist. Ich komme mir total ausgeliefert vor, weil er mein Gesicht sehen kann und ich nur seine Augen, wenn er will.

»Ein Freund von mir arbeitet an einer Tankstelle«, sage ich. »Irgendwo am Hafen.«

»Irgendwo am Hafen?«

»Shell«, glaube ich, vielleicht war es aber auch Aral, ich weiß es einfach nicht mehr und schiebe das aufgeweichte Etikett über meine Flasche. Eigentlich hoffe ich sogar, dass wir diese Tankstelle nie finden.

Ich muss daran denken, dass Jans Mutter damals

diese Kreuzfahrt gewonnen hat, die auch vom Hamburger Hafen aus losgehen sollte, über London nach Portugal. Der Brief kam kurz nach ihrer Beerdigung und sein Vater wollte, dass Jan und ich fahren, aber der Gewinn war nicht übertragbar.

Rotes Ampellicht flutet den Bus. Ein alter Mann schiebt einen Einkaufswagen voller Decken und Zeitungen über den Zebrastreifen. Zwei Frauen in kurzen Röcken überholen ihn. Ihr Lachen ist so schrill, dass ich es bis in den Wagen höre. Klaus' Finger klopfen im Takt der Musik auf dem Lenkrad rum. Dann ist das Licht auf einmal grün.

Normalerweise würde ich jetzt neben Jan im Bett liegen. Ich höre ihm beim Atmen zu, gucke immer wieder auf den Radiowecker mit den grünen Leuchtzahlen und zähle die Stunden, die mir noch zum Schlafen bleiben. Ich höre die Stimmen von den Jugendlichen auf dem Dorfplatz, den Motorenlärm der getunten Wagen, den Bass und das Grölen, und Jan schläft einfach.

Irgendwann quaken nur noch die Frösche. Das macht mich erst richtig wach.

»Jan«, flüstere ich.

Ich steige aus dem Bett, das immer ganz leise knarrt, gehe zum Fenster, ziehe den Vorhang zur Seite. Vor dem Bushäuschen steht ein roter Golf. Die Beifahrertür ist offen. Madeleine steht neben irgendeinem Typen an das Auto gelehnt. Ob noch jemand auf der verrotteten Bank sitzt, kann ich nicht erkennen. Die Laternen sind schon an. Im Haus auf der anderen Seite vom Dorfplatz brennt noch Licht, bei Tante Rehna flackert der Fernseher im Wohnstubenfenster, und bei Caros Eltern ist sowieso noch alles hell.

»Was machst du?«

Ich lasse den Vorhang los. Jan liegt auf der Seite, hebt seine Decke an, damit ich drunterschlüpfen kann. Die Augen hat er noch zu.

»Die Frösche sind so laut«, sage ich.

»Komm.«

Landungsbrücken. Ich höre Klaus' Fingern zu, die immer noch auf das Lenkrad trommeln.

»Klaus«, sage ich ganz, ganz leise. So leise, dass nicht mal ich es höre.

»Man gewöhnt sich an alles«, sagt Manuela.

»Man gewöhnt sich an alles«, flüstere ich.

Jan macht meinen Schrank auf, vielleicht genau jetzt. Er hebt meine Tops hoch, durchsucht die Taschen von meinen Jacken und Jeans, durchwühlt die Schublade mit meiner Unterwäsche, findet die Packung mit der Pille, die ich heimlich immer noch nehme, das Tagebuch, das ich mit fünfzehn vollgekritzelt und nie vernichtet hab, in dem steht, wie ich mit Caros Cousin Gunnar auf Marks Rücksitz vögel, wie ich diesen Typen, dessen Namen ich vergessen hab, in der Volksbank neben dem Geldautomaten einen blase, weil ihn die Überwachungskamera so antörnt, in dem steht, wie ich mich betrinke, um Papas Kotze wegwischen zu können. Vielleicht fährt Jan zum Wald und ruft meinen Namen durch die Bäume. Die Rehe erschrecken sich, eine Krähe fliegt auf, vielleicht gibt es ein Echo, und dann fährt er zum Hof zurück. Vielleicht ruft er meinen Vater an. In jedem Fall verflucht er die *Wintec*-Leute.

Der Fahrtwind zieht durch Klaus' Fenster nach hinten. Ich nehme den letzten Schluck Bier und habe wirklich keinen Hunger mehr. Vor dem Fenster Container und

Kräne, und in meiner Tasche sind immer noch Stroh-krümel und Ährenreste.

»So«, sagt Klaus und dreht das Radio leiser. »Kommt dir das bekannt vor?«

Ich gucke über diesen riesigen Lkw-Parkplatz. Die Fahrerhäuschen sind dunkel, nur in einem leuchtet *Michael* in blauen LEDs. Mir kommt hier gar nichts bekannt vor. Aber hinter dem Parkplatz ist eine Tanke. Die hab ich erst gar nicht gesehen, weil sie kaum noch beleuchtet ist.

»Sieht zu aus«, sagt Klaus.

»Der is bestimmt noch da.«

Auch wenn ich eigentlich glaube, dass das gar nicht die richtige Tanke ist. Torsten kommt immer so spät nach Hause, dass Caro die ganze Nacht nicht schlafen kann, weil sie sich Sorgen macht. Der Blinker klickt. Auf der anderen Straßenseite stapeln sich rote Container unter den Laternen. Die Bierflasche rollt über den Boden, und ich lege die Spielkarten wieder in einem ordentlichen Stapel vor das Fenster, nehme die oberste ab und stecke sie mir in die Tasche zu meinem Handy, gerade in dem Moment, in dem Klaus die Tür von außen aufschiebt.

Es ist nicht mehr so heiß wie vorhin und ich friere ein bisschen und reibe mir über die Arme, aber Klaus reagiert darauf kein bisschen. Er ist damit beschäftigt, sich wieder eine Zigarette anzuzünden, schirmt die Flamme mit den Händen ab, bis der Tabak glüht.

»Haben dir deine Eltern nicht beigebracht, dass man nicht mit fremden Männern mitgehen darf?«, fragt er und pustet den Rauch aus.

»Nö.«

»Stimmt, in der DDR gab es keine Autos.«

»Ich kann mich an die DDR überhaupt nicht erinnern«, sage ich.

Die Kräne ragen in den Himmel und leuchten in die Nacht. Klaus' Zigarette wird immer kürzer.

»Dann lass dich mal nich wegschnappen«, sagt er und wirft die Kippe auf die Straße. Ich fühle mich wie ein kleines Mädchen in diesen hässlichen Gummistiefeln und dem viel zu gepolsterten BH. Er geht ums Auto, zieht die Fahrertür auf und winkt noch mal, bevor er einsteigt. Ich habe keinen Pfennig Geld dabei. Mein Akku ist leer und ich atme einen Schwall Abgase ein, den Klaus mir zum Abschied vor die Nase pustet.

Die roten Lichter vom Bus verschwinden hinter den Containerbergen, und es gibt nicht mal einen Grashalm, den ich zerknicken kann.

Auf der gegenüberliegenden Straßenseite werden Container in die Luft gehoben, eine Durchsage schallt zu mir rüber. Erst verzögert verstehe ich, dass sie *Nine, four, four* gesagt hat.

Ich dachte immer, Tankstellen haben in so einer Stadt wie Hamburg die ganze Nacht auf. Die in Schönberg macht natürlich um 22 Uhr zu, aber es ist auch Schönberg.

Nine, four, five. Ich gehe los. Vielleicht ist Torsten da noch irgendwo. Ein Klo wär auch nicht schlecht. Das Licht in der Tanke ist ziemlich dunkel, ich kann kaum die Getränkeregale erkennen. Ich gehe auf die Schiebetür zu, aber die bewegt sich nicht. Ich hoffe, dass niemand mehr wach ist in den Lkws und mich sieht, wie ich hin und her laufe vor den Glastüren, die sich nicht öffnen. Ich gehe um die Tanke rum, vielleicht steht da was von WC.

Es gibt tatsächlich zwei blaue Türen, von denen der Lack abbröckelt, und ich rüttel an den silbernen Knäufen, aber die Türen kann man nur einen Millimeter von den Rahmen ziehen. Sobald ich loslasse, fallen sie wieder zu. Die Jalousien der Waschanlage hängen bis auf den Boden. Nirgendwo ein Auto. Es gibt nur die riesigen Lkws auf dem Parkplatz.

Ich wische das Display von meinem Handy mit dem Ärmel sauber. Ich kann mich nicht daran erinnern, wann ich es aufgeladen hab. Das Kabel steckt in der Steckdose direkt neben meinem Nachtschrank. Ich drücke wieder auf die ON-Taste. Die Batterie blinkt auf und verschwindet. Ich könnte einen der Lkw-Fahrer fragen, Michael vielleicht, aber die Fenster waren alle dunkel. Wer will schon geweckt werden? Wer würde mir helfen, nachdem ich ihn aus dem Schlaf getrommelt hab? Niemand.

Als ich mein Handy einstecke, habe ich auf einmal die Karte in der Hand. Und obwohl ich mir das für einen schöneren Moment aufheben wollte, sehe ich sofort, dass es die Herz-Neun ist. Keine Ahnung, was die bedeutet. Es ist schon ewig her, dass Caro mir das letzte Mal die Karten gelegt hat. Herz-Acht ist Glück. Wenn es wenigstens Herz-König gewesen wäre, der gute, gebende Mann oder so was.

Nine, four, six. Ich stecke die Karte wieder ein. Wahrscheinlich hat Klaus eine Frau, die zu Hause auf ihn wartet. Gerade jetzt schließt er die Tür auf. Sie stellt die Herdplatte an, als sie seinen Schlüssel hört, rührt die Pilze in der Pfanne um und hebt den Deckel vom Nudeltopf, während Klaus sich die Schuhe auszieht, sein Handy und das Portemonnaie auf das Tischchen im Flur legt. Seine Frau stelle ich mir ungefähr wie Manuela vor, die Taille hat sich schon lange vor den Wechseljahren in einen Kartoffelsack verwandelt, auf die ersten grauen Haare klatscht sie regelmäßig nussbraune Tönung. Die Schwimmringe unter ihrer Bluse stoßen gegen die Drehknöpfe am Herd, die Sahnesoße blubbert, als Klaus in die Küche kommt. Dampf über dem Nudeltopf.

Hallo, Schatz! Er küsst sie, schmeckt Champignons und Pfeffer. Sie schmeckt seine Zigaretten und ist beruhigt. Er geht ins Bad, um sich die Hände zu waschen.

Lichter strahlen über die Kreuzung. Ich drücke mich so nah wie möglich an die Tankstellenmauer. Hier sind bestimmt überall Überwachungskameras, und morgen früh versammeln sich die Jungs von der Tanke vor einem Bildschirm und lachen Tränen über mich. Ein Lkw schaukelt auf den Parkplatz. *Krug Logistics* steht in Weiß auf der Plane.

Nach dem Essen räumt sie die Teller in den Geschirrspüler. Er nimmt sein Bier, geht raus auf die Terrasse und sieht über die Dächer bis zu den Kränen. Vielleicht denkt er an mich. Vielleicht bin ich seine Wichsvorlage für ein, zwei Wochen.

Der Lkw bleibt hinter all den anderen stehen. Die Tür geht auf und die Metalltreppe knarrt, als ein dicker Mann die Stufen runtersteigt. Er streckt sich, dann geht er rüber zu den Mülltonnen, neben denen er breitbeinig stehen bleibt. Ich muss an diese Höhle denken, die Caro und ich früher mal hatten, auf dem Dorfplatz unter den Linden. Wir hatten uns einen verrosteten Herd aus der Schrottkuhle geholt und Ziegelsteine von den Ruinen, aus denen wir einen Tisch und Stühle gebaut hatten. Als wir gerade alles eingerichtet hatten und unter den frischen Frühlingsblättern saßen, hielt ein Laster mit Kraftfutter vor Jans Hof. Der Fahrer kletterte raus und klingelte am Tor. Arko kam kläffend über den Hof gerannt, knurrte, bellte, fletschte die Zähne, lief am Gitter hin und her und drehte sich im Kreis. Auf dem Hof passierte nichts. Alle waren beim Melken. Der Fahrer schlenderte auf unseren Baum zu, und wir verkrochen uns in die hinterste Ecke von der Höhle, an den Rand vom Blätterdach. Einen Moment dachte ich, es regnet, als es auf einmal auf das Dach plätscherte, aber dann sahen wir den Strahl, der direkt neben unserem Herd in die trockene Erde schlug, und den schrumpeligen Schwanz, der zwischen den dicken Fingern durch die Blätter hing. Noch am selben Tag haben wir uns eine neue Höhle gesucht.

Der Dicke steht immer noch bei den Mülltonnen. Aber da ist noch jemand, im Fahrerhäuschen, jemand, der ganz vorsichtig die Treppe runterklettert und eindeutig eine Frau ist, sie hat hohe weiße Stiefel an und einen ziemlich kurzen Rock, wie Sailor Moon. Für einen Moment scheint die Feuerzeugflamme auf ihr Gesicht. Danach bleibt nur dieser kleine glühende Punkt und sie steht da, gegen den Lkw gelehnt, ihr Gesicht im Schatten. Ich drücke mich noch weiter an die Tankstellenwand und versuche, mich so wenig wie möglich zu bewegen. Auf dem Weg zurück zieht der Dicke seinen Gürtel straff. Als er bei ihr ankommt, höre ich nur ein hohes Lachen, dann flackert das Feuerzeug noch mal auf und sie ziehen sich die Stufen hoch. Nach noch einem Lachen fällt die Tür zu.

Nine, four, seven. In dem Fahrerhäuschen brennt Licht und ich sehe nur die Schemen, wie sich irgendwas hinter den Scheiben bewegt.

»Na?«

Ein Typ, der aussieht, als wäre er schon tot, steht plötzlich neben mir. Zwei Stangen Zigaretten in der Hand, Glatze, grauer Dreitagebart. Ich greife nach meinem Handy. Mein Akku ist leer, okay, aber ich könnte ihm damit so stark auf den Kopf schlagen, dass er ohnmächtig wird.

»Wo kommst du denn her?«

Ich glaub nicht, dass es sich lohnt, auch nur ein Wort in diese Unterhaltung zu investieren. Es sei denn, ich kann ihn damit ablenken, während ich zum Schlag aushole.

»Ich warte auf jemand«, sage ich.

Ich ziehe mein Handy Millimeter für Millimeter aus meiner Tasche.

»Ich wohn da drüben. Kannst bei mir warten.«

Er nickt zu den Lkws rüber.

Und in dem Moment laufe ich einfach los, an den Tanksäulen vorbei, an *Krug Logistics* vorbei, dem Dicken mit seiner Sailor Moon, zwischen die Trucks, dahin, wo es so dunkel aussieht, als könnte ich nicht mal mehr sehen, wohin ich laufe. Aber so dunkel ist es nicht. Ich sehe die Reifen, die so groß sind wie ich, Dieselgeruch, Schwaden warmer Luft, als würden die Motoren ausatmen. Meine Stiefel sind so laut auf dem Asphalt, dass ich nicht hören kann, ob mir jemand folgt. Musikfetzen, Stöhnen, Fernsehstimmen, die lauter werden und wieder verschwinden, und irgendwo Licht und ein Ende der Planen und die Schemen der Halle, und dann stehe ich wieder ganz frei auf dem Parkplatz und höre nichts, nur die Durchsage, *nine, five, one*, und meinen Atem. Ich laufe weiter, obwohl die Luft in meinem Hals sticht und die Stiefel an meinen Waden scheuern. Erst hinter der Halle bleibe ich stehen und gucke zurück, aber da ist nichts. Ich bin mir nicht mal mehr sicher, ob ich mir diesen Typen nicht nur eingebildet hab. Ich sehe mich an der Mauer runterrutschen, mein Gesicht in meinen Händen vergraben, aber ich bleibe stehen, drücke nur meine Fingerkuppen in die raue Wand. Man darf sich da nicht reinsteigern. Zwischen den Lkws bewegt sich gar nichts. Man darf sich da nicht reinsteigern.

Ich hätte doch länger nach meiner Mutter suchen sollen, damals. Dann wüsste ich jetzt bestimmt, wohin. Vielleicht wäre ich sogar bei ihr hier in der Stadt groß geworden und würde jetzt in einer Bar sitzen und Cocktails schlürfen mit einem Chirurgen oder was weiß ich mit wem.

Ich kann wieder einigermaßen atmen und sehe, dass es weder einen Grasstreifen noch eine Toilette gibt. Aber bei der Halle steht ein weißer Golf und dahinter ist eine vertrocknete Hecke. Neben die hocke ich mich und ziehe mir die Hosen runter. Und als ich da so sitze und den Strahl auf den Asphalt aufkommen höre, lese ich noch mal den Schriftzug auf dem Golf: GERMANIA steht da nämlich auf der Beifahrertür, als wäre es der Name meiner Heimat, und das ist er ja auch irgendwie. Da begreife ich auch endlich, dass das Torstens Wagen ist. Denn es wäre schon ein großer Zufall, wenn hier genauso ein weißer Golf stehen würde, mit genau diesem Schriftzug, in diesen verwaschenen, altdeutschen Buchstaben.

Ich ziehe mir die Hose hoch und laufe um den Wagen, auch das Nummernschild stimmt: GDB-TG-094. Vielleicht bedeutet die Herz-Neun: Hilfe durch einen Freund. Ich lege meine Stirn gegen das Glas, schirme meine Augen so mit den Händen ab, dass ich reingucken kann. Der rote Punkt am Radio blinkt, sonst ist alles dunkel. Die Rücksitze sind raus, stattdessen liegt da so ein Kanister, sonst kann ich nicht viel erkennen. Die Fahrertür ist zu, die dahinter auch. So ähnliche Kanister hat Frank in den Garagen, da ist Zeug drin, gegen das Unkraut auf den Weiden. Jan hat sich früher mal ein Floß daraus gebaut, einfach die Kanister aneinandergebunden und Bretter obendrauf. Es sah hässlich aus, gar nicht wie ein richtiges Floß, weil man die Kanister mit den verschiedenen Farben halt sah, aber es schwamm perfekt über den Dorfteich.

»Christin?«

Torsten steht auf der anderen Seite vom Auto, in seinem grauen Tankstellenshirt.

»Was machst du denn hier?«

In der Hand hat er den Griff von einem Bollerwagen, auf dem noch so ein Kanister aus Plastik liegt.

»Ich frag mich eher, was du hier machst«, sage ich, aber ich gehe um den Wagen und nehme ihn einfach kurz in den Arm. Nur kurz, weil er ziemlich nach Schweiß müffelt und nur ein bisschen nach *Mustang* riecht – das ich zusammen mit Caro ausgesucht habe, als wir kurz vor Weihnachten in Lübeck shoppen waren. Der Griff vom Bollerwagen knallt auf den Asphalt. Sofort bückt sich Torsten und hebt ihn wieder auf. Ich gucke noch mal über den Parkplatz mit den Lkws. Niemand.

»Du spionierst mich aus?«

»Wieso das denn?«

Torsten zieht den Bollerwagen an mir vorbei bis zum Kofferraum. Seine Haare sind winzige Stoppeln, so kurz, dass man die picklig rote Kopfhaut sieht.

»Ich dachte, ihr macht Heu.«

»Ich dachte, du arbeitest bei 'ner Tanke.«

Er schließt den Kofferraum auf und lässt die Klappe hochgleiten.

»Mach ich auch«, sagt er und sieht dabei so besorgt aus, dass er mir leidtut. Weil ich ihn einfach so überrascht hab. Das Licht im Auto geht an, beleuchtet den Kanister. Er ist doch nicht schwarz, sondern blau. Genau der gleiche wie auf dem Bollerwagen. Torsten wuchtet den Kanister hoch und der Wagen rollt ein bisschen, bis ich nach der Haltestange greife.

»Und was ist das?«

Torsten schiebt den Kanister in die freie Fläche neben dem anderen. Eine Flüssigkeit klatscht gegen die Wände. Torsten hat schon immer solche Aktionen gestartet. Er hat *Meisterbräu* zu *Mecklenburger Bio-Bier* umetikettiert und die Lübecker Bioläden damit beliefert, aber das war ihm zu viel Arbeit auf Dauer. Dann hat er diesen dänischen Pelzhändler erpresst, weil sein Mercedes jede Woche vor *Marinas Love-Haus* stand. Allerdings hat er die Erpressung ziemlich schnell fallen gelassen, nachdem diese Schläger seine Wohnung zertrümmert hatten. Danach ist er zu Caro gezogen. In der Kaufhalle hab ich mal gehört, wie sich Frau Gessner und die Bäckersfrau darüber unterhalten haben, dass Caro die

Schläger selbst engagiert hat, um ihn endlich dazu zu bewegen, bei ihr einzuziehen.

»Wo ist eigentlich dein Auto?«, sagt Torsten.

»Hab ich zu Hause gelassen. Darum muss ich ja bei dir mitfahren.«

»Und wie bist du dann hergekommen?«

»Soll der auch noch rein?«, frage ich und zuckel mit dem Bollerwagen noch ein bisschen näher ans Auto. Die Wände fehlen. Es gibt nur noch die Streben an den Ecken und den Boden, auf dem der Kanister lag.

»Musst du an die Füße nehmen.«

Und obwohl das echt ungemütlich klingt, sage ich »okay« und ziehe den Bollerwagen zur Beifahrertür.

Auf dem Sitz liegt ein Buch, daneben eine halb volle Cola-Flasche. Ich setze mich und lege mir die Sachen in den Schoß. Das ganze Auto müffelt nach einer Mischung aus Diesel und diesem Duftbäumchen, das vom Rückspiegel baumelt. Der Wagen ist aufgeheizt, die Polster so warm wie die Sitze im Trecker.

»Rück ma ganz nach hinten!«, sagt Torsten.

Ich taste nach dem Hebel, ziehe ihn hoch und rutsche zurück.

»Jetzt anschnallen!«

Dann stellt er den Bollerwagen vor meine Beine, sodass meine Knie ziemlich fest gegen das Holz drücken, und legt mir die Zugstange über die Schulter.

»Festhalten!«, sagt er noch, bevor er die Tür zuknallt, um das Auto geht und sich neben mir auf den Fahrersitz fallen lässt. Ich sitze also eingeklemmt da und halte mich an der Stange fest und würde ziemlich gern mein Fenster aufmachen, aber ich komme einfach nicht an diese Kurbel.

»Ich krieg keine Luft.«

Torsten beugt sich unter der Stange durch über meine Beine und macht das Fenster einen Spaltbreit auf.

»So genehm, die Dame?«

Er dreht den Schlüssel um, und als der Motor läuft, fließt endlich so ein wunderbares Entspannungsgefühl in mich rein, als hätte ich gerade diesen polnischen Wodka getrunken mit einer Prise Zimt und einem Spritzer Apfelsaft, als müsste ich nur die Augen zumachen und dann würde ich sofort einschlafen. Ich gucke noch mal über den Parkplatz und die Lkws und als wir auf der Straße sind, sehe ich im Rückspiegel das blau leuchtende *Michael*. Der Parkplatz sieht überhaupt nicht mehr gefährlich aus.

»Is das Diesel?«, sage ich.

»Das sind Subventionen. Ost-West-Ausgleich.«

Wir sind der einzige Wagen auf dieser mehrspurigen Straße.

»Also das mit der Tanke ist nur 'ne Geschichte?«

»Von dem Stundenlohn kann doch keiner leben.«

Überall Ampeln. Alle sind grün.

»Und das merken die nich?«

»Neben dir sitzt der Sohn von Tanke-Manni, ja?«, sagt Torsten. »Wenn ich das nich draufhätte, wär bei meiner Zeugung was schiefgelaufen.«

»Was ist mit den anderen Sachen, die du vorher gemacht hast?«

»Ich musste nur ma in mich reinhören. Du kennst doch meine Tanke, die ich von meim Vadder geerbt hab, neben der LPG in Carlow, die alte Minol.«

»Klar.«

»In der Grundausstattung is das noch völlig tacko«,

sagt Torsten. »Leitungen, okay, aber dann läuft das wieder.«

Ein getunter Wagen überholt uns mit quietschenden Reifen und verschwindet in der Nacht.

»Und wer kauft das?«

»Nur Freunde. Bis jetze, sach ich ma.«

Ich versuche ihm anzusehen, was stimmt und was nicht, wie früher, als ich noch keinen Führerschein hatte und kein Auto und ihn gefragt hab, ob er noch fahren kann, wenn wir vor dem *Kreml* standen oder vor dem *Gummibärchen*, und er immer »ja, klar« gesagt hat, »ich kann noch fahrn, ja, klar.« Und ich bin auch meistens eingestiegen. »Ja, klar.« Dann kreuz und quer durch die Alleen, in Schlangenlinien mit 140, bis wir geschrien haben.

»Nur Spaß.«

Torsten hat gelacht und sich von Mark noch mal die Flasche Cola-Korn geben lassen. Dann kam irgendwann die Nacht mit Anne.

»Willst du Bier?«, fragt Torsten. »Bisschen warm, aber ...«

Er greift hinter meinen Sitz, es klimpert, und er hat zwei Flaschen in der Hand.«

»Feuerzeug is unterm Radio.«

Die Biere sind wirklich alles andere als kalt, und es ist Wicküler, das ich eigentlich nicht mag, aber ich mache trotzdem erst seine und dann meine Flasche auf, mit diesem Feuerzeug, das so abgewetzt ist, dass ich Angst hab, es explodiert gleich. Das ist so eine Sache, die ich mir eigentlich wieder abgewöhnt hab. Mit dreizehn oder vierzehn hab ich mal lange geübt, bis ich Kronkorken mit Feuerzeugen öffnen konnte, und dann hat Caro irgendwann gemeint, dass das bei Männern nicht so gut ankommt. »Die mögen das, wenn du ihnen die Flasche hinhältst. Kannst du mal bitte aufmachen?« Aber ich muss nur ein, zwei Mal versuchen, dann funktioniert das wieder wie früher.

Mit der Flasche in der Hand drückt Torsten das Radio an und sofort schallen Elektrobeats durch den Wagen. Irgendwas ist anders als sonst.

»Wo sind deine Boxen?« Denn die sind normalerweise im Kofferraum und der Bass massiert dir den Rücken.

»Brauchte Platz. Gehen aber ganz schnell wieder rein.«

Wir fahren auf die Autobahn, meine Füße kribbeln. Torsten beschleunigt so plötzlich, dass ich in den Sitz gedrückt werde und der Leiterwagen gegen meine Knie knallt. Ich halte mein Bier fest und die Zugstange und sehe die Lichter auf der Gegenfahrbahn an uns vorbeiziehen. »Jetzt zu dir«, sagt Torsten.

»Du siehst aus, als würdest du direkt vom Feld kommen.«

Torsten lässt Wasser auf die Frontscheibe spritzen, aber die toten Insekten lösen sich nur langsam unter den Scheibenwischern.

»Caro hat dich geschickt«, sagt Torsten.

»Als ob es immer nur um dich geht.«

Der Schaum läuft über das klarer werdende Glas.

»Oder hast du auch 'nen lukrativen Nebenjob?«

Er mustert mich noch mal, soweit das bei dem Licht geht, oder tut wenigstens so.

»Komm schon, erzähl mir, was dich bedrückt!«, sagt er.

Als wär er mein Therapeut.

»Ich zieh vielleicht nach Hamburg.«

Keine Ahnung, warum das einfach so aus meinem Mund kommt. Torsten runzelt die Stirn.

»Ja«, sage ich. »Ich hab mich gerade mit meiner Mutter getroffen.«

»Du hast sie gefunden?«

»Schon vor einer Weile.«

»Und das erzählst du jetzt erst?«

»Sie wohnt irgendwo in Süddeutschland, Singen oder Siegen, und war heute in Hamburg, beruflich.«

»Und wie war's?«

»Cool.«

»Hat mir Caro gar nicht erzählt.«

»Sie weiß es auch nich.«

Auf der Frontscheibe kleben schon neue Insekten, und ich trinke das Bier und finde, dass es doch gar nicht so schlecht schmeckt.

»Du bist wirklich der Einzige. Und bitte, bitte sag niemand was. Sie will nich, dass mein Vater das erfährt.«

Keine Ahnung, ob Torsten mir glaubt.

»Du weißt doch, wie das auf'm Dorf is«, schicke ich hinterher.

Ich gucke raus in die Nacht, auf die Autobahn, die unter uns vorbeifliegt. Der Tacho-Zeiger hängt kurz über der 110.

»Und wie bist du dann bei mir gelandet?«

»Hab den Zug verpasst, den letzten. Sie wollte mir noch ein Hotelzimmer zahlen, aber Jan wird sich eh schon Sorgen machen. Mein Akku is alle.«

Ich gucke Torsten an, der in die Nacht starrt, und dann gucke ich in den dunklen Fußraum und streiche über die Bierflasche, wie vor ein paar Stunden in Klaus' Bus, und bin mir selbst nicht mehr sicher, ob ich das wirklich erlebt habe. Jetzt kommt es mir schon viel wahrscheinlicher vor, dass ich mit meiner Mutter Pizza essen war.

»Glück gehabt«, sagt Torsten. »Dass ich noch da war.«

Das stimmt wirklich, und wahrscheinlich war es Schicksal. Ich gucke in die Nacht und in die Lichter, die vor uns verschwinden. So wie es damals Schicksal war, dass Torsten überlebt hat. Und wieder sehe ich den silbernen Twingo über die Steilküste in die Ostsee fliegen und die Wellen, die gegen den Wagen schlagen und Torsten an den Strand spülen, während Anne bewusstlos auf dem Fahrersitz ertrinkt. Ich war schon ziemlich lange nicht mehr an ihrem Grab, aber sie hat nächste Woche Geburtstag. Ich glaube, das ist sogar ihr fünfundzwanzigster. Ich kaufe fünfundzwanzig Rosen, das hab ich mir schon vor einem Jahr vorgenommen. Anne stand auf Rosen, auch wenn sie sonst gar nicht so romantisch rüberkam mit ihrem rasierten Schädel. Vielleicht gehe ich auch schon morgen hin und erzähle ihr von allem hier, von Hamburg und von Klaus.

Ich würde jetzt gerne wissen, ob Torsten auch manchmal an sie denkt, aber ich traue mich nicht zu fragen. Dabei kann er wirklich nichts dafür, schließlich ist sie gefahren und sie hat davor das Zeug geschluckt. Wenn ich daran denke, dass schon drei Leute, mit denen ich mal in eine Klasse gegangen bin, nicht mehr leben, finde ich das ziemlich viel und bin irgendwie froh, dass ich noch lebe.

Der Erste war Mirko Lichtmann. Hat sich schon mit zwölf oder dreizehn erschossen. Mit der Pistole von seinem Vater im Baumhaus im Garten und man wusste nie so richtig, ob es Selbstmord war oder ein Unfall. Die Eltern sind danach völlig abgedreht, der Vater ist in irgendeine Anstalt gekommen und die Mutter hat diesen Typen in der Schweiz geheiratet und spanische Straßenhunde gerettet.

Und dann Timo, eigentlich fast das Gleiche, mit 180 gegen einen Baum, auch da weiß man nicht, ob das Absicht war. Aber ich kann mich jedenfalls noch genau an die Nacht erinnern. Da waren wir im *Kreml*, und ich stand mit Yvonne und Caro und Mark draußen, als wir diesen Knall hörten. Wir haben uns natürlich nicht so viel dabei gedacht. Wir waren ja auch völlig blau, und irgendjemand hat einen Witz darüber gemacht, das weiß ich noch, die Außerirdischen kommen oder so was, und als wir die Sirenen vom Krankenwagen gehört haben, viel später, haben wir das natürlich nicht mit dem Knall in Verbindung gebracht.

»Und wieso ziehst du dann nach Hamburg?«

»Meine Mutter hat da 'ne Wohnung. Will sie nich aufgeben. Und es wär natürlich super, wenn da jemand wohnt, den sie kennt.«

Torsten fährt zu weit rechts, die Reifen quietschen über die Fahrbahnmarkierung.

»Aber ich weiß noch nich. Ich kann doch Jan nich alleine lassen.«

Torsten schweigt, vielleicht ist er beeindruckt, und ich bin auch etwas überrascht, dass mir das so schnell eingefallen ist.

»Für mich wär das ja nix«, sagt er. »Hamburg. Da gibt's zu viele Kanaken.«

»Klar, aber es gibt auch mehr von allem anderen.«

»Mehr, mehr, das haben dir die Scheißpolitiker erzählt,

dass du das brauchst. Das brauchst du gar nich. Weißt du eigentlich, wie viele Strohhalme in eurer Scheune rumliegen?«

Das ist mir ziemlich egal.

»Viele, kannst du gar nich zählen. Und du willst noch mehr.«

»Das is doch nur Stroh.«

»Das is der Boden, auf dem die Kühe stehn.«

Die Kühe stehen auf Spalten aus Beton, aber das sag ich jetzt lieber nicht.

»Ohne Stroh hättet ihr gar nichts. Und ihr verkauft das Stroh doch auch?«

Ich lasse die Bierflasche auf den Boden sinken, drehe das Buch um.

»*Herr Lehmann*. Ich wusste gar nicht, dass du liest?«

»Im Radio läuft doch eh nur Schrott.«

Ich blättere die ersten Seiten auf.

»So 'n Typ, der nichts auf die Reihe kriegt, also fast wie ich.«

»Wieso? Du machst doch total viel.«

»Kannst du das ma Caro sagen. Vielleicht glaubt sie dir.«

»*Der Mensch ist ein Wesen mit freiem Willen, dachte Herr Lehmann, als er sich der anderen Seite des Lausitzer Platzes näherte, jeder muss selber wissen, was er tut und was nicht, ... Aha?*«

»Pass auf, dass das Lesezeichen nicht rausfällt!«

Zwischen den Seiten 206 und 207 liegt das herausgerissene Inhaltsverzeichnis.

»Meinst du das hier?«

1. Der Hund

2. Mutter

3. Frühstück

»Warum hast du dir eigentlich nichts andres angezogen? Ich meine, wenn du nach Hamburg fährst?«

20. Party.

»Kannst du mich hier rauslassen?«, frage ich, kurz bevor wir bei den beiden Kurven sind, in denen sich die Straße durch den Wald schlängelt.

»Du willst den ganzen Weg laufen?«

Die Äste hängen über die Straße. Torsten hält da, wo der Weg in den Wald führt und der Jäger immer seinen Jeep abstellt. Das Licht geht an, als ich die Tür aufdrücke.

»Du weißt«, sage ich und lege mir den Zeigefinger auf die Lippen.

»Du auch«, sagt Torsten.

Ich kann meine Beine kaum noch bewegen. Sie fühlen sich an wie ein Stück vom Bollerwagen. Als ich sie auf den Waldboden setze, knicke ich ein und muss mich erst mal an der Autotür festhalten. Die Luft ist frisch und feucht, die Grillen zirpen und im Wald singen die ersten Vögel.

»Na dann.«

»Aber immer.«

Ich zittere in der Morgenluft. Die Scheinwerfer leuchten in die Büsche am Straßenrand. Das Diesel-Duftbaum-Gemisch ist noch in meinen Haaren. Ich hoffe mal, dass Jan das nicht riecht.

Über mir der Große Wagen. Das Licht vom Windrad blinkt rot, wie die Lampen auf den höchsten Kränen, die über die Elbe ragen, und es ist fast, als wäre Ham-

burg direkt vor mir, als ich diesen Straßenrand entlang-
gehe.

Eigentlich gehe ich nie zu Fuß. Nur einmal bin ich
von Carlow nach Restorf gelaufen, nach dem Streit mit
Caro bei der Jubiläumsfeier vom SG Carlow. Ich hab
mich gefühlt wie einer der Alkoholiker, die jeden Tag
diesen Weg gehen, um Schnaps im Konsum zu holen.
Wie mein Vater.

Jetzt kann ich die erste Laterne sehen hinter dem
Ortseingangsschild. Und das Licht auf dem Hof, von
der Lampe über der Stalltür, das den Platz zwischen
dem Wohnhaus, der Scheune und dem großen Kuhstall
beleuchtet. Die Fenster im Kuhstall sind auch schon
hell. In der Scheune, in der die Sterken und die ganz
frischen Kälbchen stehen, ist alles noch dunkel. Ich
bleibe stehen. Was wäre, wenn ich nicht zurückgehen
würde? Dann würde ich mit Gummistiefeln auf einer
Dorfstraße stehen, mitten in der Nacht.

Schattin, Landkreis Nordwestmecklenburg. Herzlich
willkommen! Das Schild ist ausgeblichen. Wahrscheinlich wurde es seit der Wende nicht mehr geputzt. Immer
mehr Vögel fangen an zu zwitschern, in den Büschen,
in den Linden vor dem Haus von Caros Eltern. Karina
und Uwe schlafen jetzt natürlich und trotzdem habe ich
Angst, dass einer von ihnen am Fenster steht, wenn ich
vorbeigehe, oder die Rottweiler so einen Lärm machen,
dass sie davon aufwachen und alle anderen Hunde im
Dorf auch anfangen zu kläffen und Karina und Uwe
mich sehen. Ich war so oft nach der Schule bei ihnen,
als Caro und Mark noch zu Hause gewohnt haben, habe
Weihnachten mit ihnen gefeiert, es wäre also so, als

würden meine Eltern mich erwischen. Bevor der Gartenzaun beginnt, bleibe ich stehen. Ein Igel verschwindet unter den Mülltonnen.

Gegenüber auf dem Hof von Tante Rehna ist alles still. Die Rosen stehen da, so zurechtgeschnitten, dass sie kaum noch Blätter haben. Bobby, den Tante Rehna nachts immer vorne in den Stall sperrt, bellt so unerträglich hoch, dass man sich die Ohren zuhalten muss, wenn man daran vorbeigeht, dabei ist er selbst fast taub und blind und läuft gegen den Zaun und die Mülltonnen. Aber noch ist er nicht aufgewacht.

Im Dorfteich quaken die Frösche. Er ist fast ausgetrocknet, man sieht nur das Schilf, unter dem vielleicht noch Wasser steht, und ein modriger Geruch liegt seit ein paar Wochen über dem Dorf, wenn kein Wind weht, als wäre der Teich immer noch die Güllekuhle. Auf der anderen Seite vom Dorfplatz, im Garten von den Lübeckern, brennen bläuliche Solarlichter, ziemlich schwach beleuchten sie den Weg zur Haustür. Ich weiß nicht, wie ihr Hund heißt. Er schläft mit ihnen im Bett, hat irgendjemand erzählt. Es ist ein Hübscher, mit langem, schwarz-weißem Fell. Ich kenne nur den Namen ihrer Tochter, Madeleine, das weiß ich, weil alle über sie reden. Frank zieht besonders über sie her, weil sie jeden Abend am Bushäuschen steht und mit irgendwelchen Typen knutscht. Was soll sie sonst machen, wenn ihre Eltern sie so plötzlich nach Schattin verschleppen? Ich stand genauso jeden Abend an der Busbude, als ich fünfzehn war. Dazu kommt noch, dass sie aufs Gymnasium geht. Das geht für Jan und Frank überhaupt nicht. Ich habe zwar schon ein paar Leute getroffen, die aufs Gymnasium gingen und trotzdem nett waren, aber das traue ich mich nicht zu sagen. Irgendwo kräht ein Hahn, ganz leise, vielleicht ist es sogar unserer.

Niemand wird mich bemerken, wenn die Hunde nicht aufwachen. Ich atme noch mal tief ein und gehe los. Bei jedem Schritt warte ich auf das Bellen und Knurren und Atmen. Aber ich höre nichts, nur meine Schritte und die Vögel und die Frösche, und ich gehe schneller und laufe am Ende vom Garten die Böschung runter auf den Trampelpfad unter den Apfelbäumen. Von hier kann ich sehen, dass auch in dem Stall mit den Fressern und im Wohnhaus schon Licht brennt. Meine Stiefel rascheln im Gras. Bis ich Motorengeräusche höre.

Es ist eher ein Summen als ein Rattern, kein Trecker, ein Auto. Ich versuche herauszuhören, auf welcher Straße es fährt, auf der nach Restorf, auf der ich gekommen bin, auf der, die nach Thandorf geht, oder auf der, die hinter dem Dorf an der Weide von den Trockenstehern vorbei auf den Berg führt, zu den Feldern und dem Windrad, und die dann irgendwann im Nichts endet. Genau von da sehe ich jetzt die Scheinwerfer kommen. Da hab ich mich noch vor ein paar Stunden unter den Tisch gebeugt und die Karten aufgehoben. Ich gehe in die Hocke. In dem Moment strahlt das Licht auch schon über den Dorfplatz, ein warmes, gelbes Licht. Ich halte mich an den Gräsern fest. Die Grillen neben mir sind unerträglich laut. Jans Škoda fährt an den Weiden vorbei, biegt hinter der Bushaltestelle ab auf den Hof und verschwindet hinter dem Haus. Prinz bellt ein paarmal, und ich stelle mir vor, wie er am Auto auf- und abspringt, so wie er es immer macht, wenn jemand auf den Hof fährt. Dann ist er wieder still. Ich höre die Autotür zuschlagen, und als ich dastehe und nicht weiß, ob ich jetzt auf den Hof gehen soll, und die Grassamen aus meiner Hand fallen lasse, höre ich wieder Motorengeräusche. Ich hocke mich noch mal hin, gerade rechtzeitig, denn sofort beleuchten Scheinwerfer die Büsche neben dem Teich und das Schilf und die Birken und die Apfelbäume direkt über mir. Wie eine Welle schwappt das Bellen von Haus zu Haus, und ich erkenne auch Prinz' Kläffen, gedämpft und leise, als wäre er im Stall. Ich umklammere die Grashalme und höre, wie Lana und Attila am Zaun entlangrennen und ihre Körper gegen das Tor werfen. Der zweite Wagen fährt am Haus von Caros Eltern vorbei Richtung Restorf.

Erst als alles wieder dunkel ist und die ersten Hunde sich beruhigt haben, stehe ich auf. Ich zerknicke die Grashalme in meinen Händen und überlege, was Jan oder Frank auf dem Berg gemacht haben. Mich gesucht? Frank könnte jagen gewesen sein, dann war der andere Wagen der vom Jäger. Als ich über den Zaun in den Garten klettere, höre ich jedenfalls keine Schritte auf dem Hof, bloß das helle Kläffen von Bobby, sonst sind alle Hunde still. Auch im Küchenfenster brennt Licht. Die Stalltür steht offen und die Lampen scheinen raus auf die Betonplatten.

Das Dielentor ratscht über den Betonboden, bis der Spalt gerade so breit ist, dass ich durchpasse. Die Luft ist voller Stroh. Die Ballen türmen sich bis an die Decken. Die Kälber rascheln, unter der Stalltür ist ein heller Streifen, und ich taste mich an der kalkigen Wand entlang, bis meine Stiefel an die Stiefel stoßen, die umgekippt vor der Tür zur Küche liegen.

Die Klinke knarrt natürlich und ich kneife die Augen zu, aber da ist niemand, nur ein Brett voller Krümel auf dem Tisch. Als würde mein Magen wissen, dass ich gerade eine Küche betreten habe, fängt er an zu knurren, und ich muss daran denken, dass ich früher manchmal, wenn ich nachts von der Arbeit kam, zu Jan in den Melkstand bin, und dann hat er mir mit der Hand einen Becher voll gemolken. Aber eigentlich habe ich davon nie viel getrunken, weil ich es zu eklig fand, wenn da noch Haare von den Kühen drin waren. Ich habe mich nur nicht getraut, ihm das zu sagen, und wenn er nicht hingeguckt hat, habe ich die Milch schnell in den Abmelkbecher gekippt.

»Guten Morgen.«

Manuela steht in der Tür mit einem Eimer in der Hand, zieht ihre Füße aus den Stiefeln. Strohkrümel rieseln aus ihren Socken.

»Na endlich«, sagt sie.

Ihre Augen sind verklebt, die Locken noch zerdrückt und voller Stroh.

Ich nehme mir ein Joghurt.

»Wo warst du?«

Sie lässt das Wasser in den Eimer sprudeln, muss sich nach vorne beugen dabei, um über ihren Babybauch an den Wasserhahn zu kommen.

Ich mache den Kühlschrank wieder zu.

»Jan hat die ganze Nacht nach dir gesucht!«, ruft sie durch das Rauschen.

»Ja«, sage ich, aber ich glaube nicht, dass sie das gehört hat.

Sie hält ihre Finger unter den Wasserstrahl. Jetzt endlich merke ich, wie müde ich bin.

»Ich geh schlafen«, sage ich, nehme mir einen kleinen Löffel aus der Schublade, und bevor Manuela das Wasser abdrehen kann, bin ich im Flur, laufe die Treppe hoch und mache die Tür hinter mir zu. Meine Bettdecke liegt ordentlich da, genauso, wie ich sie gestern früh umgeschlagen habe. Ich lasse mich auf Jans Seite fallen, stecke meinen Arm unter seine Bettdecke. Das Laken ist schön warm.

Sonnenlicht strahlt zwischen den Vorhängen ins Zimmer. Es ist vollkommen still. Ich hab geträumt, dass ich in Hamburg war, in einem riesigen Karussell immer im Kreis gefahren bin und über die gesamte Stadt gucken konnte. Torsten saß neben mir, und Caro stand unten und hat die ganze Zeit gerufen, wir sollen endlich runterkommen. 12:10. Neben dem Radiowecker liegt umgekippt der Joghurtbecher. Eine Fliege saugt an den Resten der Creme. 12:10. Das ist zu spät. Das ist viel zu spät, um pünktlich am Frühstückstisch zu sitzen, um bei den Kälbern zu helfen oder einfach nur in Franks Achtung zu steigen. Das wirft mich um Wochen zurück. Um Monate, wenn ich jetzt keine akzeptable Ausrede habe oder wenigstens eine Krankheit bekomme, die ich nur knapp überlebe.

Ich weiß nicht, ob Jan hier war, während ich geschlafen hab. Vielleicht wollte er mich nicht wecken. Ein Spinnwebefaden zieht sich über mir an der Raufasertapete entlang und ich bekomme plötzlich unwahrscheinlichen Durst, gleichzeitig kann ich mich nicht mehr bewegen. Selbst wenn ein Glas Wasser auf meinem Nachttisch stehen würde, könnte ich meinen Arm nicht heben, um danach zu greifen. Dieses Gefühl hab ich schon mein ganzes Leben lang, immer wieder. Ich bin schon zu spät zur Schule gekommen deswegen, weil ich einfach nicht aufstehen konnte.

Daran, dass es so läuft mit Jan und mir, ist nur Frank schuld. Bevor ich hier eingezogen bin, war noch alles in Ordnung. Ich war mir so sicher, dass wir heiraten würden. Ich bin es immer noch. Was sollten wir sonst machen? Wir werden den Hof übernehmen und so weiter. Dabei weiß ich gar nicht mehr, ob ich überhaupt heiraten will. Nicht, weil ich Jan nicht will, sondern weil ich nicht weiß, ob das gut wäre für uns. Aus irgendeinem Grund kriege ich seit ein paar Monaten kaum noch Luft, wenn ich daran denke, seine Frau zu werden. Es fühlt sich an, als würde nichts mehr in meine Lunge passen, auch jetzt ist es wieder so. Und das ist ganz bestimmt kein gutes Zeichen.

Ich weiß einfach nicht, was danach noch passieren sollte in meinem Leben. Ich würde einfach alt werden, ich würde nie wieder so schön sein wie an diesem Tag. Alles würde danach nur noch bergab gehen. Ich kann mir auch nicht vorstellen, dass ich mal siebenundzwanzig werde, schon gar nicht neunundzwanzig oder dreißig. Mit Falten im Gesicht wäre ich eine andere Person. Jemand, mit dem ich nichts mehr zu tun haben will. Und Frank will mich sowieso nicht als Schwiegertochter, weil ich nicht anpacken kann, weil ich mich nicht so abrackern will wie Jan und er. Das Leben besteht doch nicht nur aus Kühen.

Ich schlage die Decke zurück und setze mich auf die Bettkante, der rote Nagellack blättert von meinen Fußnägeln. Wenn Jan mich rauswirft, packe ich alle meine Sachen in den kleinen Ford und fahre zurück zu meinem Vater. Aber dann kann ich mich auch gleich umbringen. Ich ziehe die Vorhänge zur Seite und gucke raus auf die Lindenblätter, die still in der Hitze hängen. Ich würde es wie Anne machen. Mit Vollgas die Steilküste runter. Das ist so wunderschön.

Ich ziehe den Koffer unter dem Bett vor, in dem die Sachen sind, die ich noch nie anhatte, außer in der Umkleidekabine natürlich oder zu Hause vor dem Spiegel. Das Kleid, das nur aus goldenen Pailletten besteht. Das habe ich bestimmt schon fünf Jahre. Keine Ahnung, ob es mir überhaupt noch passt. Ich hab meinen halben Monatslohn dafür ausgegeben damals. Und dieses weiße Kleid mit den blauen Stickereien, das mir bis runter auf die Füße fällt. Wenn ich damit beim Teichfest auftauchen würde, würden alle denken, ich wäre verrückt geworden, und das wäre ich auch. Ich lege das Kleid wieder zusammen. Es lohnt sich nicht, irgendwas aus dem Koffer zu holen, also mache ich ihn wieder zu und schiebe ihn zurück unters Bett.

Die Sachen in meinem Schrank liegen so ordentlich da, wie ich sie reingelegt habe. Und mir fällt wieder ein, wie Jan sein ganzes Zeug rausgeräumt hat, damit ich Platz hab. Es reichte natürlich überhaupt nicht. Darum hat Jan dann noch die Kommode hochgeschleppt. Das war ziemlich süß.

Jeans bis fast zu den Knien, da kann Frank nichts sagen. Und dazu so ein einfaches weißes Top mit ein bisschen Ausschnitt, aber nicht zu viel.

»Weiß is was für Leute, die nich arbeiten«, sagt Frank dann vielleicht wieder, aber es hat schon gelbe Flecken unter den Armen und sowieso einen Grauschimmer.

Als ich die Zimmertür aufmache, höre ich schon das Klappern vom Mittagessen in der Küche. Ich wünschte, sie wären schon fertig und die Männer wären längst wieder draußen.

Ich gehe ganz langsam die knarrenden Stufen runter, warte darauf, dass das Gespräch abbricht, aber die Geräusche bleiben, wie sie sind. Besteckgeklapper, Stimmen. Ich würde gerne länger vor der Tür stehen und hören, was sie sagen, ob sie über mich reden zum Beispiel, aber ich weiß, dass sie mich gehört haben, weil man die Schritte auf den Stufen immer hört, wenn man in der Küche ist, also mache ich sofort die Tür auf. Ich renne auch ins kalte Wasser, wenn wir baden gehen. Das ist viel einfacher, als sich langsam und vorsichtig immer ein bisschen weiter rein zu bewegen. Man gewöhnt sich an das Wasser sowieso nicht, man spürt nur, dass es kalt ist, und bekommt eine Gänsehaut.

»Guten Morgen«, sage ich, weiß aber sofort, dass ich das nicht hätte sagen dürfen.

»Darüber lässt sich streiten«, sagt Frank.

Jan isst einfach weiter, guckt mich nicht mal an.

»Na, setz dich erst ma«, sagt Manuela, und ich setze mich vor den Teller, der sauber an meinem Platz steht. Sie ist immer so nett zu mir, dass es mich manchmal richtig wütend macht, aber heute bin ich froh darüber, heute kann ich es wirklich gebrauchen. Sie steht auf und nimmt den Deckel vom Topf, ich bekomme drei Kartoffeln, vier Fleischklößchen und eine Kelle Bohnen.

»Soße?«, fragt sie.

Ich schüttel den Kopf. Die Teller sind schon fast leer. Jans Gesicht sieht faltig aus und müde. Er kaut vor sich hin.

»Ich bin im Büro«, sagt er, bevor ich meine erste Bohne im Mund hab, und obwohl noch eine ganze Kartoffel auf seinem Teller liegt, steht er auf und geht.

»Lass den ma«, sagt Manuela, als das Dielentor

knarrt und Frank sich viel zu viel Pfeffer auf die Soße streut.

»Ja«, sage ich, und dann verbrenne ich mir die Zunge an einer Kartoffel und würde sie am liebsten sofort auf den Teller zurückspucken, schlucke sie aber runter und verbrenne mir auch noch den Hals. Jan redet also nicht mehr mit mir. Das kenne ich schon. Was es nicht besser macht. Als ich mal völlig betrunken bei Caro eingeschlafen bin und Jan sich Sorgen gemacht hat und wach geblieben ist, weil ich eigentlich noch zu ihm kommen wollte, hat er mich angebrüllt, als ich dann am nächsten Morgen angerufen hab. Das fand ich besser als das Schweigen. Irgendwann an diesem Tag stand ich dann bei meinem Vater in der Küche, der Alkohol immer noch nicht ganz raus, ich hatte Kopfschmerzen und wühlte im heißen Wasser nach dreckigem Geschirr, hatte Caro am Handy, zwischen Ohr und Schulter geklemmt: »Er hat Verlustängste. Er hat seine Mutter verloren.«

»Ich auch«, hab ich gesagt, aber sie meinte dann, bei mir ist das was anderes, weil sie vielleicht noch lebt und ich sie ja sowieso nicht kenne. In dem Moment hätte ich mein Handy fast ins Abwaschwasser geschmissen. Sogar als er mir mal eine runtergehauen hat, hat Caro das gesagt, dass ich Verständnis haben muss. »Männer sind schwach. Das darf man ihnen nicht übel nehmen, sonst steht man alleine da.«

Also bin ich dann doch irgendwann zu ihm, hab ihm erklärt, dass ich es nicht gewohnt bin, wenn sich jemand Sorgen macht. Und jetzt hab ich wieder nicht daran gedacht.

»Willst du heute in die Stadt?«, fragt Frank.

Seine Augen sind genauso grau wie die von Jan.

»Weil du ein weißes Hemd anhast.«

Im Garten scharren die Hühner, sie picken Manuelas Samen auf. Wenn ich so nett wäre wie sie, würde ich jetzt was sagen, damit sie rauslaufen und die Hühner verscheuchen kann, aber es fällt mir schon schwer genug auf diesen Fleischklößchen rumzukauen. Vielleicht sollte ich heute wirklich wegfahren. Zum Friseur, ins Solarium, egal. Und dabei fallen mir die Autos wieder ein, die heute Nacht vom Berg gekommen sind. Ich könnte Frank einfach fragen, ob er jagen war, aber dann will er von mir wissen, wie ich darauf komme, und schon sind wir bei letzter Nacht.

Das Geräusch von Besteck auf Porzellan sticht in meinen Kopf. Ich kann gucken, ob das Gewehr noch im Auto liegt oder irgendwelche Jagdsachen. Wie oft habe ich mir schon vorgestellt, Frank mit seinem Gewehr zu erschießen. Allein die Vorstellung hilft mir. Ihn da liegen zu sehen mit blutüberströmtem Gesicht. Ich muss wieder an das Kitz denken und die Rehmutter, die im Wald verschwunden ist. Ich bin mir sicher, dass genau sie heute Nacht erschossen wurde, warum sie und nicht Frank, das hab ich eigentlich gestern schon gewusst, als sie vor uns geflohen ist, und sie hat es auch gewusst, das hab ich gesehen.

»Ja, mit den Kälbern sind wir fertig«, sagt Frank.

Eine Fliege knallt gegen die Scheibe und summt am Rahmen auf und ab. Ich gucke hoch zum Fliegenfänger, der über dem Tisch hängt, völlig schwarz, und kann kaum noch kauen, weil ich mir ständig vorstelle, dass eine Fliege in den Topf vor mir fällt und da mit ihren Beinen zuckt und strampelt.

»Ich mach dann mal die Tränken«, sage ich, nehme

meinen Teller und den von Jan und räume sie in den Geschirrspüler. Die Hühner scharren unter den Lupinen, und ich wünschte, Prinz wäre hier.

Das dunkelbraune Plastik der Tränke ist warm wie eine Heizung, trocken und staubig, das Wasser steht nur noch ein paar Zentimeter hoch. Halme schwimmen darin, Silage, Stroh, Maiskörner, tote Käfer. Bei dem Wetter trinken die Kühe wie verrückt. Ich könnte den ganzen Tag mit dem Schlauch in der Hand von Tränke zu Tränke rennen.

Ich drehe den Abfluss auf. Das Wasser läuft über die trockene Erde. Es sickert nicht ein, bleibt einfach stehen in den Löchern, die die Kühe mit ihren Hufen hineingetreten haben. Der Stromkasten klickt. Irgendwo summt ein Insekt. Prinz ist nirgendwo zu sehen. Stattdessen kommt Frank mit der Schubkarre aus der Scheune. Schnell nehme ich den Schlauch und drehe den Hahn auf. Ich drücke meinen Daumen vor die Schlauchöffnung, sodass das Wasser gegen die Wände der Tränke schlägt und die Halme und die Fliegen mitreißt.

»Wenn du damit fertig bist«, höre ich Franks Stimme hinter mir, »kannst du den Tank polieren.«

Am liebsten würde ich den Schlauch einfach fallen lassen, die Sachen in meinen Ford packen und wegfahren, nach Dänemark oder Süddeutschland, sogar Polen wäre besser als das hier.

Und als wollten sie mich aufhalten, kommen die Hühner angelaufen. Sie scharren über den Boden und durch die Pfützen mit ihren Krallen, picken nach den Halmen und Samen. In den Rillen vom Tränkeboden ist eine feine grüne Schicht. Eigentlich müsste ich mir jetzt einen Schwamm holen, da reinklettern und den ganzen Boden schrubben. Ich drehe den Abfluss wieder zu und werfe den Schlauch in die Tränke. Ich sehe Frank nicht mehr und ziehe mein Handy aus der Tasche. Auch wenn da nichts steht von einer SMS oder einem Anruf in Abwesenheit, gucke ich mir die einzelnen Ordner noch mal an, zur Sicherheit. Aber da ist wirklich überhaupt gar nichts Neues.

Der Schlauch liegt im Wasser, das langsam steigt, und zittert vor sich hin. Die Hühner gackern und picken im Dreck. Als ich mein Handy gerade wieder einstecken will, fängt es an zu vibrieren, und bevor die Melodie richtig losgegangen ist, strahlt Caro mich an, auf diesem Bild, das ich mal in irgendeiner Bar in Lübeck von ihr gemacht hab.

»Hey«, sage ich und eine Welle aus Übelkeit schwappt durch meinen Magen. Jedes Mal, wenn Caro mich anruft, habe ich Angst, sie könnte mir erzählen, dass sie heiratet, dass Torsten ihr einen Antrag gemacht hat. Dabei würde sie mir das wahrscheinlich nie am Telefon sagen. Ich habe schon Angst, sie könnte mir sagen, dass sie mir was Wichtiges zu sagen hat und wir uns unbedingt sehen müssen, weil sie es mir nur persönlich sagen kann.

»Erzähl!«, sagt sie.

»Was?«

Ich gehe in die Hocke und fische den Schlauch aus dem Wasser.

»Von Hamburg.«

»Was?«, sage ich noch mal und klammere mich an die glitschige Wand der Tränke.

»Tu doch nicht so!«

»Ich weiß wirklich nicht, was du meinst.«

»Jan hat mich gestern angerufen, weil du plötzlich weg warst, und dann kommt Torsten heute Nacht an und meint, er hätte dich aus Hamburg mitgenommen.«

Das Bürofenster ist gekippt. Man hört alles, was auf dem Hof gesprochen wird, wenn man vor dem Computer sitzt.

»Ach so!«, sage ich viel leiser, lasse den Schlauch wieder fallen, wische mir den Arm an meiner Jeans einigermaßen trocken und gehe Richtung Kläranlage. Auf Torsten kann man sich eben verlassen.

»Ist eine längere Geschichte.«

Im Hintergrund höre ich Stimmen. »Bin gleich da«, ruft Caro. »Ich hab Kundschaft«, sagt sie dann zu mir. »Wir sehen uns heute Abend.«

»Klar«, sage ich noch, aber es tutet schon.

Als ich mich umdrehe und zum Stall zurückgehe, fährt ein weißer Bus über den Dorfplatz. Ich stecke mein Handy ein, drehe das Wasser aus, wickel den Schlauch auf, obwohl die Tränke gerade mal halb voll ist. Prinz kommt aus dem Kälberstall auf mich zu und wedelt mit dem Schwanz.

»Prinz!«, sage ich, »Prinz«, und fahre ihm durchs Fell.

Noch schlimmer wäre es, wenn sie mir sagen würde, dass sie schwanger ist. Ich weiß, das wird irgendwann kommen, aber bitte noch nicht jetzt. Eine Mücke landet auf meinem Arm. Ich halte still. Sie hebt die Hinterbeine noch mal an, reibt sie aneinander, dann bleibt sie ganz ruhig stehen. Auf meinem Arm ist kein einziges Haar. Optimale Bedingungen. Ich spüre gar nichts. Ihr Stachel, oder eigentlich ist es ja ein Rüssel, bohrt sich in meine Haut. Ihr Kopf sinkt immer tiefer. Ein Windstoß weht durch ihre Flügel. Sie reibt ihre Hinterbeine noch mal aneinander, aber sie steht ganz fest da. Auch wenn ich mich bewegen würde, das weiß ich, würde sie da sitzen bleiben. Sie wird größer vor lauter Blut. Ihre Beine sind so dünn. Sie können den schweren Blutkörper kaum noch tragen. Dann hebt sie den Kopf wieder, summt hoch und ist weg. Ich versuche sie noch mal zu erkennen, irgendwo in der Luft vor mir, aber ich finde sie nicht mehr. Blütenstaub rieselt vom Himmel. Ich streiche mir über die rote Stelle am Arm.

Schon bevor ich die Tür zum Büro aufschiebe, höre ich die Lüftung vom Computer und sehe durch den winzigen Spalt Jans Rücken. Prinz drängelt sich an meinen Beinen vorbei, stupst Jan mit der Schnauze gegen den Ellenbogen.

»Ich bin fertig«, sage ich.

Jan dreht sich nur kurz zu mir um, dann sieht er wieder auf den Bildschirm.

»Wollen wir nicht baden fahren?«, sage ich.

Der Fliegenfänger hängt an der Decke, voll und schwarz, irgendwo von da kommt auch ein Brummen. Eine dicke Fliege knallt immer wieder gegen das Fenster.

»Weißt du, was ich gerade gelesen hab?«

Er scrollt die Seite runter, bis ein Bild zu sehen ist.

»Wie ich gesagt hab«, sagt er. »Das hat nichts mit dem Blei zu tun.«

Auf dem Bild ist ein zerzauster Greifvogel. Er sieht fast so aus wie der, der vom Windrad erschlagen wurde. *Toter Seeadler unter WKA in Löwitz.*

Jan klickt auf *Artikel drucken.*

»Und weißt du, was ich glaube? Dass die den gar nich eingeschickt haben.« Der Drucker brummt und schiebt ein Blatt auf die Ablage. »Der liegt in der nächsten Mülltonne und gammelt vor sich hin.«

Ich streiche Jan durch die Haare.

»Wirklich?«

»Die warn nur hier, um den verschwinden zu lassen.«

Jan greift nach den Blättern.

»Diese Schweine.«

Prinz drückt sich an ihn.

Der Klebezettel mit der Nummer vom Klauenschneider löst sich von der Wand und segelt langsam auf die Ordner runter.

»Wollen wir nicht baden fahren?«, sage ich noch mal.

»Der Besamer kommt nachher. Und ich will vorher noch schlafen.«

Und auf einmal ist seine Stimme wieder so kalt, als hätte er mir eine Ladung Eiswürfel über den Rücken geschüttet. Dabei schläft er fast jeden Nachmittag, nicht nur, wenn er wegen mir nachts nicht schlafen konnte. Ich nehme meine Hand aus seinen Haaren. Auf einmal fühlt es sich falsch an, dass ich ihn überhaupt angefasst habe.

Jan steht auf und knickt die Blätter in der Mitte durch. Ich rutsche auf den Bürostuhl.

»Du hast mir immer noch nichts zu sagen?«, sagt Jan.

Ich will gerade nach der Maus greifen, aber in dem Moment reißt er die Lehne rum, knallt sie gegen den Schreibtisch, so dass ich fast vom Stuhl rutsche, mir auf die Innenseite der Unterlippe beiße. Wenn ich hochgucken würde, müsste ich ihm direkt in die Augen sehen, so rieche ich nur seinen Schweiß. Die Maus baumelt vom Schreibtisch und schlägt immer wieder gegen das metallene Bein. Tock, tock. Ich halte mich an der Armlehne fest.

»Dein Handy!«

Das hat Jan schon lange nicht mehr gemacht. Er schlägt nach einer Fliege. Ich zucke zusammen. Dann zieh ich mein Handy aus der Tasche, schön langsam, aber ich zitter trotzdem. Ich hab nichts zu verbergen. Zumindest nicht, wenn es um mein Handy geht. Die Staubflocken in der Ecke sinken auf die Fliesen zurück, während Jan die Nachrichten von Caro liest. Er liest auch seine eigenen Nachrichten, sieht, dass Caro mich gerade angerufen hat. Die Armlehnen sind aus einem sehr rauen Plastik.

Prinz fiept.

»Ja, mein Guter«, flüstere ich.

Ich würde ihn gern streicheln, aber er steht schon an der Tür, guckt zurück zu uns und hechelt, dabei fallen ihm Tropfen von der Zunge. Tock macht die Maus noch mal, dann pendelt sie nur noch ganz leicht und schwingt hin und her wie eine verdrehte Schaukel.

»Was ist eigentlich mit dem Trecker?«, frage ich.

Aber Jan wirft mir nur das Handy in den Schoß, als wäre er jetzt erst recht sauer, weil er nichts gefunden hat.

»Du weißt genau, dass mein Vater weiße Sachen hasst. Musst du ihn immer provozieren?«

Der rote Fleck auf meinem Arm juckt. Die Haut ist schon nicht mehr ganz flach, sondern hebt sich langsam zu einem Mückenstichfladen. Jan schiebt die Bürotür über den Boden, Prinz' Krallen klackern auf den Fliesen nach draußen.

»Kein Wunder, dass er uns den Hof nicht übergeben will.«

Ich streiche über das Display. Das Einzige, was ich sehe, ist das Weiße in meinen Augen und ein Stück vom Himmel im Fenster hinter mir.

Ich klicke auf den Bildschirm, ohne dass irgendwas passiert, scrolle an den Anfang vom Artikel. *Fehlgeleitet* steht fett darüber.

Jan und Prinz gehen über den Hof zum Haus. Wo Frank ist, weiß ich nicht. Der Brummer knallt gegen das Fenster.

Greifvögel kollidieren mit Windkraftanlagen. Es ist längst kein Geheimnis mehr: Windräder haben sich zu einem Feind der Natur entwickelt. Sie kosten jährlich allein in Deutschland mehreren Hundert Vögeln das Leben. Vor allem Seeadler und Rotmilane, deren Population sich gerade erst zu erholen beginnt, fallen den Rotorblättern zum Opfer. Diese bescheuerten Tierschützer. Ich schließe die Seite, aber da ist noch ein Tab offen: *Kaninchen-aktuell.de – Das Portal für Kaninchenzüchter. Die Rasse des Jahres: Deutsche Riesen schwarz.* Als Kind mochte Jan Kaninchen noch viel lieber als Kühe. Immer wenn wir bei ihm waren, hat er uns stolz zu den Ställen geführt. Isabella, Trixie, keine Ahnung, wie die alle hießen, aber sie waren dann natürlich irgendwann weg, genau wie Lola, das Schwein, und Jan hat nie wieder von ihnen gesprochen.

Ich tippe *Wintec* in das Suchfenster ein. *Wir drehen uns weiter.* Blauer Himmel, weiße Wolken, grüne Wiesen. Der Bildschirm ist voll mit Dreck und Fliegenkacke. Überall auf den Wolken sind schwarze Punkte. Und als eine Fliege über den blauen Himmel krabbelt, suche ich *Kartenlegen Herz 9* und warte.

Als sich die Seite mit den Suchergebnissen ganz langsam aufbaut, klicke ich gleich auf den ersten Link. Dann ist der Bildschirm wieder weiß, bis auf die Fliegenkacke. Meine Arme haben einen schönen Bronze-Farbton bekommen. Ich streiche über den Stich. *Die Herz-Neun ist die Karte der Liebe. Sie steht für intensive Gefühle zu einer geliebten Person, gedankliche Übereinstimmung und tiefe geistige Verbundenheit. Was diese Karte ganz persönlich für Ihr Leben bedeutet, ob positive oder negative Entwicklungen zu erwarten sind, lässt sich jedoch erst in Verbindung mit den umliegenden Karten sagen.*

Ich gehe zurück, warte und klicke auf das zweite Suchergebnis. Der Pfeil der Maus verwandelt sich in einen blauen, sich drehenden Kreis. Ich habe Sand unter den Fingernägeln oder irgendwas, auf jeden Fall sind die Ränder alles andere als weiß, und da, wo ich mir die Hornhaut abgebissen habe, sieht meine Haut auch irgendwie dreckig aus. *Die Herz 9 ist die Karte, die für Beständigkeit und Ruhe steht. Wenn die Herz 9 vor Ihnen liegt, wird Ihr Leben genau so harmonisch weitergehen wie bisher. Die Harmonie kann aber auch in Gefahr geraten, es kommt ganz darauf an, in welcher Umgebung Ihre Karte liegt. Das gesamte Geheimnis des Kartenlegens enthülle ich in der neusten Auflage von »Kartenlegen mit Barbara Harnold«. Bestellen Sie jetzt zum Vorzugspreis von 24,99.* Die Fliege krabbelt wieder über den Bildschirm.

Ich sollte mich lieber auf mein Horoskop verlassen. www.sofeminin.de. Ich scheuche die Fliege weg und klicke auf *So wird dein Sommer*. Dann starre ich wieder auf diesen Bildschirm, in dem ich unwahrscheinlich blass aussehe. Ich pule mir ein bisschen Haut von den Nägeln, nehme die Tube mit der Handcreme, die hinter dem Bildschirm steht. Olive ist der einzige Duft, den Jan als nicht so tussig akzeptiert.

Gerade als meine Hand voll mit Creme ist, baut sich die Seite auf. Mit dem Arm schiebe ich die Maus auf das Wort *Wassermann*, dann drücke ich mit dem Ellenbogen auf die linke Maustaste. Ich muss einfach auch all die anderen Karten haben. Über mir summt es. Während meine Creme einzieht und die nächste Seite lädt, gucke ich hoch zum Fliegenfänger, der sich leicht bewegt, als würde es doch einen Luftzug geben, aber vielleicht kommt das auch von den Fliegen, die noch nicht ganz tot sind und ihn mit ihrer letzten zappelnden Kraft zum Schwingen bringen.

Die Planeten meinen es in diesem Sommer besonders gut mit Ihnen. Der gesamte Juli wird vor lauter Leidenschaft wie im Rausch an Ihnen vorbeiziehen. Passen Sie nur auf, dass Sie ab und zu auf den Boden der Tatsachen zurückkehren. Gerade gegen Ende des Monats ist etwas Vorsicht angebracht. Wenn Sie sich bereits in einer festen Beziehung befinden, können Sie sich auf viel Zweisamkeit freuen. Schenken Sie Ihrem Schatz mal wieder was. Singles treffen jetzt möglicherweise auf Mr. Right. Also nicht in der Bude hocken. Stürzen Sie sich ins Abenteuer! Möchten Sie das gesamte Sommerhoroskop lesen? Dann bestellen Sie jetzt und Sie bekommen die Partnerschaftsprognose gratis dazu.

Ich klicke auf: *IN im Sommer. Hugo? Aperol-Spritz? Vergesst die Drinks von gestern. Ob an der Isar oder der Spree, die Begleiter für heiße Sommernächte heißen*

in diesem Jahr Violet Underground und Ginwer. Gur-
kensaft, Ingwersirup und Gin, aufgefüllt mit Ginger Ale
und jeder Menge Eis – der Ginwer ist einfach, schnell
und die pure Erfrischung. Für den Violet Underground
püriert man Brombeeren... Ein gelb-grünlich vor Kälte
beschlagenes Glas, von dem die Wassertröpfchen perlen, steht neben einem Martiniglas voller violett leuch-
tender Eiswürfel, zwischen denen ein paar Minzblätter
stecken.

Die Schwalben fliegen so hoch, dass sie winzige schwarze Flecken sind. Ich bücke mich unter dem Stromzaun durch und laufe über die Westweide. Die Kühe sind weit weg am Waldrand. Ein Greifvogel verschwindet in der Sonne.

»Das stimmt nicht«, sage ich in die Mittagshitze hinein und stelle mir vor, Jan würde vor mir stehen und ich würde auf den Holzfußboden in unserem Zimmer starren.

»Wirklich!«

Mit zwei Fingern ziehe ich den Stacheldraht nach oben. Er ist nicht festgemacht am Pfeiler, liegt nur straff am Holz, und ich kann ganz einfach drunter durchklettern, ohne hängen zu bleiben. Hinter dem Zaun ist alles voller Brennnesseln, die größer sind als ich. Eine Wand.

Als ich mich umdrehe, um irgendwo einen anderen Weg zu finden, sehe ich Frank hinten beim Silo. Ich hoffe, dass er mich noch nicht gesehen hat, aber jetzt gibt es kein Zurück. Ich hebe die Arme, drücke sie an mich und trete die Brennnesseln mit den Stiefeln nach unten. Sie stechen in meine Beine, in meine Arme, aber im Großen und Ganzen komme ich ganz gut durch. Auf dem Feld suche ich mich erst mal nach Käfern oder Spinnen ab, streiche mir durch die Haare. Ein Blattfetzen ist das Einzige, was ich finde.

Der Weizen ist winzig, gelb und vertrocknet. Die Ähren hängen runter und reichen mir kaum bis zu den Knien. Ich gehe in der Treckerspur, die bis auf den Berg führt. Ohne die Flügel zu bewegen, schwebt ein Greifvogel aufs Dorf zu. Ich kann behaupten, dass ich nur zufällig da bin, um das Heu zu kontrollieren. Ich ziehe mir das Top vom Rücken und wedel mir Luft auf die Haut. Ich taste meine Achseln ab. Fast trocken. Je näher ich dem Windrad komme, desto mehr sehe ich von dem Bus, der neben dem Betonsockel steht.

Keine Ahnung, wie lange es das Windrad jetzt gibt, drei, vier Jahre vielleicht. Als es gebaut wurde, hab ich noch in Sindys Salon gearbeitet. Da war ich selten hier. Abends hab ich für die Berufsschule gelernt oder bei Heinz Bier gezapft. Wenn ich zu Jan gefahren bin, war es Nacht. Ich bin zu ihm ins Bett gekrochen, wir haben miteinander geschlafen und dann musste er auch schon wieder in den Stall. Ich bin irgendwann aufgestanden, hab Jan noch einen Kaffee in den Melkstand gebracht, dann nach Hause, wieder zu Sindy. Das war eigentlich ganz okay so.

Meine Socken rutschen mir schon wieder von den Füßen. Ich gucke runter in mein Dekolleté, ziehe mein Top gerade. Meine Haut sieht noch viel dunkler aus neben dem weißen Stoff. Die Goldpartikel meiner Bodylotion schimmern in der Sonne. Ich balanciere auf einem Bein und will mir gerade die erste Socke aus-ziehen, als ich die Nandus sehe. Im Maisfeld, kurz vor dem Wald. Drei große dunkle Flecken und viele kleine dahinter, nur ein bisschen größer als die Pflanzen. Letz-tes Jahr, als sie Küken hatten, hat ein Hahn Prinz bis ins Dorf zurückgejagt, mit hochgestellten Flügeln, nur der Stacheldraht hat ihn aufgehalten. Frank hat sich danach bei dem Nandu-Forscher beschwert, der immer mit seinem Fernglas durch die Felder wandert.

Als ich zum ersten Mal einen Nandu gesehen hab, waren wir mit den Fahrrädern unterwegs, und irgendwann hat Mark geschrien: »Ein Strauß!«

Aus dem Gras neben dem kleinen Wäldchen ragte dieser Kopf raus. Der Hals wurde immer länger. Wir hatten keine Ahnung, dass die aus irgendeiner Farm ausgebrochen waren, und dachten, der kommt aus dem Zoo.

»Wir müssen ihn einfangen.«

»Der hackt uns.«

»Dann erschieß ich ihn«, hatte Torsten sofort gesagt und die Schreckschusspistole von seinem Gepäckträger geholt.

Ich hatte aber keine Angst und bin dann mit Torsten und Mark durchs Gras, während Caro bei den Fahrrädern geblieben ist. Wir haben versucht, ihn zu umzingeln, wollten ihn einfangen und zurück zum Zoo bringen, Torstens Pistole immer im Anschlag. Einen Moment standen wir einfach um ihn rum, ganz nah, einen Meter, vielleicht fünfzig Zentimeter. Wir konnten in seine Augen gucken. Wie der Wind durch seine Federn fuhr. Diesen Moment, als wir so völlig fasziniert dastanden, hat er ausgenutzt. Auf einmal war er größer als wir, sein ganzer Körper ragte über die Halme und sein Kopf weit über unsere Köpfe. Ich fiel ins Gras und er rannte übers Feld, die Federn im Wind, die Flügel aufgestellt. Torsten feuerte ein paar Mal, dann war seine Munition alle und der Nandu war im Wald verschwunden.

Das Elektrohäuschen brummt, der Beton ist mit Moos bedeckt, der Turm blendet, so weiß strahlt er in der Sonne.

»Na, schon wieder Wartungsarbeiten?«, sage ich und schiebe meine Hände in die Taschen.

»Nicht ganz.«

Klaus nickt zum Windrad. Ein Mann steht auf einer Klappleiter neben der offenen Tür.

»Jemand hat das Schloss aufgebrochen.«

Jetzt sehe ich auch, dass der Lack abgeplatzt ist, da, wo das Schloss gewesen sein muss.

»Kabel geklaut. Das ganze Programm.«

»Warum das denn?«, sage ich.

»Würd ich auch gern mal wissen«, sagt Klaus.

Er nimmt so eine Art Werkzeugtasche aus dem Kofferraum und hängt sie sich über die Schulter. Der Tisch ist vollkommen leer, keine Karten mehr, nichts.

»Das waren bestimmt diese Metalldiebe«, sage ich. In letzter Zeit wurden hier öfters Kabel geklaut. Auch aus dem Elektroturm auf dem Dorfplatz.

Ich erinnere mich nur an einen Artikel in der Ostsee-Zeitung: *Metallbande schlägt wieder zu.* Und weil ich den Turm auf dem Bild sofort erkannt hab, hab ich Jan angerufen, der völlig im Stress war, weil sie mit Notstromaggregat melken mussten.

Klaus zieht oben im Bus eine Schublade auf, fast rutscht ihm die Tasche wieder von der Schulter, aber im letzten Moment hält er sie fest, schiebt sie zurück bis zum Hals.

»Oder jemand hat was gegen die Anlage«, sagt Klaus.

Er drückt den Kofferraum zu, ein Helm baumelt an seinem Arm.

»Das glaub ich nicht.«

Ich stelle mir Jan vor, wie er in völliger Wut das Schloss aufbricht, um mich sogar im Windrad zu suchen. Jan kann so was überhaupt nicht. Da hätte er schon Hilfe gebraucht.

An der Treppe, die auf den Betonsockel führt, lässt Klaus mir den Vortritt. Der Typ auf der Leiter dreht sich um. Er ist vielleicht so alt wie ich, viel zu dünn, seine Wangen voller Akne-Narben.

»Moin«, sagt er.

An seiner Gürteltasche hängen ein kleiner Schraubenzieher und ein Karabiner mit feinen Metallringen. Sein Blick geht runter auf meine Stiefel, wandert an meinen Beinen hoch. Ich bin splitterfasernackt.

»'n Scheiß is das hier.«

Er schlägt mit dem Hammer gegen den verbogenen Verschluss. Tock, tock.

»Kann man nur noch absägen.«

Unter seinen Achseln sind dunkle Flecken auf dem Stoff, und jetzt rieche ich auch den Schweiß.

»Diese Arschlöcher.«

»Du machst das schon«, sagt Klaus, dann steigt er die Treppe hoch. Bei jedem Schritt auf den vergitterten Stufen schallt es metallen durch den Turm. Drinnen brennt kein Licht und es ist kalt. Die dicken schwarzen Kabel, die sich gestern noch hinter den Sprossen nach oben gezogen haben, sind verschwunden. Man sieht nur noch ihren staubigen Abdruck an der Wand. Da, wo der Stromkasten hing, ragen verkohlte Kabel raus, auf dem Boden schwarze Metallreste, verbogen und zerfetzt. Klaus lässt die Tasche auf den Boden sinken, legt seinen Helm daneben. *Windkraftanlage nur mit angelegtem*

Sicherheitsgurt besteigen steht an der Wand. Das Schild ist vollkommen heil.

»Kann man da raus?«, sage ich und gucke die Leiter hoch, lege meinen Kopf so weit nach hinten, dass mir schwindelig wird. Nur Streben und Lampen und Kabel.

»Klar.«

Ich würde wirklich gerne mal da hoch. Vielleicht kann man bis nach Hamburg gucken oder wenigstens bis zur Ostsee. Dann sehe ich, dass sich da oben was bewegt. Ich steige auf die unterste Sprosse, und in dem Moment flattert ein winziger Vogel auf, ein paar Meter über mir. Er muss auf der Leiter gesessen haben, irrt jetzt hin und her, fliegt gegen die Wände.

»Ein Vogel.«

Klaus steht neben mir und guckt nach oben. Ich höre noch das Flattern, das sich wie ein ganz leises Rascheln anhört, als wäre der Vogel aus Papier, aber ich kann ihn schon nicht mehr sehen.

Die Streben sind eiskalt und hart. Ich nehme noch eine Sprosse und noch eine und bei jedem Schritt rutschen mir die Stiefel fast von den Füßen. Dann spüre ich Klaus' Gewicht unter mir, als würde es die ganze Leiter nach unten ziehen, und seinen Atem an meinen Beinen und seinen Arm, der sich um meine Hüfte legt, so fest, dass ich nicht weiterkomme. »Wenn man einen Mann ins Bett kriegen will, kriegt man ihn auch ins Bett«, höre ich Caro sagen.

Seinen Atem auf meiner Haut und die Verschlüsse seiner Latzhose im Rücken, gehen wir Sprosse für Sprosse nach unten, mein Top rutscht immer weiter hoch.

»Lesen steht hier anscheinend nicht auf dem Lehrplan«, sagt er.

Bei jedem Schritt schlage ich mit meinen Stiefeln gegen seine Knie.

»Das ist doch nur 'ne Leiter.«

»Das sind 85 Meter, Madame.«

Meine Füße stehen wieder auf dem Boden. Ich ziehe mein Top runter.

»Dann hast du mir ja fast das Leben gerettet.«

Ich gucke wieder hoch, weil man eigentlich nirgendwo sonst hingucken kann, aber den Vogel sehe ich nicht mehr.

»Und diese ganzen Kabel haben die mitgenommen?«

»Sieht so aus.«

Wir stehen einfach nebeneinander in diesem runden Raum. Die verkohlten Metallreste auf dem Boden, unser Atmen, und irgendwo über uns der Vogel. Es ist ein komisches Gefühl, da zu sein, wo ein paar Verbrecher vor ein paar Stunden rumgeklettert sind.

»Hast du das schon oft erlebt?«, frage ich.

»Paar Mal.«

»Diese Arschlöcher!«, ruft der Typ auf der Leiter.

Ich gucke raus in den Himmel, der immer noch vollkommen blau ist. Klaus lächelt, und da sind wieder diese Augenfältchen und ich kann mir endlich vorstellen, dass er so ein richtiger Mensch ist, mit Eltern und Kindheit und allem.

Der Typ auf der Leiter schlägt immer noch mit dem Hammer gegen den Verschluss, als ich hinter Klaus aus dem Windrad komme. Tock, tock.

»Ich glaub, das wurd aufgeschossen«, sagt der Typ und holt aus seiner Hosentasche ein goldschwarzes Metallteil, total zerfetzt und aufgesprungen. »Lag dahinten. Völlig krank!«

Ich hab keine Ahnung, was das ist, der Rest von einer Patrone oder irgendwas, das zu einem Gewehr gehört vielleicht. Klaus lässt es in seiner Handfläche hin und her rollen. Es glänzt in der Sonne.

»Du wolltest mir doch die Flex aus'm Wagen mitbringen.«

»Ja, ja, hol ich«, sagt Klaus, steckt das Teil ein und wir gehen über den Beton. Mein Schatten sieht viel schlanker und schöner aus als ich. Die Sonne wärmt meine Haut. Weiße Schmetterlinge fliegen über die Gräser.

Die Scheibe auf der Beifahrerseite ist in der Tür verschwunden. Auf dem Armaturenbrett liegt eine Pappmappe. Zwei Kugelschreiber, ein Portemonnaie. Klaus klettert in den Kofferraum. Polizei, Geschosse. Vielleicht passiert doch mehr, als ich dachte. Meistens hab ich nur einfach nichts damit zu tun. Alte Leute, die wochenlang in ihren Wohnungen vergammeln, dieser Pferdemörder, der Bankautomat, der in Schlagsdorf geklaut wurde. Klaus kommt hinter dem Auto vor, mit so einer elektrischen Säge in der Hand.

»Nicht weglaufen«, sagt er, als er an mir vorbeigeht. Er lächelt mich sogar an.

Das Leder vom Portemonnaie ist aufgeheizt und weich von der Sonne, die durch die Frontscheibe fällt. Klaus steht neben der Leiter und gibt seinem Kollegen die Säge nach oben. Das Fach mit dem Kleingeld ist ziemlich voll, und hinter einer Klarsichtfolie steckt das Foto von einer Frau, lange braune Haare, vierzig vielleicht, daneben ein Junge, Zahnlücken, Brille. Bitte lass es nicht sein Portemonnaie sein, aber in dem Moment lese ich schon seinen Namen auf dem Ausweis, der zwischen den

Geldscheinen steckt. Klaus Dieter Treibel, 12.04.1968, Geburtsort: Bremen. Seine Unterschrift ist eigentlich nur ein T mit einem ziemlich langen Strich drunter. Auf dem Bild sieht er jünger aus, aber den Schnauzbart hat er auch da schon. Augenfarbe: blau, Größe: 183 cm, Veddeler Brückenweg 32, 20539 Hamburg.

Klaus steht immer noch neben der Leiter. Die Frau auf dem Foto ist kaum geschminkt, trägt keinen Schmuck, hat aber jede Menge Falten auf der Stirn. Ich hab keine Ahnung, was er an der findet.

Er dreht sich zu mir um, nur kurz, aber er kann nicht sehen, wie ich die Fotos aus dem Portemonnaie ziehe und es zurücklege, genau dahin, wo es gelegen hat. Dann gehe ich zu der Stelle mit den runtergedrückten Halmen, wo der Greifvogel gestern noch gelegen hat. Genau da lasse ich die winzigen Schnipsel los, die aus meiner Hand auf den Lehmboden rieseln.

Ein Flugzeug kommt aus Richtung Lübeck und zieht einen Kondensstreifen hinter sich her. Verblühte Rapsfelder, die Scheune am Feldrand. Die Kühe sind winzige Punkte, verteilt auf der ganzen Ostweide bis hin zum Maisfeld, und die Nandus wandern langsam auf das Weizenfeld zu.

Als Klaus vom Windrad kommt, gehe ich zurück zum Auto. Der Kondensstreifen zerfällt in winzige Wölkchen.

»Wir müssen noch 'n paar Mal wiederkommen. Morgen zum Beispiel.«

»So schlimm?«

»So schlimm find ich das gar nich.«

Und dann streicht er mir über die Wange, wie bei einem kleinen Mädchen.

Die ersten Kühe trotten Richtung Stall. Zwei Bussarde

kreisen schreiend über dem Wald. Sie fliegen aufeinander zu, mit ausgefahrenen Krallen berühren sie sich kurz, fallen mit angelegten Flügeln, bevor sie sich auffangen. Dann ziehen sie wieder ihre Kreise und schreien wie vorher.

Ein paar Kühe stehen sabbernd an der Tränke, das Gras fällt von ihren Schnauzen ins Wasser und schwimmt in schleimigen Fäden auf der Oberfläche.

»Beim Windrad wurde eingebrochen«, sage ich.

Jan fegt mir Halme und Dreck auf die Stiefel. Ich gehe einen Schritt zur Seite.

»Ich weiß.«

Der Besen kratzt über den Betonboden und zieht braune Schlieren von Silage hinter sich her. Eine Kuh steht im Kraftfutterstand. Ihr Sender schlägt gegen die Metallstreben. Tock, tock. Das Kraftfutter rieselt durchs Rohr. Mit ein paar Schritten hab ich Jan wieder eingeholt.

»Und? Weißt du, wer das war?«

Eine Bahn von Halmen, Mais und Silage-Brocken zieht sich quer über den Futterstand. Ich bleibe auf dem frisch gefegten Bereich stehen.

»Woher soll ich das wissen?«, sagt Jan. »Holst du mal die Schaufel?«

Weil du da oben warst heute Nacht. Eine Schwalbe überholt mich auf dem Weg nach draußen. Ich hab doch den Škoda gesehen. Oder war das nur ein Traum? Die Schaufel lehnt hinter dem Stalltor.

Als ich zurückkomme, wartet Jan schon auf den Besenstiel gestützt neben dem Haufen, den er gerade zusammengefegt hat.

»Du weißt doch sonst immer alles«, sage ich und halte die Schaufel so, dass Jan mir die Krümel nur drauffegen muss.

»Ja, wär schön, wenn ich alles wüsste.«

Er fegt die Halme und Krümel auf die Schaufel. Der Futterstand hinter ihm ist so sauber wie lange nicht mehr, kein Strohhalm, nur der saure Silage-Geruch ist immer noch da.

»Kannst du mal doller festhalten?«

Ich drücke die Schaufel so fest ich kann auf den Boden.

»Willst du noch kärchern?«, frage ich.

Das Piepsen der Schwalbenküken schallt durch den Stall.

»Klar«, sagt er.

Die Hühner scharren auf dem Weg zur Güllekuhle. Jan fegt den Haufen noch mal zusammen.

»Die haben die Tür aufgeschossen oder so«, sage ich. »Angeblich wurde eine Patrone gefunden.«

Seine Augen zucken so, als würde ihn das irgendwie überraschen.

»Woher weißt du denn das alles?«

Jan fegt mir die letzten Reste auf die Schaufel.

»Hab Caros Mutter getroffen. Auf 'm Dorfplatz vorhin, als du geschlafen hast.«

Ich lasse die Futterreste in die Schubkarre rieseln.

Jan hat Schweißperlen am Haaransatz, und die blonden Barthärchen auf seinen Wangen sind schon wieder ein paar Tage alt.

»Aber die Schubkarre bring ich nich weg«, sage ich. »Die is mir zu schwer.«

Die Hornhaut an meinen Händen wird immer dicker. Ich weiß auch nicht, was ich dagegen tun soll, weil sie sofort da ist, wenn ich auch nur eine Milchkanne anfasse.

Jan drückt mir den Besen in die Hand und fährt mit der Karre in die Sonne raus. Der Hahn gackert auf. Seine Schwanzfedern schimmern grün und rot. Ich lasse die Stiele gegen die Stallwand schlagen und laufe Jan hinterher, der die Schubkarre schon über das schwankende Brett auf den Misthaufen fährt.

»Und woher weißt *du* es?«, rufe ich.

Jan kippt die Karre nach vorne um.

»Ich weiß doch immer alles.«

Zwischen dem Stroh verschimmeln Bananenschalen und Teebeutel. Jan geht vorsichtig rückwärts über das Brett, das sich biegt und schwingt unter seinem Gewicht. Er fährt die Karre an mir vorbei zum Stall zurück und lehnt sie gegen die Mauer. Die Hühner beginnen gackernd in den Futterresten zu scharren. Eine dicke blaue Fliege landet auf einer Bananenschale.

»Holst du die Kühe?«, sagt Jan.

Erst als er die Stalltür aufzieht und Prinz an ihm vorbei auf den Hof läuft, dreht Jan sich noch mal um.

»Nimm Prinz mit«, ruft er und tritt den Holzkeil unter der Tür fest.

Mit wedelndem Schwanz läuft Prinz auf mich zu, stupst seine Schnauze gegen meine Knie.

»Na, na«, sage ich, dann gehen wir los, am Stall vorbei, zur großen Weide. Prinz' Schwanzspitze berührt kurz den Stromzaun, aber er bekommt keinen Schlag, schnüffelt einfach weiter über den Boden.

Ich nehme einen von den Stöcken, die neben dem Stalltor lehnen, und gehe ihm hinterher. Die Erde ist so trocken und hart, dass sie wehtut unter den Sohlen.

Zerbröckelte Kuhfladen, ein Apfel, durch den sich eine Wespe frisst. Die 102 steht mit tropfender Schnauze an der Tränke. Grashalme schwimmen im Wasser, eine Fliege zappelt noch.

»Geh in den Stall!«, sage ich, aber sie guckt mich nur an, und als ich den Stock auf den Boden ramme, zucken ihre Lider einmal über ihre Augen, dann starrt sie wie zuvor.

»Du musst gemolken werden. Na los!«

Die Zitzen berühren schon fast den Boden. Ich schlage ihr mit dem Stock gegen das Hinterbein, gegen die im Fell verklebten Klumpen.

»Na los!«, sage ich und schlage noch mal zu, und da bewegt sie endlich ihre knackenden Glieder.

Prinz ist schon hinter den Büschen, und ich laufe mit dem Stock den Trampelpfad entlang, den die Kühe in die Wiese getreten haben. Sie brauchen mich wirklich, jetzt, wo Manuela schwanger ist und die Milchpreise im Keller sind. Eine Arbeitskraft können sie sich überhaupt nicht leisten. Und es dauert noch Jahre, bis Jans kleine Schwester mitanpacken kann. Das hat Frank aber noch nicht begriffen, sonst wäre er etwas netter zu mir. Und was ist, wenn Jan jetzt verhaftet wird?

Als ich auf den kleinen Wall komme, wo der Weg am Teich vorbeiführt, sehe ich Prinz wieder. Er schnüffelt an den Autoreifen, die die Plane auf der Silage halten. Die Kühe stehen und liegen immer noch über die ganze Weide verteilt. Die Nandus sehe ich nicht von hier aus, aber der Radlader rollt über die Weide auf die Linden zu. Es fühlt sich gut an, zu wissen, dass Klaus da oben ist, ganz in meiner Nähe.

Mücken summen in Schwärmen über den Teich. Das

Wasser ist schwarz und stinkt schlimmer als der Misthaufen. Jan hat ein Luftgewehr für die Stare, mit dem er
als Kind schon schießen durfte, auf Dosen und Katzen.
Und Frank hat zwei oder drei Gewehre für die Jagd, in
diesem Schrank in der Wohnstube. Da hätte ich eigentlich gleich heute früh reingucken sollen.

»Prinz«, flüstere ich. »Du musst mir helfen!«

Aber er ist schon längst auf die Weide rausgelaufen.
Vielleicht liegen die Kabel auch irgendwo auf dem Hof,
in der Scheune, im Stroh, bei den alten Hängern in der
Garage.

»Kommherkomm!«, rufe ich, als der Trampelpfad zu
Ende ist. »Kommherkomm!«

Prinz bellt die Kühe an, bis sie sich umdrehen nach
ihm, ihn stoßen wollen, aber er springt zurück, bellt und
läuft zur nächsten Kuh.

Der Škoda ist offen, der Schlüssel steckt. Die Sitzbezüge sind völlig zerfetzt. Keine Ahnung, wie die Männer das hingekriegt haben. Cola-Flaschen, Strohbänder, sogar ein Stück Stromzaun liegt auf dem Beifahrersitz. Im Handschuhfach das Fernglas, CDs, eine Zange, das ganze Auto ist ein Werkzeugkasten, alles voller Strohstaub und Sand. Auf dem Rücksitz Metallpfähle, Isolatoren, Arbeitshandschuhe, Ohrmarken.

»Prinz, kannst du mir nicht mal helfen?«

Er steht nur da, mit aufgestellten Ohren, und hört irgendwas, was ich nicht hören kann.

Wenn letzte Nacht ein Reh in diesem Auto gelegen hätte, würde er wie verrückt versuchen, da reinzukommen. Ich mache den Kofferraum auf, aber da sind nur Eimer, eine leere Bierkiste und die Decke für Prinz.

»Schick siehst du aus.«

Manuela steht hinter mir. Mistforke in der Hand.

Ich würde gerne sagen »du auch«, aber das stimmt einfach nicht.

»Was suchst du denn?«

»Meinen Lippenstift«, sage ich.

»Ich wünsch dir viel Spaß heute Abend«, sagt sie.

»Danke!«

Ich knalle die Kofferraumtür wieder zu, lächel sie noch mal an, weil es nie schlecht ist, jemanden auf seiner Seite zu haben. Dann gehe ich rüber zum Ford,

Manuela geht in die Scheune zu den Kälbern. Wahrscheinlich fühlt sie sich wirklich wie meine Verbündete, weil wir beide noch nicht so lange und nur wegen unserer Männer auf diesem Hof sind. Aber ich werde nie verstehen, wie sie jemanden wie Frank lieben kann.

»Tschüs, Prinz!«

Die Hühner baden im Staub neben dem Gartenzaun. Der Frischkauf macht in einer Viertelstunde zu.

Als ich in Carlow ankomme, hab ich nur fünf Minuten gebraucht für die fünf Kilometer, aber mir ist auch nur ein Auto entgegengekommen. Der Parkplatz ist leer und staubig, auf den Stufen sitzt der alte Michel mit einer Plastiktüte zwischen den Füßen. Mein Vater ist nicht da, ich hab ihn schon ewig nicht mehr gesehen. Vielleicht liegt er tot in seiner Wohnung und die Fliegen saugen die Kotze von seinen Lippen.

Ich angel meine Handtasche vom Beifahrersitz. Der Wind weht den Staub über den Parkplatz, auf meine Riemchensandalen und auf meinen blutroten Nagellack.

»Tach«, sage ich, aber bevor der alte Michel sich umdrehen kann, bin ich im Laden. Die Kassiererin, die ich nicht kenne, zieht schon das Gitter vor die Zigaretten.

»Aber schnell, jetze!«

Ich gehe an ihr vorbei in den Süßigkeitengang. Auf der anderen Seite vom Regal bewegt sich Roswithas auberginefarbene Dauerwelle. Sie stapelt leere Getränkekisten. Die Plastikflaschen klappern. Es sieht so aus, als ob ich die einzige Kundin im Laden bin. Ich hab es schon mal erlebt, dass Roswitha mich nicht mehr abkassiert hat, weil ich so spät dran war. Ich musste dann am nächsten Tag wiederkommen.

Ich nehme eine Packung Butter-Spritzgebäck. Das liebe ich, vor allem in Milchkaffee getaucht, wenn man sich den Keks, kurz bevor er zerfällt, in den Mund steckt. Ich hab allerdings seit Jahren kein Butter-Spritzgebäck mehr gegessen, weil ich dann immer gleich eine ganze Packung esse und am nächsten Tag zwei Kilo mehr wiege. Darum stelle ich sie wieder zurück und nehme lieber die Joghurt-Gums. Die Gefriertruhen brummen, und aus dem Radio dudelt so ein 8oer-Jahre-Beat, der mir irgendwie bekannt vorkommt.

Vor dem Spirituosen-Regal stehen drei Jungs. Wahrscheinlich wollen sie auch vorglühen für das Teichfest nachher.

»Wie sechzehn seht ihr aber noch nich aus«, sagt Roswitha mit dieser strengen Stimme, die mich sofort zusammenfahren lässt, als wäre ich gemeint. Allerdings war ich früher auch ziemlich oft gemeint, wenn ich mit den Jungs nach der Schule Bier holen wollte, was dann meistens doch nur RedBull wurde, mit dem ich Roswitha beim Kassieren abgelenkt hab, während sich die Jungs die Taschen mit den Mini-Schnapsflaschen vollgestopft haben. Von jeder Sorte eine, damit es nicht so auffällt.

Ich lächel Roswitha zu, nehme die Flasche Asti Cinzano, wegen der ich eigentlich hergekommen bin. Ein paar Meter weiter steht der Gin. Keine Ahnung, wie Gin schmeckt.

»Ich suche Ginger Ale«, sage ich.

»Ginger Ale, Ginger Ale. Das ist doch dieses Bittere.« Roswitha sucht angestrengt das Regal mit den Brauseflaschen ab, die irgendwann in Saft und dann in Wasser übergehen.

»Nee, also wenn das hier nich steht...«, sagt sie, verzieht die schmalen Lippen und schüttelt den Kopf.

Ich stelle den Gin wieder zurück. Nach Ingwersirup brauche ich gar nicht erst zu fragen.

Dann gehe ich zu den offenen Kühlschränken. Jeder Zentimeter meiner Haut ist mit Gänsehaut bedeckt. Die Milch kostet 49 Cent. Da hat Jan wirklich keinen Grund, sich zu beschweren. Dadrüber steht die Bananenmilch von *Müller*, die ich so liebe, vor allem, wenn ich Alkohol getrunken hab. Das ist das Beste, nachts, vorm Schlafen. Außerdem riecht mein ganzer Atem dann so sehr nach Banane, dass kein Promille-Messgerät der Welt auf die Idee kommt, durch meinen Rachen wäre schon mal Alkohol geflossen. Wichtig ist nur, dass ich mir die Zähne ordentlich putze, bevor ich zu Jan ins Bett krieche. Ich weiß nicht, was er tun würde, wenn er wüsste, dass ich Milch von der Konkurrenz gekauft hab, und ich will es auch nicht rausfinden.

Der Stuhl hinter der Kasse ist leer. Ich nehme noch ein Capri aus der Truhe und lege alles aufs Band.

»Moment!«, ruft Roswitha und ich höre sie noch irgendwas vor sich hin sagen, verstehe aber kein Wort.

Dann kommt sie aus dem Getränkegang geeilt mit einer Rolle Papiertücher in der Hand.

»Immer kurz vor Schluss!«, sagt sie nicht unfreundlich, setzt sich auf ihren Drehstuhl und steckt ein Schlüsselchen in die Kasse. »Na ja, nach dir is aber zu.«

Die andere Kassiererin steht schon neben der Tür und liest irgendwas auf ihrem Handy. Roswitha tippt die Preise ein.

»Musst ma besser auf dein Vadder aufpassen!«, sagt sie. »Is jeden Tach hier. Acht fünfundachtzig macht das.«

Sie lässt ihre Schublade aufschnappen.

»Ich muss ja auch arbeiten«, sage ich und gebe ihr einen Zehner.

Die Jungs stehen draußen neben dem alten Michel und kramen in ihren Portemonnaies. Michel nimmt eine Bierflasche nach der anderen aus seiner Tüte und gibt sie ihnen.

»Ich sag's ja nur«, sagt Roswitha.

Beim Rausgehen reiße ich das Eispapier auf, das an dem gefrorenen Orangensaft klebt.

Caros Haare sind noch nicht ganz trocken. Aber sie strahlt, und das Steinchen auf ihrem Schneidezahn glitzert mir entgegen.

»Schatz«, sagt sie. »Ich bin noch gar nicht fertig.« Sie hat ihre Frotteehose an und Flip-Flops. »Aber du siehst toll aus.«

Die Wohnung hat genau den gleichen Schnitt wie die von meinem Vater, nur spiegelverkehrt, und Caros Wohnung ist renoviert und es duftet immer nach Rosen. Außerdem hat sie alles in Violett und Mintgrün eingerichtet. Auf dem Küchentisch steht ein Strauß lila Tulpen. Ansonsten ist alles voll mit ihren Schminksachen, Haarnadeln, Perlen, Kämmen und tausend Sprays. Ich mache den Kühlschrank auf, um den Asti reinzustellen.

»Kannst gleich die andere Flasche rausholen.«

Im obersten Fach liegt noch ein Asti, eiskalt. »Ich hab auch Erdbeerkuchen. Wir brauchen doch 'ne Grundlage. Mio dio!«

Sie bekreuzigt sich und blickt kurz nach oben. Das hat sie bei der Italien-Kreuzfahrt aufgeschnappt, die sie letzten Herbst mit ihrer Mutter gemacht hat.

»Ist Torsten nich da?«

»Der kommt direkt hin.«

Caro stellt zwei Sektgläser auf den Tisch.

»Jetzt erzähl!«, sagt sie.

Ich pule das Aluminium vom Korken. Meine Finger zittern, meine Nägel sind viel zu kurz.

»Was?«, sage ich.

»Von ihm!«, Caro schiebt den Erdbeerkuchen auf einen Teller, leckt sich ein bisschen Glasur von den Fingern. Ihre Nägel sind frisch maniküt, französisch, mit einem Hauch von Glitzer.

»Von wem?«

»Mio dio!«

Ich kneife die Augen zu. Mit einem leisen Knall ist der Sekt auf.

»Deine Nägel sind toll«, sage ich, um sie abzulenken.

Sie spreizt ihre Finger.

»Violas Nail Design, neu in Lübeck.«

Der Sekt schäumt aus der Flasche und läuft mir über die Hand.

»Jan hat mich angerufen, gestern Abend, völlig durch'n Wind.«

Sie klackert mit ihren Fingernägeln auf dem Tisch rum. Ich drücke ihr das Glas in die Hand.

»Jedenfalls hatte ich keine Ahnung, was ich sagen sollte.«

»Prost!«

»Prost! Ich hab nur gesagt, dass ich nicht eingeweiht bin.«

Caro sieht mich fragend an.

»Und dann kommt Torsten hier heute Nacht an. Viertel fünf oder so, und sagt, er hat dich irgendwo in Hamburg aufgegabelt.«

Sie nimmt einen Schluck Sekt, klackert ihre Fingernägel wieder über den Tisch.

»Ich war so sauer auf Jan. Weil er mich einfach stehen gelassen hat auf dem Feld, mit dem Schrott-Trecker, weißt du? Und diese *Wintec*-Leute wollten mich mitnehmen.«

»Wohin?«

»Das war mir total egal.«

»Aha.«

Caro drückt mir eine Gabel in die Hand und zieht den Teller mit dem Kuchen zwischen uns.

»Hauptsache, nich wieder auf den Hof«, sage ich und stecke mir eine Erdbeere in den Mund.

»Und dann waren wir auch schon in Hamburg. Ich hatte meine Stallklamotten an. Total schrecklich.«

»Und da hat Torsten dich dann abgeholt?«

Caro nascht die Erdbeeren vom Kuchenteig.

»So ungefähr«, sage ich. »Aber lass uns mal anfangen.«

Caro stellt ihr Glas neben all die Spangen und Kämme und Klammern, dann dreht sie sich mit dem Rücken zu mir. Ich nehme die Bürste.

»Was ist jetzt mit deinen Haaren?«

»Und was hat Jan dazu gesagt?«

»Gar nichts.«

»Die Strähnen eingedreht und die Perlen rein.«

»Hat nur wieder mein Handy durchsucht.«

Ich sprühe einen Berg Schaum in meine Hand.

»Er hat nicht mal gefragt, wo ich war.«

»Warte, ich muss mal kurz dieses Lied lauter machen.«

Caro springt auf und dreht Andrea Berg so laut, dass das Radio knarrt.

»Komm schon!«, ruft sie, zieht mich vom Stuhl und um den Tisch.

»Ich hab auch was zu beichten.«

Noch stehst du zögernd in der Tür

Caro zieht den Gummibund ihrer Hose unter dem Bauchnabel ein Stück runter. Ihr Schamhaar ist völlig abrasiert, stattdessen rankt ein zierlicher Rosenstock über dem Schambein, den Hüftknochen entlang bis zu einer riesigen Rosenblüte, die kurz unter ihren Rippen ihre Blütenblätter entfaltet.

»Wann hast du das machen lassen?«

»Noch nich ganz fertig.«

Sie lässt den Hosenbund wieder los, sodass er hochschnellt. Das Top fällt wieder über ihren Bauch.

»Da kommen noch Wassertropfen rauf. Außerdem ...«

Sie legt mir ihre Hand auf den Rücken, schiebt mich in holprigen Discofox-Schritten durch die Küche. Caro hat sich schon ewig kein Tattoo mehr stechen lassen.

Was kann mir schon gescheh'n?

»Außerdem hab ich jemanden kennengelernt.«

Glaub mir, ich liebe das Leeben.

»Auch wenn wir auseinandergeeeeehn.«

Sie hebt den Arm, ich drehe mich darunter hindurch. Caro ist fest davon überzeugt, dass sie bei Discofox, Tango und Walzer auch führen kann, aber tatsächlich kann sie es überhaupt nicht.

»Er heißt Diamantis.«

Das Steinchen glitzert in der Abendsonne.

»Wie Diamant. Er kommt aus Griechenland. Griechenland, ist das nicht toll?«

Ich hab keine Ahnung, ob sie das ernst meint. »Wir haben uns im Internet kennengelernt.« Caro knallt gegen die Ecke vom Küchentisch. Endlich lässt sie mich los, reibt sich das Schienbein.

»Er forscht an der Uniklinik. Irgendwas mit Epidemien. Wie sich Krankheiten ausbreiten.«

»Habt ihr euch schon getroffen?«

»Er ist voll gut im Bett.«

Sie ext ihren Sekt.

Langsam glaube ich, sie will mich nur schocken. Aber der Rosenstock ist echt. Warum sollte Diamantis dann nicht auch echt sein?

»Zeig noch mal!«, sage ich.

Und sie schiebt das Top hoch und zieht den Hosenbund nach unten.

»Das muss ja ewig gedauert haben.«

»Zwei Sitzungen.«

»Und die Kobra?«

»Sah mir zu böse aus. Torsten wollte die Kobra, ich eigentlich nich.«

Ich drehe das Radio leise, drücke Caro auf den Stuhl zurück und beginne, ihr die Haare zu kämmen. Sie sind so lang wie seit Jahren nicht mehr.

»Torsten is ja immer in Hamburg. Der kriegt eh nix mit.«

Der Sekt liegt auf ihrer Stimme. Jetzt weiß ich wenigstens, warum sie sich so selten gemeldet hat in den letzten Wochen.

»Weiß dein Diamant denn, dass du vergeben bist?«

Sie schüttelt den Kopf.

»Ich weiß ja eh nich, wie es mit Torsten weitergeht. Wenn der das erfährt. Mit einem Sozialtouristen auch noch, dann kannst du dir ja vorstellen, was los is.«

Ich teile ihre Haare und binde die untere Hälfte mit einem Gummi zusammen.

»Halt still!«

»Aber er verdient Geld und spricht Deutsch und alles.«

»Nadel!«

Meine Hände sind schon genauso klebrig wie Caros Haare, als ich anfange, eine Strähne nach der anderen einzudrehen und festzustecken.

»Warum hast du überhaupt gesucht?«

»Wo soll man denn sonst jemand kennenlernen? Beim neununddreißigsten Teichfest vielleicht ... oder beim vierzigsten?« Caro klimpert mit ihren Fingernägeln gegen das Sektglas. »Ich wusste, dass du so kritisch sein wirst, darum hab ich dir auch nix gesagt.«

»Nadel!«

Sie streckt mir noch eine Nadel über ihre Schulter nach hinten, dann verwischt sie die Sektpfützen auf der Tischdecke.

»Ich bin nicht kritisch.«

»Torsten kommt alle paar Monate mit 'nem andern Job an. Das is es! Das is es! Jetzt wirklich!«

Caros Fingernägel glitzern in der Sonne. Ich streiche ihr über den Nacken.

Eigentlich find ich es sogar gut.

»Okay, ich wollte immer ein Haus in Italien, aber Griechenland ist doch auch nicht schlecht. Weißt du, was *Ich liebe dich* auf Griechisch heißt? Zie marabo.«

Wo ist Jan eigentlich?«, fragt Torsten, der über die Bierbank klettert, seinen Becher abstellt und sich zu uns an den Tisch setzt.

»Muss melken«, sage ich.

Die ersten Takte von *Verlieben, verloren, vergessen, verzeihn* wummern durchs Zelt, und ich wünschte, Klaus wäre jetzt hier. Stattdessen drängelt sich Uwe durch die Tischreihen, schon völlig verschwitzt, das Holzfällerhemd hängt ihm aus der Hose. Er zieht seine Tochter an der Hand von der Bank.

»Paps!«, sagt Caro noch, stolpert ihm dann aber hinterher auf die Tanzfläche.

Endlich sind Torsten und ich allein.

»Du hast es ihr erzählt!«

»Ich musste. Hättest Caro ma sehn sollen.«

Ich gucke Torsten in seine blauen Augen, die einfach nur schwarz aussehen im bunten Scheinwerferlicht.

»War doch klar, dass Jan sie anruft«, sagt er, nimmt einen Schluck Bier und nickt im Takt der Musik.

Jetzt liebst du halt 'nen anderen und mein Herz schaut traurig zu, singt die Band und ich stelle mir vor, wie ich mich mit Klaus auf der Tanzfläche drehe und Jan uns von der Bar aus zuguckt und einen Wodka nach dem anderen kippt.

»Außerdem hat dich irgendjemand gesehen, in so 'nem Bus.«

»Wer?«

Er zuckt mit den Schultern.

Ich brauche dringend Wodka, will aber nicht die Erste sein, die das vorschlägt.

Ich versuche mich zu erinnern, wer da war, im Dorf. Ich weiß es nicht. Klaus hat telefoniert, und ich hab versucht zu hören, worum es ging.

Ich hatte doch alles, alles, was zählt, aber ohne dich leben, jetzt ist es zu spät!

»Beim Windrad wurde eingebrochen«, sage ich.

»Hab schon gehört.«

»Und wer war das?«

»Ich hab auf jeden Fall ein Alibi«, sagt er und grinst. »Und du auch.«

Bunte Lichter blinken über die Zeltwand und über das Gesicht von jemandem, der aussieht wie Danilo Tews und der mit einem Becher Bier in der Hand aus dem Zelt verschwindet.

»War das da eben Danilo Tews? Ich dachte, der is noch in Bützow?«

»Nee, der is hier«, sagt Torsten und guckt sich um.

Caro und ihr Vater drehen sich über die Tanzfläche, die so voll ist, dass ich mich wundere, wie man da überhaupt noch tanzen kann. Caros Frisur sitzt immer noch perfekt.

»Was hat der noch mal gemacht?«

»Ziemlich viel.«

»Aber warum saß er dieses Mal?«

Mark und Yvonne setzen sich mit vollen Bechern zu uns an den Tisch. Ich hab Mark schon ewig nicht mehr ohne Polizeiuniform gesehen. Während der Ausbildung ist er sogar schlafen gegangen damit, hat Caro immer gescherzt. Jetzt trägt er ein graues Hollister-Shirt, das sich über seine Muskeln spannt. Yvonne stochert mit einem Strohhalm in ihrem Wodka-RedBull. An ihrer linken Hand glitzert der Verlobungsring.

»Warum saß der Tews noch ma?«, fragt Torsten.

»Och, der hat so viel gemacht«, sagt Mark.

»Der hat doch ma diese Schweine von seinem Stiefvater vergiftet«, sagt Torsten. »Mit so 'nem krassen Spritzmittel, das er ins Wasser gefüllt hat, dreihundert Schweine.«

»Das is ewig her«, sagt Mark. »Ich glaub, diesmal war es 'ne Schlägerei in Schwerin vor ein paar Jahren.« Auf der Suche nach Glatzen gucke ich durchs Zelt. An der Bar stehen zwei mit dem Rücken zu uns. Die sehen aber viel zu groß und breit aus.

»Das is doch dieser Kleine«, sage ich. »Der nach der Achten abgegangen is.«

»Und dann Landesmeister im Kickboxen wurde«, sagt Torsten und trinkt den letzten Schluck von seinem Bier aus. »Ich wechsel jetzt ma zu Wodka«, sagt er und sieht fragend in die Runde. »Vier?« Yvonne schüttelt den Kopf. »Vier«, sagt Torsten noch mal und klettert über die Bank.

»Muss er selber trinken«, sagt Yvonne.

Torsten drängelt sich durch die Menge, schlägt mit irgendeinem Typen ein, den ich nur von hinten sehe, dann ist er an der Bar, direkt neben den Glatzen, und fängt sofort an, sich mit ihnen zu unterhalten. Zwischendurch ruft er der Kellnerin seine Bestellung entgegen. Natürlich weiß er genau, was der Tews wann gemacht hat, vielleicht war er sogar dabei. Die treffen sich doch immer in der *Nationalen Befreiung*.

Mark legt einen seiner muskelbepackten Arme um Yvonnes Schultern. Dabei war er früher so schmächtig, dass ihm die Hosen vom Hintern gerutscht sind. Auf einmal kommt es mir so vor, als hätte sich in den letzten Monaten alles um mich herum verändert, ohne dass ich irgendwas davon mitbekommen hab. Erst jetzt fällt mir auf, dass ich kaum was gemacht habe, seit ich bei Jan wohne, nichts außer Kälber füttern, Tränken auffüllen, essen, fernsehen und ins Bett gehen.

»Ich bin gleich wieder da«, sage ich und stehe auf.

»Warte, ich geb dir die Schlüssel vom Gemeinschaftshaus«, sagt Yvonne. »Dann musst du nich auf die Dixis.«

Sie kramt in ihrer Handtasche und hält mir dann einen Schlüssel hin, an dem ein verwaschener Plüscheisbär baumelt. Seit ein paar Wochen ist Yvonne Gemeindevertreterin. Wahrscheinlich gibt sie mir den Schlüssel nur, um sich wichtigzumachen. Besonders nett war sie auf jeden Fall noch nie zu mir. Ich weiß genau, dass sie eifersüchtig ist, weil ich Mark viel länger kenne als sie. Dabei wollte ich noch nie was von ihm, und er, soweit ich weiß, auch nicht von mir. Ich drängel mich durch die Menschen, jemand tritt mir auf die Zehen und ich hab kurz das Gefühl, sie sind alle gebrochen. Die letzten Meter humpel ich nach draußen.

Vor dem Zelt nur Männer und Gegröle. Ich gucke in den Himmel, der so voll ist mit Sternen, dass das Dunkle dazwischen gar nicht auffällt, und wenn im Teich nicht diese besoffenen Kinder planschen würden, würden sich die Sterne bestimmt auch im Wasser spiegeln.

Ich weiß ja, es ist normal, dass irgendwann alle arbeiten und heiraten und abends viel zu früh auf der Couch einschlafen. Die Männer trinken zum Mittag das erste Bier und ihre Gesichter werden weiß und aufgedunsen, bis nichts mehr übrig ist von den süßen Jungs, die sie mal waren. Auf einmal kommt mir mein Leben viel zu lang vor und gleichzeitig hab ich das Gefühl, es wäre schon vorbei.

Irgendjemand taumelt am Straßenrand Richtung Dorf, und neben der Hüpfburg stehen noch ein paar geschmückte Schubkarren vom Schubkarrenrennen. Wir haben nur ein Mal mitgemacht, als Jan und ich gerade frisch zusammen waren, wir haben gerade mal zwei Meter geschafft, bis ich ins Wasser gefallen bin, die Karre auf mich drauf. Ich war voll mit blauen Flecken.

Verdammt, dröhnt aus den Lautsprechern, *und dann stehst du im Regen.* Ein Mann kommt aus den Büschen über die Wiese gelaufen, zieht sich den Hosenstall zu. In einer dieser Gruppen ist wieder diese Glatze, die aussieht wie Danilo Tews. Er reicht den anderen gerade mal bis zur Schulter, hat aber ganz schöne Oberarme. Daneben Flapse und Steve Bollow und noch ein paar andere Jungs aus Jans ehemaliger Klasse, die ich schon ewig nicht mehr gesehen habe. Früher, als Jan noch öfter mit denen unterwegs war, hatte ich immer Angst, er würde irgendwann genauso viel Scheiß bauen wie Danilo. Jetzt trifft Jan sich noch manchmal mit ihnen im Dorfkrug oder bei Torsten in der Tanke, aber er kommt dann immer ziemlich früh nach Hause, weil ihm das Gesaufe so auf die Nerven geht. »Die haben ja auch alle schon Kinder«, sagt er dann nur. »Da braucht man das wahrscheinlich.« Und wenn ich mir das so angucke, hat er womöglich recht. Steve ist schon vor Jahren Vater geworden, da kann er nicht älter als siebzehn gewesen sein. Das Mädchen war ein paar Klassen unter mir. Danach war er ewig im Entzug oder im Knast, wer weiß das schon, aber mittlerweile hat er noch zwei oder drei Kinder von einer anderen und wohnt in der neuen Eigenheimsiedlung am Dorfrand von Carlow.

»Der hat zu fette Eier, der Sack«, sagt einer von ihnen in dem Moment und die anderen lachen.

Und als ich die Mädchen vor den Dixis sehe, in ihren pinken Tops und den verdammt kurzen Röckchen, muss ich daran denken, wie ich mal über diese Straße gegangen bin, das heißt, eigentlich konnte ich kaum noch gehen, aber Flapse hat mich festgehalten und auf der anderen Seite vom Gemeinschaftshaus, da, wo so eine Treppe in den Keller geht, hat er seine Hose aufgemacht und meinen Kopf zwischen seine Beine gedrückt, bis sein Schwanz so tief in meinem Hals steckte, dass ich keine Luft mehr bekam. Als ich wieder am Teich war und Kaugummi kaute, eine Zigarette nach der anderen rauchte, um den Geschmack wieder loszuwerden, war Caro weg und Anne knutschte mit Torsten und ich wusste nicht, wohin ich sollte. Wahrscheinlich bin ich nach Hause gegangen. Jetzt ist Flapse mit Roswithas Tochter verheiratet, und die hab ich letztens auch mit einem Kinderwagen gesehen.

»Hey, Christin«, sagt Flapse.

Keine Ahnung, ob er sich an damals überhaupt erinnern kann. Die anderen drehen sich um, und als ich näher komme, erkenne ich auch Danilo.

»Komm in unsere Mitte!«

Steves Augenlider hängen schon ziemlich weit unten. Ein Wunder, dass er noch nicht umgefallen ist. Danilo sieht noch wacher aus. Er hat diese eisgrauen Augen, bei denen man immer das Gefühl hat, sie gucken kilometerweit in dich rein. Und natürlich war er viel jünger, als ich ihn das letzte Mal gesehen hab. Da hatte er noch nicht diese Falten im Gesicht und diese Narben am Hals, breit und flächig wie Brandnarben.

»Eh, Platz da!«, grölt Steve, und die anderen gehen ein Stück zur Seite. Flapse wuchtet mir seinen Arm um die Schulter. Die Luft ist voll mit Bieratem, Zigaretten und Aftershave. Die Schnalle von Steves Gürtel ist offen und man sieht den Rand seiner karierten Shorts, über die sich sein behaarter Bauch wölbt.

»Wie geht's?«, grölt er weiter, als wären wir alte Freunde.

»Gut.«

Die anderen lachen. Wenn ich Flapses Arm von meiner Schulter nehme, würde er wahrscheinlich sofort umkippen.

»Was macht Jan?«

»Muss melken.«

»Melken, melken, man kann doch nich die ganze Zeit nur melken.«

Wem sagst du das? Flapse nimmt einen Schluck aus seiner Bierflasche und merkt erst dann, dass da gar nichts mehr drin ist.

»Lass ma rein«, sagt Steve und zieht sich die Hose hoch.

Danilo ist der Einzige, der einfach neben mir stehen bleibt, während die anderen ins Zelt schwanken. Ich schiebe mir den BH-Träger wieder auf die Schulter und wünsche mir, Danilo würde mich noch mal angucken.

»Tja«, sagt er. »Du hast auch kein Bier mehr.«

»Ich muss auch noch fahren.«

»Ich auch. Aber ich hab grad eh kein Führerschein.«

Die Zeltplane schlackert.

»Nichts zu verliern sozusagen. Du wohnst doch in Schattin?«

»Ja.«

»Bisschen einsam da, oder?«

Er klingt noch vollkommen nüchtern, während ich das Gefühl hab, dass meine Zunge sich nicht mehr so gut bewegt wie vorhin.

»Da gibt es doch kaum noch Häuser.«

»Wo wohnst du denn?«

»Rehna.«

Ich hab mir früher immer gewünscht, in Rehna zu wohnen, in einer von diesen betreuten WGs, die an das Kinderheim angebunden sind. Anne war da mal eine Zeit lang und wollte nie wieder weg.

»Und wo da?«

»Neubau, nach Köcheltorf raus.«

Gänsehaut breitet sich auf meinen Armen aus.

»Und was machst du dann hier?«

»Leute besuchen.«

»Du warst doch mit Jan in einer Klasse, oder?«

»Nich lange. Schule war nich so mein Ding.«

»Und was machst du jetzt?«

»Hab mich noch nich entschieden.«

Seine Oberarme sind voll mit schiefen Tattoos, ein Anker, das Sonnenrad, die anderen Zeichen kenne ich nicht.

»Dein Autoschlüssel?«

Ich lasse den Eisbär hin und her baumeln wie ein Pendel.

»Vom Gemeinschaftshaus. Da sind richtige Klos.«

»Da würd ich mich anschließen«, sagt Danilo.

Also gehen wir durch die Wiese an der Dixi-Schlange vorbei. Meine Füße sind sofort nass und kalt vom Tau, und ich rutsche hin und her in meinen Sandalen, als wir auf dem Asphalt sind.

»Willst du auch 'ne Line?«, fragt Danilo.

»Ich muss doch noch fahren.«

Aus dem Asphalt steigt die Wärme auf. Neben mir höre ich Danilo atmen, und ich gucke einfach nur auf meine nassen Zehen. Nicht mal, als er meine Hand nimmt, gucke ich auf. Seine Haut ist so warm, dass ich aufhöre zu frieren. Caro hat einen anderen, das kann ich immer noch nicht fassen. Erst als ich stehen bleibe vor der Tür und »Ich muss aufschließen« sage, lässt er mich wieder los.

Diamantis.

Im Gemeinschaftshaus ist die Luft unwahrscheinlich stickig, und ich kneife die Augen zu, so hell ist das Licht.

»Bis gleich.«

Ich verschwinde auf der Damentoilette. Wahrscheinlich hat Yvonne mir den Schlüssel nur aus Mitleid gegeben. Damit ich selbst merke, wie scheiße ich aussehe, weil ich dringend mal wieder in einen Spiegel gucken sollte.

Meine Augen sind glasig, mein Make-up fleckig. Ich trinke Leitungswasser aus meinen Händen, dann tupfe ich mir neuen Concealer unter die Augen und ziehe mir die Lippen nach.

Als ich den Schlüssel der Kabinentür gerade umgedreht habe und mein Kleid hochheben will, höre ich das Klackern von Absätzen.

»Christin?«, ruft Caro.

»Ja.«

»Was machst du hier so lange?«

»Pinkeln.«

Ich höre ihre Schritte in der Kabine neben mir.

»Mio dio! Was soll ich denn jetzt machen? Ich vermisse ihn so mega«, flüstert sie gegen den Toilettenboden.

»Meinst du nich, das geht vorbei?«

Ich ziehe an der Spülung.

»Ich will nich, dass es vorbeigeht. Ich will zu ihm, sofort«, ruft Caro. Und dann geht die Tür noch mal auf.

»Christin«, sagt Danilo. »Sorry, echt. Ich wollte dir nich zu nah treten.«

Ich mache die Tür auf. Er steht da, schnieft ein bisschen und streicht immer wieder über die Gardine, als wären es Haare.

»Aber du bist so schön«, sagt er zu der Gardine.

Ich lasse das Wasser über meine Hände laufen und gucke abwechselnd mich und Danilo im Spiegel an, bis Caro aus ihrer Kabine kommt. Ich zucke mit den Schultern und sehe sie fragend an.

»Es tut mir leid«, sagt Danilo und wischt sich die Hände an der Hose ab.

Caro holt den Puder aus meiner Tasche und tupft sich über Nase und Stirn.

»Lass uns zurückgehen«, sagt sie.

Sie steckt den Puder ein und wir gehen Danilo hinterher.

»Meinst du, der hat irgendwas mitgekriegt?«, zischt Caro mir entgegen.

»Der kriegt gar nichts mehr mit«, sage ich.

Danilo steht mitten auf der Straße. Ein Auto rast auf

ihn zu, aber er bewegt sich nicht, nicht mal, als es aufleuchtet. Caro quiekt. Ich ziehe Danilo ins Gras. Der Wagen fährt mit einem Hupen an uns vorbei.

»Arschloch!«, sagt Caro.

»Wann hast du Jan eigentlich das letzte Mal gesehen?«, frage ich Danilo.

»Jan ist so nett«, sagt er. »Echt, ich kenne niemanden, der so ehrlich ist und so korrekt. Der ist echt korrekt.«

Caro verdreht die Augen.

Als wir dem Zelt näher kommen, fehlt irgendwas, der Bass, die Musik. Nichts davon ist zu hören. Stattdessen klirrt es, eine Frau kreischt hinter der Zeltplane, ein Mann brüllt irgendwas, und dann klingt es, als würde was Hartes auf den Boden krachen, eine Bank, ein Tisch. Wieder Klirren. Draußen steht niemand mehr.

»Was is'n da los?«, sagt Danilo.

Der Zelteingang ist voller Leute, die jetzt eine Gasse bilden, aus der jemand rausgestoßen wird. Ein Mann landet ziemlich hart auf der Holzrampe, die auf die Wiese führt.

Mark und Torsten drücken sich durch die Menschenmenge nach draußen. Der Mann auf der Rampe bleibt einfach liegen. Die Bierflasche in seiner Hand ist noch ganz, und ein Rest Schaum läuft aus dem Flaschenhals und tropft ins Gras. Seine Klamotten kommen mir ziemlich bekannt vor.

»Schon total hacke hier angekommen«, sagt Torsten.

Er guckt mich betroffen an. Danilo geht ohne ein Wort weiter und verschwindet im Zelt. Sanfte Keyboard-Töne setzen ein. Jubel und Klatschen.

»Komm«, sagt Torsten und hilft meinem Vater wieder auf die Beine.

Im Sturz durch Raum und Zeit

Wieder Jubel. *Richtung Unendlichkeit*

Er hat eine unerträgliche Fahne. Sein Hemd ist klitschnass, seine Hose voller Flecken. Er taumelt, umklammert immer noch seine Bierflasche. Torsten hält ihn am Oberarm fest, führt ihn runter ins Gras. Im Licht der Laterne sehe ich jetzt auch, dass er blutet. Aus seiner rechten Augenbraue läuft ein verwischtes Rinnsal über sein Lid.

»Ich bring ihn nach Hause«, sage ich.

»Können wir ihn nicht fahren?«, sagt Caro zu Mark.

»Ich fahr nich, wenn ich getrunken hab.«

Dabei scheint Mark noch der Nüchternste zu sein hier, aber er ist ja jetzt auch richtiger Polizist.

Wir fahrn auf Feuerrädern Richtung Zukunft durch die Nacht.

Mark und Torsten gucken sich an, dann drückt Torsten Caro sein Bier in die Hand. »Ich bring euch schnell«, sagt er.

»Ich hab ihm tausendmal gesagt, er soll zu keinem Dorffest mehr gehen«, sage ich. Er kann schon froh sein, wenn sie ihn sonst in Ruhe lassen.

»Das sin doch meine Freunde«, sagt Papa, ohne die Augen aufzumachen.

Wenn er besoffen ist, kapiert er einfach nicht, dass die das anders sehen. Er sieht wirklich so aus, als würde er sofort wieder umkippen, wenn Torsten ihn loslassen würde.

»Komm, Papa.«

Seine Lider hängen tief über seinen Pupillen. Es ist

ein Wunder, dass er überhaupt noch was sehen kann. Schritt für Schritt schwankt er, von Torsten gehalten, die Einfahrt zur Straße hoch.

»Bis gleich«, sagt Caro, dann verschwindet sie mit Mark im Zelt.

Ich warte nich mehr lang

Vom Teich bis zum Neubau ist es vielleicht ein Kilometer. Aber bei dem Tempo brauchen wir Stunden.

»Ich versteh dat nich«, brabbelt Papa vor sich hin. »Ich versteh dat alles nich.«

Torsten und ich sehen uns an.

»Diese Welt. Oder wat davon übrig is.«

Die Musik wird immer leiser, hinter uns. Man hört kaum noch mehr als den Bass.

»Aber warum verstehst du das denn nich? Wärst du da etwa nich sauer?«, fragt Torsten. Diese Frage hab ich schon ewig nicht mehr gestellt. Weil ich weiß, dass man da keine Antwort drauf bekommt.

»Ich versteh ja gar nich, wat die für 'n Problem ham. Dat versteh ich ja scho ma nich.«

Nirgendwo brennt mehr Licht. Die Laternen gehen um eins aus. Noch eine halbe Stunde.

»Die ham mir dat auch nich gesacht. Keiner von den hat mir wat gesacht. Und da soll ich dat nu wissen.«

Papa hält immer noch die Flasche in der Hand.

»Wat die in meine Situation gemacht hätten. Dat würd ich gern ma wissen. Wat die in meine Situation gemacht hätten.«

Irgendwo brüllt eine Kuh. An der Bushaltestelle stehen verlassene Bierflaschen. Neben dem Mülleimer ist ein Fleck Kotze. Wir gehen mitten auf der Straße. Kein Auto, keine Scheinwerfer.

»Dat versteh ich scho ma nich.«

Mein Handy vibriert.

SMS von Caro: *Fahre jetzt zu D. Vermiss ihn so. Sag Torsten nix!*

Ein paar Sekunden später piept Torstens Handy. Seine Miene verzieht sich kein bisschen, als er die Nachricht liest.

Der Neubau sieht nachts noch mehr wie eine Ruine aus. Ich weiß nicht, wer hier überhaupt noch wohnt. Seit Jahren gibt es Streit darum, wann das Gebäude abgerissen werden soll. Eigentlich ist es nur noch eine Frage der Zeit. Die Wiese davor ist vertrocknet, die Einfahrt, die zu den Garagen führt, zugewuchert. Wir gehen über den Weg aus zerbröckelnden Platten.

»Schön, dass du och ma wieder nach Hause kümmst«, sagt mein Vater.

Ab und zu hält er sich die leere Bierflasche an den Mund, als wäre da noch was drin. Ich hole den Schlüssel aus meiner Tasche, schließe die Tür auf und hake sie fest. Das Licht flackert durch den Hausflur. Überall liegen zerfledderte Werbeprospekte auf den Stufen, Zeitungsreste, Schokoladenpapier, eine alte Männersandale.

Ich kann kaum atmen. Die Luft ist so trocken. Ich will sofort wieder raus. Aber hinter mir zieht sich mein Vater schon das Geländer hoch, und dahinter geht Torsten so langsam, dass es ihn anstrengen muss. Sein Handy piept wieder.

Vor den Türen liegen keine Fußmatten mehr. Steinchen knirschen unter meinen Sohlen. Irgendwo läuft der Fernseher, und als ich im zweiten Stock ankomme, höre ich auch, dass es der von meinem Vater ist. Die Tür steht sperrangelweit auf. Das Licht brennt.

Ihr Privatleben liegt in Scherben, trotzdem oder gerade deswegen wird der Film ein voller Erfolg.

»Hallo?«, sage ich.

Die Deutungshoheit über ihren Körper hat sie in Hollywood völlig aufgegeben.

Ich gehe noch ein paar Schritte in den Flur. Der Teppichboden ist noch fleckiger, als ich ihn in Erinnerung habe.

Ihr blieb gar keine andere Wahl, als sich in das Bild des Sexsymbols einzufügen.

Als ich in die Stube komme, strahlt Marilyn Monroe zu Klaviermusik in die Kamera. Ich nehme die Fernbedienung vom Couchtisch und drücke auf *Off*.

»Hast du die Tür aufgelassen?«, frage ich.

Papa wankt durch den Flur, schwer atmend lässt er sich in den Sessel fallen.

Ich drücke ihm die Fernbedienung in die Hand.

»Immer langsam mit die jungen Pferde.«

Torstens Blick schweift über die Unordnung. Leere Chips-Tüten, eine Schüssel, in der vertrocknete Cornflakes kleben. Ich kippe das Fenster auf, dann gehe ich in die Küche, nehme ein paar Toastbrot-Scheiben, lege sie auf ein Brett, mache ein Glas voll mit Leitungswasser und bringe beides zurück in die Stube.

»Hier!«, sage ich, aber ich weiß nicht, ob mein Vater sieht, was ich ihm gebracht habe.

»Da is och noch Bier in'n Kühlschrank.«

Also gehe ich noch mal zurück, nehme eine Flasche für Papa, eine für mich und eine für Torsten raus. Jetzt liegt nur noch ein Stück Butter drin, eine Packung verschimmelte Salamischeiben und eine verschrumpelte Gurke.

Als wir aus dem Neubau kommen, flackern die Laternen noch mal, bevor sie ausgehen. Es ist stockdunkel, nur eine blasse Mondsichel hängt über der alten LPG.

»Tja«, sagt Torsten.

Er hält sein Handy in der Hand und guckt immer wieder runter aufs Display.

»Ich glaub, dass Jan was damit zu tun hat«, traue ich mich endlich zu sagen. »Mit gestern Nacht. Der is mit seinem Škoda grad vom Berg gekommen, als ich nach Hause kam.«

»Vielleicht war er jagen.«

»War er nich.«

Torsten guckt vor uns in die Nacht. Vom Teich schallt der Bass zu uns rüber.

»Der musste melken, und es war viel zu dunkel«, sage ich.

Mit dem Daumen streicht er immer wieder über das Display.

»Man überfällt kein Windrad direkt vor der Haustür.«

Ein Fuchs läuft vor uns über die Straße. Er bleibt kurz stehen und sieht uns an, dann verschwindet er im Vorgarten von Caros Großeltern.

»Weißt du, wie schwer diese Kabel sind? Die kneift man nich ma eben mit der Klauenschere durch.«

Da war noch ein Auto, denke ich, sage aber nichts.

Torsten drückt noch mal auf sein Handy. Das Display leuchtet auf, dann feuert er die Bierflasche über den Gartenzaun von Yvonnes Eltern. Ihr Schäferhund kommt aus der Hundehütte geflitzt und läuft kläffend und knurrend den Zaun auf und ab.

»Halt die Fresse!«, schreit Torsten ihn an. »Und selbst wenn. Dafür kommt man nich in'n Knast. Das wird nur teuer.«

Teuer ist auch nicht besonders gut bei den Milchpreisen.

»Caro ist übrigens zu 'ner Freundin nach Lübeck gefahren, soll ich dir ausrichten.«

Torsten sagt das, als ob er es schon lange sagen wollte, sich aber erst jetzt dazu durchringen konnte.

»Die hat Krebs oder Aids oder so was. Schläft wahrscheinlich auch da.«

Als wir um die Ecke kommen, hören wir die ersten Stimmen vom Teichfest. Mädchenlachen. Eine Gruppe Jungs mit Bierflaschen in der Hand taucht in der Dunkelheit vor uns auf. Als sie an uns vorbeikommen, erkenne ich die wieder, die von Roswitha heute Abend keinen Schnaps bekommen haben.

Die Luft im Zelt ist feucht vor lauter Bier, Atem und Schweiß. Die Klamotten kleben an meiner Haut. Auf der Tanzfläche liegen sich Danilo, Steve, Flapse und Mark in den Armen und übertönen mit ihrem Gegröle fast die Sängerin: »In ihren Augen brannte heiß die Glut, die Gluut, die Gluut.«

Torsten läuft sofort zu ihnen und reiht sich zwischen Steve und Flapse ein.

»Man nannte sie nur Määälaniiiie!«

Ich drängel mich zur Bar vor. Uwe steht da mit Karl-Heinz, dem Vater von Yvonne, und ordert gerade zwei Wodka. Uwes Hemd steckt wieder in seiner Hose, dafür hat er alle Knöpfe bis zum Bauchnabel aufgeknöpft. Wenn Caro jetzt hier wäre, wäre er ihr bestimmt wieder peinlich.

»Und Liebe spürtee sie nieee, Määählaniiiie, Määählaniiiie!«

»Für dich auch?«, fragt Uwe, legt seinen Arm um meine Schultern und zieht mich zwischen sich und Karl-Heinz. Der ist erst vor ein paar Jahren aus Sachsen hierhergezogen, hat sich als Anwalt gleich in alles eingemischt und ist vor Kurzem auch noch Bürgermeister geworden. Ich glaube, das liegt nur an seinen weißen Hemden. Damit macht er ganz schön Eindruck, weil das hier niemand sonst trägt.

»Noch ein'!«, ruft Uwe der Kellnerin zu. »Heil nach Hause gebracht?«

Ich nicke.

»Du musst die auch verstehen«, sagt er.

Bunte Lichter zucken über sein Gesicht.

»Wenn du wüsstest, wie das war früher.«

Karl-Heinz nickt zustimmend. Die Kellnerin knallt drei Gläschen vor uns auf die Theke, schüttet sie bis zum Rand voll und brüllt Uwe »Vier fuffzich!« entgegen.

»Määäählanieee!«, singen die Jungs mit geschlossenen Augen. »Määäääählaniiiiiie!«

Die Sängerin lacht in ihr Mikrofon.

Uwe zieht einen Fünfeuroschein aus seinem Portemonnaie und wirft ihn in die Pfeffi-Pfütze auf der Theke.

»Weißt du«, sagt er, »du hast es echt gut heute. Kannst sagen, was du willst. Kannst machen, was du willst.«

Er drückt mir sein Glas in die Hand.

»Freiheit«, sagt er zu Karl-Heinz, »wissen die jungen Leute heute gar nich mehr zu schätzen. Prösterchen.«

»Määäählaniiiie, Määäählaniiiiiiie!«

Der Wodka brennt in meiner Kehle.

»Wenn die nüchtern gewesen wärn«, er guckt zu dem Tisch neben der Bühne, an dem Papas alte Arbeitskollegen sitzen, »hätten die sich bestimmt zusammengerissen.«

Ich lasse das Display von meinem Handy aufleuchten. Nichts.

Ruf mich an, schreibe ich an Caro. Wenn du wüsstest, wo deine Tochter gerade ist, denke ich und tue so, als würde ich Uwe weiter zuhören. Trotz all dem Wodka und dem Bier bin ich viel zu wenig betrunken, um das alles noch länger auszuhalten.

»Keine Ahnung, was ich gemacht hätte«, sagt Karl-Heinz. »Ich will meine Akte ja gar nich sehen.«

»Nachher findst du noch raus, dass sogar deine Alte bei Horch und Guck war.«

»Oder dein Hund.«

Die beiden brechen in Gelächter aus.

Er hat an ihr vorbeigesehn

»Und ihm war kalt dabei.«

Kein Abschied macht es ungeschehn

»Spiel noch mal *As time goes by.*«

Torsten grölt vor sich hin. Ich kann nicht sagen, ob er glücklich oder besorgt ist. Bunte Scheinwerfer fahren über sein Gesicht, über Flapse und die Köpfe der anderen Glatzen.

»Spiel noch mal *As time goes by.*«

Yvonne steht alleine auf der anderen Seite der Tanzfläche. Ich suche überall nach Caro, obwohl ich weiß, dass sie nicht da ist. Ich drängel mich raus aus der Menge, raus aus dem Zelt.

Wenn er die Zigarette ausdrückt und die Augen reibt

»Sieht er, wie sie iiiihm davonfliegt.«

Die Luft ist noch kühler als vorhin. Hier ist niemand mehr.

»Christin?«, ruft eine Männerstimme hinter mir, als ich schon auf der Wiese bin.

»Ich wollte dich noch fragen, ob du mir nich deine Handynummer geben willst.« Das Licht von Danilos Display scheint auf sein Gesicht. »Dann kann ich dich ma anrufen und wir machen irgendwas.«

Meine Füße sind kalt und nass. Ich hätte doch im Zelt bleiben sollen.

»Null eins sieben drei ...«, sage ich.

Casblanca As time goes by

Danilo tippt.

»Drei drei ...«

Er lächelt mich an.

»Vier drei ...«

Casablanca As time goes by.

»Sieben drei ...«

Ein paar Sterne glitzern auf der Wasseroberfläche am Ende vom Steg.

»Acht.«

»Na dann.«

Er steckt sein Handy ein, ich drehe mich einfach um und gehe weiter über das Gras. Mein Auto steht am Ende vom Zaun. Mir ist übel. Und eiskalt. Ich halte mich am Zaunpfahl fest. Nur eine kleine Pause.

»Casablanca«, flüstere ich, aber es läuft schon längst ein anderes Lied.

Ich hole meinen Schlüssel aus der Handtasche, knicke um dabei und kann mich gerade noch rechtzeitig an einem Rückspiegel abfangen.

»Scheiße.«

Dann bin ich an meinem Auto. Zum ersten Mal freue ich mich, dass es so heiß ist hier drin. Ich angel den Kirsch unter dem Beifahrersitz raus. Jetzt wird mir auch noch von innen warm. Genug Energie, um nach Hause zu kommen. Mein Handy piept. Ich bin mir sicher, dass es eine Nachricht von Caro ist, aber nur so lange, bis ich die unbekannte Nummer auf meinem Display sehe.

Fah forsichtig LG Danilo

Ich speichere seine Nummer unter *Daniela T*, dann wende ich zwischen den Bäumen, werfe noch einen Blick aufs Zelt und fahre die Dorfstraße hoch, den Kirsch zwischen den Beinen.

»Casablanca.«

Es gibt immer so Phasen, in denen Männer einfach auf einen stehen. Keine Ahnung, warum. Immerhin scheint es Danilo egal zu sein, was ich für einen Vater hab. Vielleicht weiß er auch gar nichts davon, weil er die letzten Jahre im Knast war.

Scheinwerfer. Ein Auto mit Fernlicht. Ich drehe den Kirsch zu. Das Licht durchströmt meinen Wagen. Ich sehe nichts mehr außer Licht. Meine Augen tränen. Mit den Vorderreifen ratsche ich den Bordstein entlang. Dann ist der Wagen hinter mir und ich muss mich wieder an die Dunkelheit gewöhnen. Ohne zu blinken, biege ich nach Schattin ab.

Meine Hände sind so zittrig, dass mir der Deckel aus den Fingern fällt, irgendwo zwischen die Sitze. Ich schalte in den Vierten, dann drücke ich meine Finger zwischen Sitz und Handbremse. Nichts. Ich beuge mich nach vorne in den Fußraum. Da ist er.

Als ich die Flasche gerade wieder zuschrauben will, lässt sich eine Eule direkt vor mir von einem der Telefonmasten fallen. Ihre weißen Flügel leuchten im Scheinwerferlicht. Ich kann ihr nicht mehr ausweichen. Jeden Moment schlägt sie gegen meine Frontscheibe. Ich kneife die Augen zu. Die Reifen ruckeln über irgendwas drüber, dann geht der Motor aus.

Als ich die Augen wieder aufmache, sehe ich nur Zweige vor der Scheibe und Blätter, die auf dem Fenster kleben. Ein bisschen Kirsch läuft über meine Finger und sickert in den Sitz unter mir. Ich bin ein Stück die Böschung hochgefahren und kurz vor dem Knick zum Stehen gekommen. Von der Eule keine Spur.

Ich hab so viel Kirsch und Adrenalin in meinem Blut, dass es mich schon wieder müde macht. Meine Stirn sinkt auf das Lenkrad runter.

»Casablanca.«

Ich lutsche mir den Schnaps von den Fingern. Dann lösche ich die Nachricht von Daniela T, werfe mein Handy auf den Beifahrersitz und drehe den Schlüssel um. Der Motor springt an, als wäre nichts passiert. Ich nehme die Bananenmilch aus dem Handschuhfach und erst als ich schon einen großen Schluck davon im Mund hab, merke ich, dass dieses saure, klumpige Zeug, das ich sofort wieder in die Flasche spucke, kaum noch nach Banane schmeckt.

Als ich die Treppe runterkomme, flutet die Sonne schon durch den Flur. Die Hühner scharren im vertrockneten Gras am Straßenrand, bis das Polizeiauto an ihnen vorbeifährt, die Hennen aufschrecken und weiter auf die Wiese laufen. Erst denke ich, der Wagen dreht nur eine Runde in der Wendeschleife auf dem Dorfplatz, aber er fährt an der Busbude vorbei direkt auf den Hof zu.

In der Küche sitzt Jan und kaut an einem Käsebrötchen. Vor ihm liegt die Ostsee-Zeitung.

»Scheißpresse! Türkei, USA, Russland, sogar über so einen Geigenspieler aus Hongkong schreiben die eine ganze Seite, aber nichts über unsere Milchproteste. Gar nichts, null.«

Er versucht die Zeitung wieder zusammenzufalten, dabei segelt ein Blatt auf den Boden.

»Das verschweigen die doch mit Absicht. Offiziell ist natürlich alles okay in Deutschland. Probleme gibt's nur woanders.«

Er zerknüllt das Blatt und wirft es in den Kohlenkorb neben dem Ofen.

»Die Polizei ist da«, sage ich.

In dem Moment klingelt es und Prinz fängt an zu bellen. Jan läuft ins Badezimmer. Ich nehme einen Lappen aus der Spüle und wische die Krümel zusammen. Das ist besser, als die Hornhaut von meinen Fingerkuppen zu beißen. Und ich stelle mir vor, wie es wäre, wenn sie Jan mitnehmen würden, wenn sie ihn jetzt festnehmen und er jahrelang in Bützow sitzen würde. Ich wäre frei. Ich hätte niemanden mehr.

Er kommt aus dem Bad, wischt sich die Hände an der Hose ab und geht an mir vorbei in die Diele, ohne irgendwas zu sagen. Prinz winselt und kratzt über den Steinboden. Dann knarrt das Dielentor, und als das Bellen über den Hof schallt, laufe ich so schnell ich kann ins Bad und schiebe die Gardinen zur Seite.

Jan ist schon am Tor, vor dem zwei Polizisten stehen. Einer von ihnen ist Mark. Jan drückt Prinz an sich, um ihn zu beruhigen. Der andere ist Steves Vater, der ist damals mit Frank in eine Klasse gegangen. Das Fensterbrett ist voll mit toten Mücken.

Prinz schnuppert am Tor und kratzt an der Stelle über den Boden, an der er immer kratzt, aber er bellt nicht mehr. Jan hat die Hände in seinen Taschen vergraben. Ich schließe die Badezimmertür zu und setze mich aufs Klo, stütze mein Gesicht in die Hände.

»Und selbst wenn. Dafür kommt man nich in'n Knast. Das wird nur teuer«, hat Torsten gesagt. Der Vogel flattert durch den Turm. *Verlieben, verloren, vergessen, verzeihn.* Hoffentlich hat niemand gesehen, wie ich die Bananenmilch in die Mülltonne von Tante Rehna geschmissen hab.

Das aufgeweichte Klopapier verschwindet im sprudelnden Wasser. Ich muss Danilo antworten. Daniela T. Jan krault Prinz den Nacken. Ich wasche mir den Schlaf aus den Augen, creme mich ein und fädel mir die goldenen Herzchen-Ohrringe in die Löcher. Die Kühe haben viel schönere Augen als ich. Mit dem Pinsel trage ich

die leicht gebräunte Tagescreme auf, tupfe mir ein bisschen Goldschimmer über die Augen und tusche meine
Wimpern in *blackest black*. Wenn Frank da wäre, hätte
er die beiden in den Garten geholt und Manuela zum
Schnapsschrank geschickt.

Ich nehme mir ein Brötchen aus der Tüte, Kaffee,
einen Schluck Milch, dann setze ich mich auf Jans Platz.
Mahnungen von *AggroVet* und *Futtermittel Kühne*. Ein
ungeöffneter Brief von *Vereinigte Hagel*. In der Ostsee-
Zeitung blätter ich sofort vor zu meinem Horoskop. *Die
Sterne stehen gut. Alles, was sie jetzt anpacken, gelingt.
Aber Vorsicht! Ihre Glückssträhne sollte Sie nicht zu
Hochmut verführen.* Von der Glückssträhne hab ich
bis jetzt noch nichts gemerkt, aber das Horoskop ist
auch erst für nächste Woche. Als ich die Zeitung dann
noch mal von hinten durchblätter, sehe ich die winzige
Meldung unter Polizei-Berichte: *Windkraftanlage aufgebrochen. In Schattin ist in der Nacht von Donners-
tag auf Freitag in eine Windkraftanlage eingebrochen
worden. Die bislang unbekannten Täter entwendeten
mehrere Kabel und zerstörten die elektronische Ausstat-
tung der Anlage.* Ich lese die Meldung noch mal, aber
alles, was da steht, wusste ich schon. Ich blättere den
Regionalteil durch, mehr steht da wirklich nicht. Der
Bauernteich in Schlagsdorf bekommt ein neues Enten-
haus, der Vorsitzende des SG Carlow gibt sein Amt auf,
die Kinder- und Jugendarbeit in Gadebusch steht vor
dem Aus. Als ich das Dielentor höre und Schritte, lege
ich die Briefe wieder so hin, wie sie lagen und lese im
REWE-Werbeprospekt. Bio-Bananen, Cherry-Rispen-
tomaten für 1,19.

»Was ist denn los?«, frage ich.

Jan hat seine Stiefel angelassen.

»Wegen dem Windrad.«

Jan nimmt einen Schluck Kaffee. »Ich fahr gleich wenden. Kommst du mit?«

»Okay.«

»Ich mach dann schon mal den Trecker fertig.«

Jan geht wieder in die Diele zurück. Prinz stupst mit seiner Nase gegen meine Hand.

»Und du passt auf!«

Im Schatten am Waldrand bleiben wir stehen. Das Heu, das wir in den letzten Stunden gewendet haben, liegt blassgrün über das ganze Feld verteilt. Ich hab das Brummen vom Trecker noch in den Ohren, als Jan schon die Tür aufstößt. Das Windrad steht in der Sonne. »Auch, wenn kein Wind weht, ist es besser, wenn es sich ganz langsam dreht.« Hat Klaus mir erklärt. »Weil es zu viel Energie kostet, es wieder neu zu starten.« Aber jetzt dreht es sich gar nicht, weil es keine Kabel mehr hat.

Ich greife nach dem Henkel der Kühlbox und gebe sie Jan nach draußen. Dann setze ich mich auf die oberste Treckerstufe. Jan reicht mir die Fanta-Flasche nach oben. Er hat die Box vor sich auf den Feldboden gestellt, der von Blättern und Bucheckern bedeckt ist.

»Käse?«

Warmer Wind fährt durch meine Haare, rauscht durch die Bäume, sodass noch mehr Blätter auf uns runtersegeln.

»Putenbrust.«

Ich sehe das Dorf mit den Häusern, den Sträuchern, den Linden, kein Reh, kein Nandu, nur die Schwalben am Himmel und weit weg ein Greifvogel. Das Kabel ist völlig heil. Es sieht genauso alt aus wie das vorige, und ich bin mir gar nicht mehr sicher, ob ich es wirklich durchgeschnitten hab.

Jan pult die Frischhaltefolie von seiner Käsestulle. Er steht da, gegen das Treckerrad gelehnt.

»Was war denn nu mit dem Trecker?«, frage ich.

»Kabel«, sagt Jan. »Is einfach uralt.«

»Und davon habt ihr Ersatz?«

»Bei so 'nem Trecker krieg ich das immer noch hin«, sagt Jan.

Das ist genau das, was Frank sonst immer sagt, dass »die neuen noch öfter kaputt« sind als »die guten alten Traktoren« und dass man jedes Mal ein paar Tausender hinblättern muss für die Reparatur. Das machen die Firmen extra so, um noch mehr Geld zu machen.

»Das mit dem Windrad und dem Land, wie war das noch mal?«

»Seit wann interessierst du dich denn dafür?«

»Ihr hattet doch ständig Streit wegen dem, vor ein paar Jahren.«

Jan beißt von seiner Stulle ab und sagt nichts. Eine Wespe summt um ihn rum.

»Worum ging es da noch mal?«

»Na, um das Land«, sagt er und versteckt seine Stulle hinter dem Rücken. »Verpiss dich!« Er schlägt nach der Wespe.

»Das hattet ihr doch gepachtet?«, frage ich.

»Ja, aber dann kamen die mit ihrem Windeignungs- gebiet.« Auf einmal klingt er gar nicht mehr genervt, sondern müde und traurig. Ich glaube, zu der Zeit ist er auch zum ersten Mal bei den Milchprotesten mit- gefahren.

»Hinter dem Weg gehört uns nichts mehr.«

Ich gucke rüber zum Windrad. Der Weg liegt auf der anderen Seite in der Senke und ich sehe ihn nicht. Der

Weg, über den ich mit Klaus gefahren bin, in seinem Bus.

»Der Besitzer is so 'n Arschloch aus Hamburg.«

Jan guckt über das Gerstenfeld, das nur ein paar Meter vor uns beginnt. Die Ähren schimmern in der Sonne, als wären sie wunderbar weich, aber in Wirklichkeit sind es Widerhaken, die dir die Haut zerreißen.

»Und das Land bei der alten Scheune da unten?«

»Auch gepachtet. Alles LPG-Land früher.«

Jan wedelt verärgert mit der Hand. Dabei ist die Wespe schon lange weg.

»Die Treuhand hat das alles den Wessis gegeben.«

Vorsichtig streiche ich ihm über den Oberarm.

Eigentlich ist damals alles schlimmer geworden, als er das erste Mal tagelang weg war und dann wiederkam und uns gefragt hat, ob wir ihn im Fernsehen gesehen hätten, wie er die Strohballen angezündet hat, aber niemand hatte ihn gesehen, weil kein Fernsehsender darüber berichtet hatte. Es gab nur ein paar Fotos im Internet von Treckern, die die Autobahn blockiert haben. Die Fotos hat er farbig ausgedruckt und in Klarsichthüllen abgeheftet. Er hat mich immer wieder gefragt, ob ich ihm glaube, und er hat Torsten gefragt und Caro, und alle, die er getroffen hat, aber je öfter er gefragt hat, desto mehr habe ich daran gezweifelt, dass er wirklich irgendwas mit brennenden Strohballen zu tun hatte.

»Vaddern hätte sich da besser drum kümmern müssen, dass er das kriegt«, sagt Jan. »Das ham wir nu davon.«

Er guckt zu mir hoch, wischt sich die Finger an seiner Hose ab.

»Wieso interessierst du dich plötzlich dafür? Das war dir doch sonst immer egal.«

Der Wind rauscht durch die Bäume. Jan greift nach der Cola.

»Wenn wir irgendwann mal zusammen den Hof haben, muss ich das doch wissen«, sage ich.

Die Flasche zischt.

»Wenn's uns dann noch gibt.«

Ich weiß nicht, ob er mit *uns* uns beide meint oder den Hof, aber ich frage lieber nicht nach.

»Vielleicht kannst du mir endlich mal erzählen, wo du warst, vorletzte Nacht.«

Dann setzt er sich die Flasche an die Lippen und trinkt und trinkt. Hier mitten auf dem Feld fragt er mich das, wo ich nirgendwo hinkann und mein Kirsch so weit weg ist.

»Das wollte ich eh schon die ganze Zeit«, sage ich so entspannt wie möglich und angel mein Handy vom Sitz. Warum kann mich nicht genau jetzt jemand anrufen, Caro oder Torsten, irgendwer? Letztens hab ich in der *Glamour* gelesen, dass man Sätze in Konfliktsituationen immer mit *Ich* anfangen soll, um Streit zu vermeiden.

»Ich hab ewig gewartet und irgendwann war ich so sauer, dass du mich da einfach stehen gelassen hast, dass ich zu diesen *Wintec*-Typen bin.«

Jan wirft die zusammengeknüllte Frischhaltefolie in die Box.

»Und als die eh los sind, haben die mich mitgenommen und bei Caro abgesetzt. Ich hab ihr gesagt, dass sie dir nichts verraten soll.«

»Die hat mich angelogen.«

»Du hast mich da einfach stehen gelassen.«

»Das war 'ne halbe Stunde«, sagt er.

»Ich hatte Hunger!«

»Hunger? Wir müssen vielleicht die Kühe verkaufen und du verpisst dich gleich wegen ein bisschen Hunger? Kannst du mir mal sagen, wie ich mich da auf dich verlassen soll?«

»Du kannst dich doch auf mich verlassen«, flüstere ich und halte mein Handy einfach fest. »Wirklich«, sage ich laut und gucke runter auf seinen braun gebrannten Arm, aber ich traue mich nicht mehr, ihn anzufassen.

Er knallt den Deckel auf die Kühlbox und reicht sie mir nach oben. Ich rutsche wieder auf meinen Platz hinter ihm. Und als er sitzt und ich weiß, dass er es nicht sehen kann, lösche ich die letzte SMS von Caro und die, die ich ihr geschickt hab. Dann schreibe ich ihr: *Alles ok bei dir?,* und klicke auf *Senden.*

Ein Kleinbus, nur einer, fährt über den Dorfplatz. Ich stelle die Milchkanne ab, als er schon hinter der Hecke verschwunden ist. Die Staubwolken legen sich langsam wieder auf die Straße. Ich hab keine Ahnung, ob er da drinsitzt, ob er allein ist oder nicht.

»Christin?«, ruft Manuela aus dem Kälberstall.

Ja, ja.

»Christin?«

Meine Hände brennen wie Feuer, als ich die Milchkanne hochnehme. Ich hab keine Ahnung, wie ich die Hornhaut wieder wegbekommen soll. Die Kanne schlägt mir gegen die Knöchel, die Milch klatscht gegen die Wände.

Manuela steht neben den leeren Eimern, das neue Kalb nuckelt an ihrer Hand.

»Tut mir leid«, sage ich und setze mit einem Klirren die Kanne ab, sodass ein bisschen Milch rausschwappt auf meine Finger und das Stroh. Mit einer Entschuldigung anfangen ist immer gut.

Manuela schiebt die Eimer zusammen.

»Mein Vater hat angerufen.«

Die Kälber drängeln sich gegen das Gatter, lutschen an den Eisenstangen. Ich hebe die Kanne wieder an, muss sie sogar am Boden nehmen, der so sandig ist und feucht, dass ich sie am liebsten sofort wieder loslassen würde. Die Milch schwappt in den ersten Eimer.

»Ich weiß nicht«, sage ich.

Die Milch schwappt an den Plastikrändern hoch, die Kälber klappern in ihren Gattern. Manuela hebt die vollen Eimer in die Metallringe. Ich wische mir die Hände an der Hose ab, dann hole ich mein Handy raus und streiche übers Display.

»Es geht ihm nicht so gut«, sage ich, ohne Manuela anzugucken.

Ich müsste mich umziehen und ein bisschen schminken. Duschen geht nicht, das wäre zu auffällig. Außerdem glaube ich nicht, dass wir gerade warmes Wasser haben.

»Ich weiß, das ist doof.« Und in dem Moment piept mein Handy tatsächlich.

Caro: *Alles gut. Meld mich später.*

Manuela hat die Hände in die Hüften gestemmt. Ihr Bauch wölbt sich unter der Latzhose. Sie sieht die Kälber an, wie sie trinken und ihre Köpfe gegen die Eimer stoßen.

»Streuen kann ich alleine«, sagt sie. »Und sonst frag ich Frank.«

Ich stecke mein Handy wieder ein. So einfach hab ich mir das gar nicht vorgestellt. »Wirklich?«

Manuela wedelt sich eine Fliege von der Wange.

»Geh schon!«

Prinz kommt durch das Stalltor gelaufen und drückt sich an Manuelas Beine.

»Na, mein Kleiner. Na.«

Ich ziehe mir den Zopfgummi aus den Haaren und lege sie über die Schulter nach vorne. Wenigstens riechen sie nicht nach Kuhstall, sondern nur nach Stroh.

Hinter dem Lehmhügel, der zugewuchert ist mit Brenn-nesseln, halte ich und ziehe mir noch mal mein Kleid zurecht. Klaus lächelt sogar, vielleicht sieht es auch nur so aus, weil die Sonne ihn blendet, aber er ist allein, es ist wirklich niemand hier.

»Hi«, sage ich.

Er mustert mich von oben bis unten.

»Hast du dich für mich so schick gemacht?«

Er pustet mir Zigarettenrauch entgegen. *Wir drehen uns weiter.*

»Wo sind deine Leute?«, frage ich.

»Keine Ahnung.«

Da, wo der Greifvogel gelegen hat, ist der Weizen immer noch eingedrückt und ein paar Flaumfedern hängen in den Ähren.

»Hier gibt's so eine halb eingestürzte Scheune«, sage ich.

Klaus sieht rüber zum Wald.

»Dahinten ungefähr.«

Über dem Wald kreist ein Greifvogel.

Ich mache die Beifahrertür auf. Drinnen ist es genauso heiß wie draußen, obwohl alle Vorhänge zu sind. Klaus steht immer noch so da, den Zigarettenstummel zwi-schen den Fingern, zweimal kann er daran noch ziehen, höchstens. Hinter ihm steht leuchtend rot mein Auto zwischen den Brennnesseln.

Ich atme einmal tief ein und knalle die Tür ins Schloss. Hauptsache, ich komme hier wieder raus, bevor mein Top so sehr an meiner Haut klebt, dass ich es nicht mehr ausbekomme. Unter meinen Achseln ist alles tro-cken.

Da saß ich vor ein paar Tagen, auf der Rückbank, es

kommt mir vor, als wär das eine Ewigkeit her. Die Spielkarten sind weg.

Klaus steigt ein, nimmt die Mappe vom Armaturenbrett, holt ein Formular raus und trägt ein paar Zahlen ein, guckt auf die Uhr, macht ein paar Kreuze, unterschreibt. Eine Fliege knallt immer wieder gegen die Frontscheibe. Es sieht nicht so aus, als ob er das Windrad heute überhaupt aufgeschlossen hat. Mich würde interessieren, was er da schreibt, aber er steckt den Zettel einfach wieder zurück in die Mappe. Ich hab das gleiche Gefühl wie vor ein paar Tagen, dass ich genau hierhergehöre, diesmal noch mehr, nicht auf die Rückbank, sondern auf den Beifahrersitz.

»Du musst mir aber den Weg zeigen«, sagt er und dreht den Schlüssel um.

»Erst mal zurück übers Feld.«

Die Fliege summt an der Scheibe auf und ab. Klaus lässt erst sein Fenster runter, dann das von der Beifahrertür und sofort kann ich kaum noch atmen vor lauter Wind. Strähnen schlagen mir ins Gesicht.

Wir rattern über die Lehmklumpen und Grasbüschel über den Weg, der Jans Land vom gepachteten Land trennt. Ich bin hier schon so oft langgefahren, aber heute kommt es mir wie das erste Mal vor. Es staubt vor uns und hinter uns und durch die Fenster ins Auto. Das alles klebt jetzt auf meiner verschwitzten Haut. Aber es gibt Schlimmeres, Aids oder unrasierte Beine zum Beispiel.

»Da vorne links«, rufe ich, als wir fast an der Straße sind.

Zum Glück hat die Scheune kein Fenster und Lampen erst recht nicht.

»Und da, wo die Straße zu Ende ist, in den Sandweg.«

Über Lübeck startet ein Flugzeug, glitzert in der Sonne und steigt über die Türme Richtung Ostsee. Erst sieht es aus, als würde es nach Stockholm fliegen, aber dann dreht es doch und wird im Westen immer kleiner.

»Was arbeitest du eigentlich?«, fragt Klaus, und sofort schwitze ich noch mehr, obwohl mir gerade sogar ein bisschen kalt geworden war. »Oder bist du nur Bäuerin?«

»Nein, nein!« Ich lache. »Ich bin Friseurin.«

Ich hoffe, es klingt so überzeugend, dass er mir glaubt. Bis auf die Tatsache, dass ich die Ausbildung im ersten Lehrjahr abbrechen musste, weil Sindy pleitegegangen ist, stimmt das ja auch.

»Dann kann ich mir ja von dir mal die Haare schneiden lassen.«

»Wir machen nur Frauen.«

Wir rattern über den Feldweg, rechts der Wald, dann Weizen, Kornblumen, Disteln und Mohn, links der Mais.

»Und jetzt immer geradeaus.«

»So viele Kreuzungen gibt's hier ja nicht.«

Ich streiche mir die Haare aus dem Gesicht, was überhaupt nichts bringt, und dann halte ich sie einfach fest, über die Schulter gelegt, dass nur noch mein Pony hin und her fliegt.

»Hinter diesen Bäumen.«

Klaus bremst ab.

Die Scheune ist zugewachsen, sieht noch verfallener aus, seit ich das letzte Mal da war. Im Storchennest wächst meterhohes Unkraut.

Wir halten direkt vor dem Tor.

»Schön hier«, sagt Klaus und dreht den Schlüssel um.

»Hier war mal ein ganzes Dorf«, sage ich, »darum gibt es auch noch so viele Blumen und Brombeeren.«

Zwischen den Gräsern wachsen Lupinen, rosa und lila, dahinter sind nur Brennnesseln, so hoch, dass sie die untersten Äste vom Birnbaum erreichen. In der DDR wurde hier alles zusammengeschoben, weil es zu nah an der Grenze lag. Das könnte ich noch erzählen, aber das interessiert ihn eh nicht.

»Coole Konstruktion«, sagt Klaus.

Ein Zaunpfahl, der durch eine dicke Schraube an einem Torflügel hängt, hält die zwei Torhälften zusammen. Das war Jans Idee und ich bin ein bisschen stolz. Im Winter hat er das gemacht, als der Sturm den morschen Verschluss zerrissen hat. Ich ziehe den Pfahl in die Senkrechte und drücke das Tor durch den Strohstaub. In der Scheune ist es dunkel und kühl, Licht fällt nur durch die Spalten zwischen den Brettern und durch einen alten Metallventilator, der sich nicht mehr dreht, ganz oben unterm Dach.

An der hinteren Wand türmen sich Strohballen bis unter die Decke, der Rest ist schon raus. Als Kinder sind wir hier mal geklettert, bis alle Eltern im Dorf sich zusammengetan haben, um es zu verbieten. Weil die Ballen verrutschen und uns zerquetschen könnten, weil wir zwischen die Ballen fallen und dort ersticken könnten, weil der Dachboden, auf den wir über die Ballen klettern konnten, morsch ist, so morsch, dass das Stroh durch die Löcher hängt, aber wenn man oben ist, sieht man die Löcher nicht, weil Stroh darüber liegt. Ich glaube, die Jungs sind trotzdem noch öfters hier gewesen, ich nicht.

Klaus steht direkt hinter mir. Er könnte mich unter

dem Stroh vergraben und niemand würde es merken. Wenn im Spätsommer die neue Ernte reinkommt, würden sie einfach noch mehr Ballen auf mich legen. Wie bei diesem Dachs, den wir hier mal gefunden haben. Er muss sich versteckt haben, als Frank das neue Stroh reingestapelt hat, und dabei hat er ihn zerquetscht, denn das, was wir gefunden haben, war ein platt gedrückter Klumpen aus vertrocknetem Fell, Knochen und Wirbelsäule. Jan hat den Dachs auf eine Mistgabel gespießt und in die Brennnesseln geworfen.

»Schön hier«, sagt Klaus noch mal und schiebt das Tor weiter auf, dass noch mehr Licht in die Scheune fällt. Irgendeine innere Stimme will, dass ich ihn wieder rausdränge und die Tür von innen zuhalte, bis er weggefahren ist, aber ich weiß genau, dass ich das nicht kann.

Eine Schwalbe flattert nach draußen. Ich spüre seinen Atem schon im Nacken und gehe noch ein bisschen weiter rein. Der ganze Boden ist bedeckt mit Stroh und Strohstaub und Sand. Keine Ahnung, wie die Schwalben rein- und rausfliegen, wenn die Tür nicht offen ist. Irgendwo muss es noch ein Loch geben. Klaus drückt meine Hände gegen die Wand.

»Keine Angst«, flüstert er.

Ich weiß nicht, ob ich Angst hab. Ich mache die Augen zu und spüre seinen Schnauzbart auf meinen Lippen. Mein Hinterkopf schlägt gegen die Mauer und ich fühle den sandigen Stein durch meine Haare. Klaus ist viel größer als Jan. Sein Bauch drückt mich gegen die Wand.

»Wollen wir nicht«, sage ich, als meine Lippen kurz frei sind, »weiter reingehen?«

Am Stoff seiner Arbeitshose taste ich mich bis zu den Verschlüssen an seiner Brust.

Mein Rücken ist völlig zerkratzt vom Stroh. Ich weiß nicht, was ich Jan sagen soll, wenn er das sieht. Ich hab auch keine Ahnung, was er sieht, aber es fühlt sich so an, als hätten sich alle Halme, die in dieser Scheune liegen, in meine Haut gebohrt.

Ich ziehe Klaus wieder zu mir runter und küsse ihn auf die Stirn.

»Klaus«, flüstere ich und kann mir nicht vorstellen, dass das wirklich gerade mein Leben ist. Ich dachte immer, Jan wäre der letzte Mann, mit dem ich schlafe. Ich will mich im Stroh abstützen, aber das geht nicht, dafür ist es zu weich.

Klaus stöhnt, seine Beine zucken, dann sinkt er auf mir zusammen, sein Kopf auf meiner Brust, und ich streiche ihm durch die nassen Haare und über den Rücken. Und es fühlt sich so gut an, dass ich wünschte, er würde für immer so liegen bleiben, mit unseren Körpern, die zusammen atmen, und sein Schwanz in mir drin, als ob wir ein Mensch wären.

Ein Schweißtropfen läuft meine Hüfte runter und ich weiß nicht, ob es sein Schweiß oder meiner ist, aber dann ist die Welt doch wieder in meinem Kopf. Ich muss alle Halme aus meinen Haaren sammeln. Ich muss duschen, auch wenn es kein warmes Wasser gibt. Ich muss jeden Halm finden. Ich lege meine Beine um seinen Körper und verhake meine Füße ineinander. Schlaf ein! Schlaf doch einfach ein! Aber als Klaus seinen Kopf hebt, rutscht sein Schwanz aus mir raus.

»Ich brauch 'ne Zigarette«, sagt er.

Ich nehme meine Arme aus seinem Nacken, und dann bin ich nackt, weil er nicht mehr auf mir liegt.

Alles dreht sich. Das Licht, das durch die Ritzen der Holzwände fällt, der Strohstaub in der Sonne. Früher hatte ich das oft, dass mir nach dem Sex so schwindelig wurde, in letzter Zeit nicht mehr, aber in letzter Zeit haben wir auch nicht mehr so oft miteinander geschlafen.

Als ich die Augen wieder aufmache, sehe ich, dass an einer Ecke das Dach eingebrochen ist. Da fliegen die Schwalben rein und raus. »Nur die Ballen halten die Wände noch zusammen«, hat Jan mal erzählt, eigentlich ist es nur eine Frage der Zeit, bis die Scheune einstürzt, »aber solange genug Stroh drinliegt, geht das eigentlich nicht.«

Das Feuerzeug klickt, die Flamme scheint über das Stroh. Klaus lehnt sich gegen den Ballen und seine Zigarette knistert. Er hat mir nicht mal den BH ausgezogen, aber vielleicht ist das auch besser so, dann sieht er nicht, wie viel Gel dadrin ist. Das Sperma läuft aus mir raus und ich würde mir jetzt gerne meinen Tanga anziehen, aber ich weiß nicht, wo er ist. Schwarze Rüschen sind ziemlich gut getarnt im Stroh. Und ich sehe schon, wie sich die Spitzen von Jans Radlader durch den Stoff bohren, wenn er das Stroh reinfährt in ein paar Wochen und ihn erkennt und dann nur mit diesem Tanga auf den silbernen Zacken auf den Hof gerollt kommt, direkt auf mich zu.

»Nicht anziehen!«, sagt Klaus.

Er zieht an seiner Zigarette, bläst den Rauch in die Luft und grinst. Ich hab keine Ahnung, wie spät es ist. Mein Handy liegt in meinem Auto. Das Tor ist angelehnt, draußen zirpen die Grillen.

»Warst du hier schon mal mit deinem Freund?«

»Nur um Arko zu begraben, den letzten Hund. Unter dem Birnbaum.« Das Grab ist völlig überwuchert. Aber das war ein schöner Tag, im Frühling vor ein paar Jahren. Jan hatte Arko eingewickelt in ein weißes Tuch, damit ich nichts von ihm sehen musste. Während er das Loch gebuddelt hat, hab ich Blumen gepflückt.

»Leg dich hin!«, sagt Klaus.

Die Asche fällt ins Stroh und ich muss wieder an die Scheune denken, die letztes Jahr abgebrannt ist, und daran, wie die Flammen den ganzen Himmel erleuchtet haben in der Nacht. Ich mache die Augen zu und höre ihn atmen und die Schwalbenküken zetern, als hätte sich ihre Mutter gerade zum Füttern auf den Nestrand gesetzt.

Der Schmerz ist so plötzlich da, dass ich zusammenzucke, aber sonst gar nichts machen kann, die Augen einfach zulasse und meine Hände in die Halme kralle.

»Ganz ruhig«, sagt Klaus, nimmt die Glut von meiner Haut und streicht mir über die Oberschenkel.

Entspannen, entspannen!, sage ich mir. Er hat nur eine Zigarette auf mir ausgedrückt, das ist nicht so schlimm. Manche Männer stehen halt auf so was. Mit achtzehn oder neunzehn, kurz bevor ich mit Jan zusammengekommen bin, hatte ich mal was mit einem Freund von Torsten, der aus Rostock zu Besuch war. Bei unserem ersten und einzigen Mal hat er mich fast erstickt, so sehr hat er seine Hände auf meinen Hals gedrückt. Er hat sich danach bei mir entschuldigt und vielleicht wäre das auch noch was geworden mit uns beiden, aber er hat dann seinen Führerschein verloren und ich hab ihn nie wieder gesehen.

»So«, flüstert Klaus.

Der Schmerz wird weniger und bleibt nur auf einem winzigen Punkt irgendwo neben meinen Schamlippen. Klaus hebt meine Beine an und legt sie sich über die Schultern, das macht Jan auch immer. Sein Bart kitzelt, als er die brennende Stelle küsst, eigentlich tut es schon gar nicht mehr weh.

Mein Handy piept. Das Auto der Lehrerin steht in der Einfahrt und Samson wartet schon am Zaun darauf, mich ankläffen zu können. Ich gehe vom Gaspedal, lasse mich den Berg runterrollen und angel mein Handy vom Beifahrersitz.

Unbekannte Nummer.

Das war echt schön. K.

Ich kurbel das Fenster noch weiter runter. Der Fahrtwind ist warm und gleichzeitig frisch. Es riecht nach Staub und Stroh und der Weizen leuchtet in der Sonne.

Ich schiebe den *Kreml-Mix* in den Player. Ich will die SMS nicht löschen. Ich will sie noch behalten, wenigstens die fünf Minuten, bis ich zu Hause bin.

Das war echt schön. K.

Samson springt bellend am Zaun auf und ab, aber die Musik ist so laut, dass ich nichts davon höre. Erst kurz hinter dem Haus muss ich wieder Gas geben, und dann ist auch der Knick zu Ende und die Weide beginnt, auf der die Trockensteher gerade stehen. Ich drehe die Beats leiser und fahre in die Einfahrt, die vor dem Zaun aufs Weizenfeld führt. Direkt hinter dem Zaun steht eine Kuh. Ich nehme mein Handy und will die Nachricht gerade noch mal lesen, als ich sehe, dass neben der Kuh ein Kälbchen liegt.

Das Kälbchen röchelt. Die Hecke ist hier dicht, aber dafür gibt es keine Brennnesseln. Ich bücke mich unter den Zweigen durch, biege Äste zur Seite, den Stacheldraht nach unten, dann bin ich auf der Weide. Blonde Haare hängen im Zaun, meine.

Die Kuh hört auf, dem Kälbchen übers Gesicht zu lecken. Sie guckt mich an, brüllt, ihre Wimpern sind so verdammt lang. Milch tropft aus ihrem gigantischen Euter und vermischt sich mit dem Blutschleim von der Nachgeburt, die dreckig und zertreten im Gras liegt. Ich ziehe die Spange aus meinen Haaren und stecke alles wieder ordentlich zusammen. Dabei gehe ich nur einen Schritt auf die Kuh zu und schon schreckt sie zurück, trabt um den Steinhaufen rum. Es ist die 61. Das Kalb bewegt sich nicht, es röchelt nur weiter vor sich hin. Das Fell ist schon trocken. Wahrscheinlich ist da nichts mehr zu machen, es bräuchte sofort Milch, aber wenn es nicht mal bei der Mutter trinkt, ist es auch zu schwach, um an der Nuckelflasche zu saugen. Auf dem Hof sehe ich niemanden.

Ich hole mein Handy raus, suche Jans Nummer. Keine Ahnung, ob er schon fertig ist mit Melken, aber ein Kälbchen ist immer wichtig.

»Die 61 hat gekalbt.«

Im Hintergrund höre ich das Radio, das im Melkstand läuft.

»Wo?«

»Bei den Linden. Direkt am Zaun, bei den Kellern. Das Kalb röchelt so komisch.«

»Bleib da, ich komme.«

Die 61 guckt mich an. Schleim läuft aus den riesigen Nasenlöchern und eine Bremse sitzt auf ihrem

Rücken und saugt sich voll. Die Zitzen berühren den Boden.

Ein paar Meter weiter bei den Kellern ragt der Kirschbaum über den Zaun. Wenn ich gewusst hätte, dass die Kirschen schon reif sind, wäre ich in den letzten Tagen öfter hier gewesen. An die untersten komme ich sogar ohne Leiter. Ich setze mich auf diesen riesigen Findling und stecke mir gleich zwei Kirschen auf einmal in den Mund. Das Kalb röchelt so sehr, dass ich es kaum aushalten kann.

»Hör auf!«, sage ich, aber es hört nicht auf.

Die 61 stupst ihm mit der Schnauze gegen den Hals. Es wackelt ein bisschen, tritt mit den Hinterbeinen. Der Kopf rutscht noch weiter nach hinten, die Beine strampeln in der Luft, dann liegt es wieder still da. Die Kuh schnauft und schlägt mit dem Schwanz nach den Fliegen.

Die Keller sind zugewachsen, aus einem Loch in einer Mauer wächst ein Baum. Jan ist noch nicht zu sehen.

Das war echt schön. K.

Ich klicke auf *Antworten,* schreibe *Fand ich auch. Senden.*

Das war echt schön. K.

Löschen.

Nachricht gelöscht.

Ich lösche auch meine Antwort aus dem Gesendet-Ordner. Zum Glück hab ich die Brandblase noch.

»Hör auf!«, sage ich noch mal, aber das Kälbchen hört nicht auf.

Die Kuh stößt es wieder an, aber die kleinen Hufe erreichen den Boden nicht. Das Kalb atmet schnell. Der Bauch zittert. Als ich aufstehe, weicht die Kuh zurück, steht da und brüllt. Manche Kühe können das einfach nicht. Ich versuche das Kalb mit meinem Stiefel hochzudrücken, aber es ist viel zu schwer.

»Sei endlich still!«, sage ich und trete ihm in den Rücken. Es röchelt und röchelt und erinnert mich an meinen Vater, wenn er so richtig besoffen ist, dass er vierundzwanzig Stunden schläft, bis er wieder einigermaßen wach ist und sich dann das Frühstücksbrötchen in den Wodka taucht.

Ich knie mich runter ins Gras. Das Kalb sieht ziemlich sauber und frisch aus, nur darum fasse ich es überhaupt an, hebe das Hinterbein hoch. Ein Bulle. Der Bauch bläht sich auf und fällt wieder zusammen. Es röchelt und röchelt. Die 61 steht hinter mir und schnauft. Die anderen Trockensteher drängen sich im Schatten vorne an der Tränke zusammen. Nase und Mund vom Kälbchen sind so klein, ich kann sie beide gleichzeitig mit einer Hand zudrücken. Auch auf der Straße ist niemand. Und Klaus ist auf dem Weg nach Hamburg, irgendwo auf der Autobahn. Die Beine hören auf zu zittern, das Kälbchen liegt ganz still da, der Bauch bewegt sich nicht mehr. Vorsichtig nehme ich die Finger von der Nase. Ich höre nur irgendwo ganz weit weg einen Mähdrescher. Bullenkälber werden sowieso geschlachtet. Auf einmal macht mich das wahnsinnig traurig.

»So kommt es wenigstens nich zum Händler«, sage ich der Kuh, die immer noch dasteht und mich anstarrt und ihre Milch verliert.

Ich pflücke ein paar Kirschen vom Baum, aber gerade als ich mir die erste in den Mund stecken will, sehe ich, dass eine dicke, weiße Made oben aus dem Loch kriecht, an dem der Stiel befestigt war. So schnell ich kann, werfe ich die Kirschen in die Hecke und versuche nicht daran zu denken, dass in den Kirschen, die ich schon gegessen habe, auch Maden gewesen sein könnten. Vor dem Stromzaun, mit dem die Keller abgezäunt sind, damit die Kühe nicht reintreten, bleibe ich stehen. Die Mauern sind zugewuchert, Betonreste, Reetdach, alles verrottet.

Ein paar Fliegen sitzen dem Kalb an den Augen, krabbeln ihm über den Mund. Die Kuh stößt es wieder an und verscheucht die Fliegen, aber sie sind sofort wieder da, und einen Moment überlege ich, einfach in das Kellerloch vor mir zu springen und mich reinzulegen, bis Unkraut über mich gewachsen ist. Aber dann weichen die Kühe vorne an der Tränke zur Seite, und Jan geht zwischen den Tieren auf die Weide. Ich stecke mein Handy ein.

Die 61 steht da, brüllt, guckt Jan entgegen.

»Wo warst du?«

»Bis eben hat es noch geatmet.«

Die Kuh weicht zurück, trabt fast bis unter die Linden. Jan legt eine Hand auf den Bauch vom Kälbchen, hebt das Hinterbein an.

»Bulle«, sagt er.

Dann drückt er sich wieder hoch.

»Ich hab alles versucht, aber es wollte einfach nicht.«

Ich folge ihm zum Stein, wo er stehen bleibt und zusieht, wie die Kuh dem Kalb über den Hals leckt. Die Fliegen kreisen über der Nachgeburt.

»Ich war bei meinem Vater, einkaufen und sauber machen und so, und dann dachte ich, ich gucke noch mal nach den Trockenstehern.«

Auf dem Weizenfeld gehen die Nandus. Der Himmel hinter ihnen ist rot wie Feuer.

»Guck mal!«

Jan sieht hoch. Nur die ausgewachsenen ragen über die Halme, aber ich weiß, dass die Jungen da auch irgendwo sind. Wahrscheinlich gehen sie in einer Treckerspur.

»Wusstest du, dass Nandus schwimmen können?«, sage ich. »Sie sind über die Wakenitz geschwommen.«

Jan sagt nichts, er guckt nur weiter über das Feld.

»Hab ich in der Zeitung gelesen«, sage ich, aber auch darauf keine Reaktion.

Die 61 leckt über das verschmierte Gras, in dem noch ein bisschen Nachgeburt hängt.

»Ich hol den Radlader«, sagt Jan.

»Ich kann dich doch mit dem Auto mitnehmen.«

Jan dreht sich um, als würde er meinen Ford erst jetzt bemerken. Dann klettern wir durch den Zaun zurück.

»Und dafür hast du dich so schick gemacht?«

»Ich war in Schönberg, bei REWE.«

Im Wagen ist es immer noch unerträglich heiß, und es riecht nach meinem Deo.

»Ich dachte, ich hätte dich auf dem Berg gesehen, beim Windrad.«

Ich werfe Jan mein Handy in den Schoß. Während er sich durch meine Nachrichten klickt, fahre ich zurück auf die Straße.

Als ich aus der Dusche komme, ist Jan eingeschlafen.

»Jan?«

Ich nehme das Buch von der Matratze, das ihm aus der Hand gerutscht ist, *Tiergesundheit und Herdenmanagement*, und lege es auf seinen Nachtschrank. Jans Stirn ist trocken und schuppig, der Nacken rot von der Sonne. Die ersten Hautfetzen pellen sich ab.

Ich ziehe einen Kapuzenpullover über mein Nachthemd und gehe runter in den Flur. Prinz steht aus seinem Körbchen auf, läuft auf mich zu.

»Ich bin's nur«, flüstere ich, streiche ihm über den Rücken. Er drückt seinen Körper gegen meine nackten Beine.

»Ja, mein Kleiner.«

Die Tür zur Stube ist nur angelehnt. Ich schiebe Prinz zur Seite, schlüpfe durch, bevor er seine Nase durch den Spalt drücken kann. Die Fenster hinter den Gardinen sind gekippt, die Frösche quaken.

Am Schlüssel ziehe ich die Tür vom Eckschrank auf und taste mich durch die Flaschen im oberen Fach. Der Saure Apfel hat am Hals diese Rillen, wie der Pflaumenlikör, aber an einer Ecke hab ich beim Apfel ein Stück vom Etikett abgerissen. Ich klemme mir die Flasche unter den Arm, nehme mir ein Weinglas und schließe wieder zu.

Dann fällt mein Blick auf den Schrank ganz hinten

in der Ecke. Da sind die Gewehre drin. Es gibt keinen Schlüssel, nicht mal ein Schloss. Die Tür lässt sich an einem Knauf ganz leicht aufziehen. Die Gewehre hängen auch nicht in extra dafür angebrachten Halterungen, sondern stehen einfach da, gegen die hintere Schrankwand gelehnt. Daneben liegen noch ein paar alte Ordner, Taschen, Plastikkisten, ein riesiges Fernglas, Handschuhe, Messer in langen Lederhüllen.

Ich fahre über einen Gewehrlauf, einmal hoch, einmal runter, dann fällt mir wieder ein, dass Caro mich gleich anruft und ich immer noch nicht draußen bin.

Prinz liegt wieder in seinem Körbchen, als ich in den Flur komme. Er hebt nur den Kopf.

»Schlaf weiter, Prinz! Schlaf weiter!«

Mein Handy vibriert. Caro!

»Warte!«, flüstere ich.

Dann laufe ich durch die Küche, die Flasche unter den Arm geklemmt, den Stiel vom Glas mit dem kleinen Finger umklammert.

»Muss nur kurz in den Stall, wo mich keiner hört«, flüstere ich in mein Handy.

Ich schlüpfe in die Stiefel und mache so leise wie möglich die Tür zur Diele auf. Sie quietscht unerträglich laut, aber dann bin ich draußen.

»So. Jetzt!«

Ich laufe über den Hof in den Kälberstall.

»Caro?«

»Ja?«

»Ist alles okay?«

Die Luft hier drin ist warm und feucht. Ein paar Kälbchen klimpern mit ihren Ketten, die meisten liegen aber ruhig in ihren Boxen und blinzeln mir entgegen.

»Torsten meinte, du wärst bei 'ner Freundin gewesen.«

»Ja.«

Caro klingt müde und erschöpft.

»Du musst es ihm sagen.«

»Ich weiß, ich weiß.«

Die Flasche rutscht mir fast aus dem Arm. Ich kann sie gerade noch mit dem Oberschenkel auffangen. Ich setze mich auf einen Strohballen. Über mir piepsen ein paar Schwalben, ganz leise, als würden sie träumen.

»Aber wie war es bei ihm?«

»Mio dio. Der Typ ist genial. Ich vermisse ihn schon wieder.«

»Wo ist Torsten?«

»In Hamburg.«

Die Strohhalme stechen mir in die Beine. Ich muss an heute Nachmittag denken, an die Scheune und an Klaus. Ein Kälbchen steht auf, streckt sich und gähnt.

»Warum bist du so plötzlich weg?«, frage ich.

»Hast du das nicht gemerkt?«

»Was?«

»Alles war wie immer.«

»Mein Vater wurde aus dem Zelt geschmissen.«

»So was passiert auch immer.«

Ich drehe die Flasche auf und nehme einen Schluck. Das Kälbchen sieht mich an und wedelt mit dem Schwanz.

»Es gibt jetzt nichts«, flüstere ich ihm zu.

»Ich will auf jeden Fall nicht beim achtzigsten Teichfest immer noch dasitzen und zugucken, wie die Leute mit ihren Schubkarren vom Steg fallen«, sagt Caro.

Die Flasche lasse ich im Stroh liegen, dann gehe ich zu dem Kälbchen rüber.

»Ich hab das Gefühl, ich würde Diamantis betrügen, wenn ich mit Torsten auch nur in einem Raum bin. Kannst du das verstehen?«

»Ja«, sage ich, obwohl ich mir nicht sicher bin.

Ich gebe dem Kalb meine Finger. Es fängt sofort an zu nuckeln. Der Gaumen fühlt sich an wie ein Waschbrett, voller Rillen, nur warm und feucht. Ich klemme mir das Handy zwischen Ohr und Schulter und streiche dem Kälbchen über das Gesicht.

»Ich weiß nicht, wie ich das machen soll«, sagt Caro.

Im Büro schlägt ein Nachtfalter von innen gegen das Fenster. Ich stelle das Glas und den Apfel auf die vollgekritzelte Unterlage, knie mich neben den Schreibtisch und drücke den Power-Knopf, bis er grün leuchtet. Die Fliesen sind voller Lehmkrümel, die Kabel ziehen sich verknotet den Schreibtisch hoch. Ich drehe die Flasche auf. Der Computer brummt, aber der Bildschirm ist noch schwarz, dann flackert das Windows-Zeichen auf und verschwindet wieder, als der Falter gegen die Scheibe knallt. Die Tastatur ist klebrig und voller Fliegenkacke, ich schiebe die Maus hin und her, aber das ändert nichts.

Dann klicke ich ein paarmal, aber der Pfeil hängt mitten auf dem Desktop fest. Ich lehne mich unter den Schreibtisch, drücke so lange auf den Power-Knopf, bis der Computer mit einem leisen Pfeifton wieder ausgeht. Ich hasse das. 21, 22, 23, 24, 25, 26, 27, 28, 29, 30 und noch mal Power. Auf dem Bildschirm sehe ich die Falten, die sich von meinen Nasenflügeln aus um meine Mundwinkel ziehen, sonst sieht meine Haut glatt und blass aus. Ich muss mir endlich Anti-Falten-Creme kaufen. Meine Haare sind schon fast wieder trocken.

Diesmal bleibt das Windows-Zeichen, die Punkte darunter füllen sich blau, und dann ist das grüne Hügelland vom Desktop da. Auch der Bildschirm ist immer noch voller schwarzer Pünktchen. Wahrscheinlich bräuchte man eine Speziallösung, um den Fliegendreck wieder abzukriegen. Bei Lidl gab's so was letztens. Die Programmsymbole erscheinen, die Maus klappert.

03882 33715 steht auf der Unterlage, Papas Nummer. Eine Fliege krabbelt über den oberen Bildschirmrand.

»Hau ab!«, sage ich und wedel mit der Hand, bis sie wegfliegt. Jetzt sehe ich erst, dass überall an der Decke Mücken sitzen. Eigentlich sehen sie wie graue Flecken aus. Der Fliegenfänger ist voll. Sogar ein dicker schwarzer Falter hängt mit einem Flügel dran, bewegt sich aber nicht mehr. Ich klicke auf den Firefox, nehme den letzten Schluck Apfel aus meinem Glas und mache es noch mal voll.

Ich gebe *Zalando* bei Google ein, *Schuhe & Mode online kaufen*, klicke auf *Kleider*. Bevor ich auch nur ein Kleid sehe, wähle ich links *Sommerkleider*, 3099 Artikel, und schiebe den Preisregler auf 150,– Euro runter, 2764 Artikel. Mehr hab ich gar nicht mehr auf dem Konto, glaube ich, ich hab schon ewig nicht mehr nachgeguckt. *Sortiert nach Beliebteste*: ein dunkelblaues, tailliertes, das weit ausgestellt in Falten bis zu den Knien fällt. Das Model ist viel zu dürr, mir würde es tausendmal besser stehen. Sie spielt mit ihren braunen Locken und guckt verträumt in die Kamera. Das Kleid ist von 260,– auf 149,– Euro runtergesetzt. Das zweite ist weiß und figurbetont, ein Etuikleid mit Lilien in Rosa und Grün, die sich den Saum entlangziehen. So ein ähnliches hat Prinzessin Madeleine von Schweden bei der letzten Geburtstagsparty ihrer Mutter getragen. Es kostet nur 98,– Euro. *97% Polyester, 3% Elastan. Unser Model ist 178 cm groß und trägt Größe 36. Gesamtlänge 95 cm.* 4 von 5 Sternen. *»Dieses Kleid fällt wunderschön und passt wie angegossen. Ich habe mir das gleich noch mal in Schwarz bestellt. Man kann es wirklich immer tragen.«*

Ich wähle Größe 38 aus und klicke auf *Kaufen*, bestätige Caros Adresse als Lieferadresse und den Lastschrifteinzug von meinem Konto, trinke noch ein paar Schlucke aus der Flasche und schließe den Kauf ab. Hundert Tage Rückgaberecht. Alles okay. Hundert Tage.

Dann gebe ich *Wintec* bei Google ein, klicke auf das erste Suchergebnis. Langsam baut sich der blaue Himmel auf. *Wir drehen uns weiter.* Als die ersten Worte im Menü erscheinen, klicke ich auf *Über uns* und schon ist der Bildschirm wieder weiß. Ich kritzel auf der Unterlage rum.

Wintec steht für leistungsstarke und zuverlässige ... Ich klicke auf *Konzern*. Diesmal geht es schneller. *Seit über 20 Jahren.* Immer noch keine Fotos von Mitarbeitern. Ich klicke auf *Unternehmen*. Ich fahre mir über die frisch rasierten Beine. Ein Falter knallt gegen das Fenster. *Die Wintec-Philosophie.* Ich klicke auf *Organisation*. Ich fahre mir in den Slip und streiche über die Brandwunde.

Vorstand & Leitung
Vertrieb & Management
Marktanteile
Geschichte
Jobs & Karriere
Klaus ist wohl kaum im Vorstand, trotzdem klicke ich

dadrauf. Ich lehne mich zurück. Der Bürostuhl knarrt. Mein Rücken fühlt sich wund an. Ein Bild nach dem anderen erscheint. Männer mit Anzügen, dunkle Haare, grau meliert, weiße Zähne. Sie könnten alle Brüder sein. Das, was sie am meisten unterscheidet, sind die Krawatten.

Ich klicke mich zurück und wähle *Vertrieb & Management*, aber da gibt es überhaupt keine Fotos. *Wir begleiten unsere Kunden von der ersten...* Der Nachtfalter brummt am Fenster auf und ab. Ich klicke auf *Jobs & Karriere* und verscheuche die Fliege vom Bildschirm. *Aktuell gibt es in Deutschland leider keine freien Stellen, aber schauen Sie doch mal auf unserer internationalen Jobbörse vorbei. Hier finden Sie freie Stellen des gesamten Konzerns:* www.wintec-international-careers.com. Als ich darauf klicke, wird der Bildschirm erst weiß, dann wird er blau. Ohne es zu merken, hab ich *Klaus* auf die Schreibtischunterlage geschrieben, denn das steht da, und das ist eindeutig meine Schrift. Ich streiche den Namen so oft durch, bis man ihn nicht mehr lesen kann, bis tiefe Rillen im Papier sind, die man auch noch auf dem nächsten Blatt sehen kann und auf dem danach.

China, India, Latin America, USA, Europe
Ich wähle natürlich das Letzte.
Sr Operations Manager, full time, Netherlands
Technical Trainer, full time, Moscow
Foundation Engineer, full time, London
Machinery Diagnostic Engineer, full time, Budapest
Schritte auf dem Hof. Ich lösche *Wintec* aus dem Google-Fenster, rechte Maustaste, *Suchchronik löschen*, dann gebe ich *Jagdschein* ein. Die Jobangebote sind immer noch da. Ich klicke noch mal auf *Suchen*.

Jetzt baut sich langsam die Seite mit den Ergebnissen auf, und ich klicke sofort auf *Kreisjagdverband e. V.* Dann trinke ich das Glas in einem Zug leer und stelle es zusammen mit der Flasche unter den Schreibtisch.

Als die Bürotür über den Boden schabt, lese ich konzentriert die *Jägerprüfungsverordnung M-V. Die Jägerprüfung umfasst Büchsenschießen mit für Schalenwild zugelassenen Büchsenpatronen; die Benutzung von Zielfernrohren ist zulässig.*

»Was machst du hier?«, sagt Jan.

Ich lasse meine Hand vom Stuhl in Prinz' Fell rutschen.

»Ich hab nach den Trockenstehern geguckt«, sage ich, ohne mich umzudrehen, und scrolle ein bisschen nach unten.

Als Jan mich berührt, zucke ich kurz zusammen, aber er legt mir nur seine Hände auf die Schultern. Eine Fliege krabbelt über den 2. Paragrafen.

Flintenschießen mit Schrotpatronen; aus dem jagdlichen Anschlag, wahlweise durch den Prüfling zehn Tontauben, 11 Meter Abstand; jede Tontaube darf zweimal beschossen werden.

»Und?«

»Nichts.«

Jan krault mir den Nacken, als wäre ich ein Kaninchen.

»Ich glaube, ich will doch den Jagdschein machen«, sage ich.

Prinz drückt sich an meinen Beinen vorbei unter den Schreibtisch. Ich will ihn noch festhalten, aber meine Fingerkuppen rutschen am Halsband ab.

»Du weißt schon, dass man da tote Tiere anfassen muss?«

Das Weinglas klirrt auf den Boden. Der Rand ist so dünn und fein. All die eingravierten Blumen.

»Prinz!«, sagt Jan so streng, dass er sofort mit eingezogenem Schwanz und hängenden Ohren rauskommt. Ich bücke mich unter den Schreibtisch, sehe kaum was, außer ein paar glitzernden Scherben. Sogar der Stiel ist abgebrochen, nur der Fuß ist noch ganz.

»Nur ein Glas«, sage ich und schiebe die Flasche hinter den Papierkorb. Ich sammel die Splitter in meine Handfläche, an den Blumen kann man genau erkennen, dass es eins von den alten Weingläsern war. Ich werfe den Fuß in den Müll, strecke meine Hand mit den Scherben Jan entgegen.

»Was soll ich damit?«, sagt er bloß, also krieche ich noch mal zurück unter den Tisch und leere meine Hand über dem Papierkorb aus.

»Hier müsste eh mal wieder sauber gemacht werden«, sagt Jan.

Seine Satin-Boxershorts glänzen im Neonlicht. Ich weiß nicht mehr, warum ich sie ihm gekauft habe. Vielleicht weil ich das Weinrot so schön fand. Sie sind viel zu fein, um mit dreckigen Stiefeln in einem Kuhstall getragen zu werden. Auf einmal bin ich wirklich sauer auf Jan, weil er die Shorts hier trägt. Ich ziehe mich am Bürostuhl hoch. Jan starrt immer noch auf den Bildschirm.

»Ich komm jetzt ins Bett«, sage ich und schließe die Seite, schiebe die Maus über die Schreibunterlage. Das *Klaus* kann man immer noch lesen, unter all dem Gekrickel.

Herunterfahren.

Der Nachtfalter flattert weiter am Fenster auf und ab.

»Na komm, Prinz!«

Ich gehe zur Seite und lasse ihn aus dem Büro schlüpfen. Der Bildschirm ist wieder schwarz. Und als ich das Licht ausmache, leuchtet nur noch der rote Punkt neben dem Power-Knopf.

»Ja komm, Prinz, jetzt gehen wir aber schlafen. Ja komm!«, und er trabt vor mir die Stufen runter auf den Hof. Jan zieht die Stalltür hinter mir zu und schließt ab. Überall zirpen die Grillen hier draußen und der Himmel ist immer noch nicht richtig dunkel.

»Ich geh doch noch ma gucken«, sagt Jan.

Als ich mich umdrehe, ist er schon am Gatter bei den tragenden Kühen und knipst das Licht an, das gelb durch den Unterstand scheint. Prinz läuft an den Büschen entlang, die den Hof von der Weide trennen.

Motten und Falter und Mücken flattern um die Glühbirne unterm Dach. Direkt daneben hängt ein zerbröckeltes Schwalbennest. Die Kühe liegen dadrunter und kauen gemächlich vor sich hin, nur eine steht noch, die 116. Ihre Zitzen verschwinden im Stroh, so tief hängt ihr Euter.

Jan hat die Arme auf die Metallstreben gelegt und guckt übers Gatter.

»Hm«, sagt er, bevor er durchklettert.

Er streicht der 116 über den Bauch, hebt ihren Schwanz an. Ich kann nichts erkennen, auch als ich näher komme nicht, keine Kälberhufe, nicht mal Schleim. Siehst du, denke ich, sage aber nichts. Jan lässt den Schwanz wieder los.

Prinz schnüffelt über den Boden, am Rand der fast leeren Raufe. Das Heu hat sich mit dem Stroh vermischt, in dem die Kühe liegen. Ihre riesigen Bäuche ragen wie Berge heraus.

Ich nehme den Fuß vom Gatter, verscheuche eine Mücke von meinem Arm.

»Komm!«, sage ich und drehe mich um.

Keine Ahnung, ob Jan auch mir so viel Aufmerksamkeit schenken würde, wenn ich schwanger wäre. Langsam gehe ich zurück zum Haus. Endlich höre ich seine Schritte auf dem Beton und dann das Klicken vom Lichtschalter.

Die Blätter der Linden sind von einer Staubschicht bedeckt. Spinnweben spannen sich zwischen den Zweigen. Durch die Äste hindurch kann ich die Busbude sehen, das Hoftor und die Mülltonnen. Neben dem Briefkasten liegt das Kälbchen unter einer Plane. Auf die Seiten der Plane hat Jan Steine gerollt, damit die Füchse und Marderhunde nicht rankommen. Dabei gibt es im Sommer genug frisches Fleisch. Im Winter lag ein Kälbchen am Morgen mal auf der anderen Seite vom Dorfplatz, mit aufgerissenem Bauch.

Ich wische den Fleck aus Atemluft von der Scheibe, puste eine tote Fliege vom Fensterbrett, dann öffne ich die oberste Schublade. Mein Tagebuch ist noch da, wo ich es hingelegt hab, unter den Bikini-Höschen. Ich könnte es zwischen Matratze und Lattenrost stecken, ich könnte es in den Nachtschrank neben meinem Kopfkissen legen, unter die Zeitschriften, aber dann nimmt Jan es vielleicht im Herbst, um die Öfen damit anzufeuern. Wahrscheinlich hat er es sowieso schon gelesen.

Ich schlage es auf, irgendwo in der Mitte: *Marco war völlig fertig, weil sie gegen Dassow verloren haben. Der Trainer hat ihn mega abgekanzelt. Darum hat er sich dann total volllaufen lassen.* Ich kann mich überhaupt nicht mehr daran erinnern. Ein paar Seiten weiter: *Nur noch 3 Tage bis zur Jugendweihefahrt und dann Spanien, Spanien, Spanien.* Mein Handy piept. SMS von

Manuela: *Bin jetzt in der Küche.* Ich stecke mein Tagebuch in die Handtasche und laufe die Treppe runter.

Manuela hat schon einen Topf mit Wasser aufgesetzt, steht neben der Spüle und schält Kartoffeln.

»Ich helf dir gleich«, sage ich, bevor sie irgendwas sagen kann. »Ich muss nur noch kurz zum Auto.« Dann laufe ich in die Diele, lasse meine Hausschuhe an und gehe raus auf den Hof. Die Hühner scharren immer noch in der Pfütze neben der Tränke. Niemand ist bei den Kälbern, niemand im Kuhstall, da bin ich mir sicher. Die Luft ist so heiß, dass man sie kaum noch einatmen kann. Sie ist schwer und trocken und staubig, als würde sich Sand auf meine Lunge kleben.

Im Büro ist alles so, wie ich es heute Nacht verlassen habe, dabei bin ich mir sicher, dass die Männer heute früh schon hier drin waren. Der Fliegenfänger ist immer noch voll. Der Nachtfalter liegt tot auf dem Fensterbrett. Die Decke ist schwarz vor Mücken. Auch das durchgestrichene *Klaus* ist immer noch da. Wenn nicht so viele Telefonnummern auf der Unterlage stehen würden, könnte ich sie einfach abreißen und in den Papierkorb stopfen. Ich krieche unter den Schreibtisch und hole die Flasche raus. Sie passt gerade so in meine Handtasche. Einen Moment überlege ich, ob ich den Computer anschalten soll. Der Power-Knopf blinkt so verführerisch und die Männer sind erst in einer Stunde zurück. Aber Manuela wartet in der Küche. Also scheuche ich nur die Fliegen von der Tastatur.

Flaschen können platzen, wenn es zu heiß im Auto ist. Ich weiß nicht, warum, aber als ich mal mit Caro an der Ostsee war und auf dem Parkplatz die Tür aufgemacht hab, ist die Anderthalb-Liter-Cola hinter meinem Sitz geplatzt. Mit so einem Knall, dass ich ein paar Millisekunden dachte, wir wären Opfer eines Terroranschlags. Ich hab geschrien. Caro auch. Aber wir waren noch am Leben, das Auto war heil, nur von oben bis unten mit Cola voll.

Ich schiebe den Sauren Apfel zum Kirsch unter meinen Sitz. Der ist auch noch nie geplatzt. Vielleicht verdampft ein bisschen Alkohol, mehr dürfte nicht passieren. Das Tagebuch lege ich unter die Fußmatte, neben der Kupplung. Dann kurbel ich alle Fenster einen Spalt weit auf und schließe ab. Fliegen können rein, Mücken, Wespen, aber Jan nicht. Aus dem Kälberstall kommt ein schwaches Muhen. Die Trockensteher drängen sich im Schatten an der Tränke.

»In meinem Auto ist es so heiß«, sage ich, als ich in die Küche komme. »Da kollabiert man drinne.«

»Man kann eigentlich gar nichts essen«, sagt Manuela. »Ich hab auch noch keinen Hunger.«

Sie ist fast fertig mit den Kartoffeln. Prinz liegt unter dem Küchentisch auf dem kalten Steinboden und hechelt.

»Schnitzel sind noch im Kühlschrank. Ich dachte, wir panieren die heute mal nich, dann sind die ein bisschen leichter. Erbsen kannst du schon mal aufsetzen.«

Auf dem Küchentisch stehen zwei Gläser. Ich drehe sie auf und schütte den Inhalt in den Topf, der auf der kleinen Herdplatte steht. Das Kartoffelwasser sprudelt.

»Ich glaub, die können rein«, sage ich.

Mein Handy piept. Unbekannte Nummer. Die unbekannte Nummer, die ich auswendig kann. *Heute Abend*

19 Uhr. Da müssten wir sogar schon mit den Kälbern fertig sein. Manuela schüttet die Kartoffeln in den Topf.

»Hast du schon Salz im Wasser?«

»Nein.«

Passt perfekt.

Senden.

»Okay, dann fehlt ja nur noch die Soße.«

Zwiebeln und Champignons stehen auf der Arbeitsplatte. Schnell nehme ich ein Messer aus der Schublade und mache mich an die Pilze. Wo treffen wir uns überhaupt? Am Windrad? Direkt an der Scheune?

»Wie geht's denn deinem Vater?«

Manuela pult die letzten Hautreste von einer Zwiebel.

»Geht so«, sage ich. »Will heute Abend noch mal hin.«

Ich schneide einen Champignon in feine Scheiben. »Der kocht sich einfach nie was Richtiges. Wie Männer halt sind.«

Manuelas Bauch ist hinter der Schürze verschwunden. Ihre Brüste sind sowieso riesig. Sie sieht nicht aus, als wäre sie schwanger, sondern einfach, als wäre sie noch fetter geworden. Ich hab mal im Internet gelesen, dass Frauen mit starkem Übergewicht ein erhöhtes Frühgeburtsrisiko haben.

»Wie ist es denn mit Jan und dir? Habt ihr euch wieder vertragen?«

Ein Champignon fällt auf den Boden.

»Wir haben uns gar nicht gestritten.«

Ich weiß nicht, wie sie auf die Idee kommt.

»Ich dachte nur, wegen der Nacht letztens.«

»Da war ich bei Caro.«

Mein Handy piept wieder.

Freu mich.

Ich versuche so wenig wie möglich zu grinsen.

»Ja, weißt ja, wie die Männer immer sind. Da musst du erraten, wie es den' geht. Mich würd ja auch mal interessieren, wie's um den Hof steht, aber denkst du, man kricht irgendwas raus aus Frank? Man muss doch irgendwie planen können.«

»Aber die Milchpreise sind doch wieder gestiegen.«

Manuela schnieft.

»Na, dolle sind die immer noch nich.«

Die Zwiebeln liegen in winzigen Würfeln vor ihr auf dem Brett. Tränen laufen ihr über die Wangen. »Ich blick da ja auch nicht durch, aber die Molkerei soll wohl von 'nem dänischen Betreiber geschluckt werden. Und der will mehr Bio.«

Sie geht mit dem Brett zum Herd und schiebt die Zwiebeln in die Pfanne. Das Brutzeln ist so laut, dass ich nicht verstehe, was sie noch sagt. Sie nimmt sich ein Stück Küchenrolle und schnäuzt sich.

»Na, und das Land, das wir nich mehr haben. Da müssen wir Futter zukaufen.« Sie schnieft. »Dann guck dir die Ernte an dieses Jahr.«

Ich schiebe nach und nach die Pilze in die Pfanne.

»Ich dachte, wir wärn versichert?«, sage ich.

»Nich gegen Trockenheit, weiß gar nich, ob es so 'ne Versicherung überhaupt gibt.«

Ich kann mir Frank nur als Bauern vorstellen, auch Jan. Was soll dann mit den Treckern passieren? Mit all den Kühen? Den großen Stall haben sie doch nur für die Kühe gebaut. Da kann man nichts anderes unterbringen.

Ich nehme die Schnitzel aus dem Kühlschrank, reiße das Papier auf.

»Da muss so ein Fleischwürzer sein«, sagt Manuela und nickt zum Gewürzregal.

Jetzt steigen auch mir Tränen in die Augen. Die Luft ist eine Wolke aus Zwiebeln und Fett. Ich stelle den Blumentopf neben die Spüle und reiße das Fenster auf. Eine Hummel summt über den Johannisbeerstrauch.

Ich biege auf den Parkplatz neben dem Neubau ein. Hier ist es schattig, weil die Sonne hinter den riesigen Pappeln steht. Aus irgendeinem Fenster bullert ein Bass, ansonsten sieht es so aus, als würde hier kaum noch jemand wohnen, keine Gardinen, keine Blumen mehr, keine Autos vor den Garagen. Der Wind rauscht durch die Blätter, und über dem alten LPG-Gelände sind sogar ein paar Wolken.

Ich weiß noch, dass Torsten und Mark mich mal nach Hause gebracht haben, vor Jahren, und so betrunken waren, dass Torsten einfach bis auf die Wiese gefahren ist, die so matschig war, dass er fast stecken geblieben ist, als ich schon an der Tür stand und mich totgelacht hab, weil sich die Reifen immer tiefer in den Schlamm gedreht haben. Ich weiß nicht mehr, wie sie dann doch da rausgekommen sind, nur, dass da am nächsten Tag diese Furchen in der Wiese waren und ich mich immer gefreut hab, die zu sehen. Aber Frau Beyer, die ihre Tulpen da gepflanzt hatte, hat gemeckert, dass man es bis rauf in unsere Wohnung hören konnte.

Ich rücke die Fußmatte gerade, klingel noch mal, suche aber schon den Schlüssel an meinem Bund. Die Stimmen könnten auch aus der Wohnung nebenan kommen. Es ist nicht abgeschlossen, aber Papa schließt nie ab.

Im Flur stinkt es noch mehr als sonst. Das Badezimmer ist leer, die Tür zur Stube offen. Papa liegt auf dem Boden vor der Couch und schnarcht. Sein Pullover ist hochgerutscht, sein nackter Bauch auf dem Teppich, der Korn umgekippt daneben. Im Fernseher laufen Nachrichten.

Umfragen zufolge können die Sozialdemokraten auf eine Mehrheit hoffen, sagt die blonde Sprecherin.

»Papa?«

Er schnarcht weiter. Irgendwie bin ich erleichtert, dass er nicht wach ist, sonst hätte ich wieder mit ihm gestritten, weil er es einfach nicht hinkriegt, diese Wohnung sauber zu halten. Erdnüsse überall auf der Couch, auf dem Tisch eine halb aufgegessene Dose Heringsfilet in Tomatensoße, verschimmelt, an den Rändern sitzen die Fliegen.

Drittstärkste Kraft könnten die Konservativen werden. Ich mache das Fenster auf, nehme die Fernbedienung von der Couch und drücke auf *Off*.

»Ich hasse dich.«

Ich nehme die Militärdecke vom Sessel und breite sie über ihm aus. Dann hebe ich den Korn auf und gehe in die Küche, vor der ich wirklich Angst hab. Fliegen kreisen über dem Herd. Ich stelle die Flasche neben die anderen und traue mich kaum, in die Töpfe zu gucken. Wenn ich Unordnung sehe, fällt es mir einfach wahnsinnig schwer, nicht aufzuräumen. In dem einen Topf steht Wasser mit verquollenem Reis, der säuerlich riecht. Im anderen Topf liegt irgendwas unter einer dicken Schimmelschicht, und erst als ich sie in den Mülleimer kippe, sehe ich, dass das Kartoffeln waren.

Ich brauche erst mal einen Schnaps und durchsuche alles, die Schränke, in denen es nicht mal mehr Geschirr gibt, Gefrierfach, Kühlschrank, die Kiste unter dem Küchentisch, die Anbauwand im Wohnzimmer, nichts, und ich stehe im Flur und will wirklich runtergehen zu meinem Kirsch, aber dann komme ich nie wieder hoch, das weiß ich, also reiße ich mich zusammen, kippe den Reismatsch an dem dreckigen Geschirr vorbei in den Ausguss, Stöpsel rein, Wasser marsch. Spülmittel gibt es auch nicht, also hole ich das Flüssigwaschmittel aus dem Bad, das sofort wahnsinnig schäumt, und das Geschirr verschwindet.

Auf dem Couchtisch stehen noch zwei Teller, ein Glas mit Cola, die nach Schnaps stinkt, eine Tasse mit klumpiger Milch oder so was Ähnlichem. Ich stelle die Teller zusammen, gieße die Cola in die Milch, stecke die Gabel in das Glas, sammel die Erdnüsse von der Couch in die Teller.

Ich nehme die Tasse mit der Cola-Milch-Brühe und kippe das Zeug ins Klo, und dann stehe ich da, wasche mir die Hände, sprühe den Glasreiniger auf den Spiegel und höre, wie das Wasser in der Küche auf den Fußboden läuft. Eigentlich können Waschbecken nicht überlaufen. Es gibt doch diese Ablauföffnung kurz unter dem Rand. Und ich höre wirklich nur das Wasser, Papa kriegt davon nichts mit, während ich seine Zahnpastaspritzer vom Spiegel schrubbe. Auf jeden Fall hört sich das Spülwasser an wie Regen, und das beruhigt mich. Es beruhigt mich auch, dass es hier überhaupt Zahnpastaspritzer gibt, dass er sich noch die Zähne putzt. Ich hab wirklich keine Ahnung, wann es zum letzten Mal geregnet hat, aber jetzt merke ich, dass ich den Regen wahnsinnig vermisse. Ich kann gar nicht aufhören, dem Wasser zuzuhören. Erst als das ganze Badezimmer wieder glänzt, gehe ich zurück in die Küche. Sogar der Teppichboden im Wohnzimmer hat sich vollgesogen. Ich weiß nicht, ob in der Wohnung darunter noch irgendjemand wohnt. Der Schaum wird auf dem Wasser aus der Spüle getragen und klatscht runter. Es plätschert wie ein kleiner Wasserfall auf das Linoleum.

Ich drehe mich noch mal zu meinem Vater um, der unrasiert daliegt, die Finger dick und rot. Dass er damit überhaupt noch eine Flasche aufkriegt, ist ein Wunder.

»Schade, dat du nich mehr da bist«, sagt er jedes Mal, wenn wir uns sehen. »Erst deine Mutter, denn du.«

Der Wasserhahn verschwindet zwischen den Blasen und das Wasser plätschert weiter. Als Kind hab ich mir immer gewünscht, in so dickem Schaum zu baden.

»Schade, dass du nicht mehr da bist«, sage ich.

Auf der Schrankwand liegt eine zerknautschte Zeitung mit einer Frau oben ohne vorne drauf. Sie ist braun vom Solarium und hat lange schwarz gefärbte Haare wie Caro.

»Tschüs«, flüstere ich, dann nehme ich den Schlüssel und gehe zurück zur Tür.

Ein Stockwerk tiefer gucke ich noch mal aus dem Fenster, aber da ist niemand. Nur ein Gülletrecker fährt vorbei und verliert dicke, braune Tropfen.

In meinem Kopf wummert der Kirsch. Mein Rücken fühlt sich noch viel wunder an als beim ersten Mal. Als wäre es nur noch eine Frage der Zeit, bis meine Haut durchgescheuert ist und die Halme in den offenen Wunden kleben. Die Schwalben piepsen im Nest über mir. Sie wollen mich vor irgendwas warnen. Ich halte das Gepiepse kaum aus. Ich hab schon Tränen in den Augen.

Der zweite Schlag ist noch stärker als der erste. Die Haut auf meiner Wange brennt und ich hab Angst, dass ich ein blaues Auge kriege oder meine Lippen aufplatzen. Ich kann Klaus nicht angucken. Ich will nicht sehen, wie er mich ansieht. Ich will mich nicht irgendwann daran erinnern, wie er aussah, als er mit mir geschlafen hat. Er soll in der Sonne stehen und lächeln. *Wir drehen uns weiter.* Abgesehen von Jan und meinem Vater hat mich noch nie jemand geschlagen.

In meinem Kopf dreht sich alles, dabei waren das nur ein paar Schlucke vorhin. Ich taste über meine Wange, über mein Auge, aber da ist kein Blut. Ich wünschte, ich wäre ein Schwalbenküken. Klaus legt meine Beine über seine Schultern. Irgendwo vibriert mein Handy, weit weg, vielleicht unter dem Stroh. Der Klingelton wird lauter und lauter. Ich blinzel in das schummrige Licht. Sonnenstrahlen leuchten durch die Ritzen zwischen den Brettern.

Er zündet erst seine Zigarette an, guckt zu mir, wie ich im Stroh sitze. Sperma läuft an den Innenseiten meiner Oberschenkel entlang. Dann lässt er das Feuerzeug noch mal anklicken, zieht meine Hände an den Fingern nach oben und hält die Flamme unter das Strohband. Ich spüre die Hitze auf meiner Haut, aber nur kurz, dann verfärben sich die Plastikfasern schwarz, es knistert, die Spannung an meinen Handgelenken lässt nach und das Strohband rutscht meine Arme runter. Ein paar rote Striemen, sonst nichts. Die müssten weg sein, bis ich zu Hause bin. Ich greife nach meinem Slip. Die Schwalbenmutter fliegt durch das Tor nach draußen.

Klaus lässt das Feuerzeug wieder in seine Tasche gleiten.

»Du weißt schon, dass ich verheiratet bin«, sagt er.

»Klar.«

»Ein Kind habe ich auch.«

Ich wünschte, er würde auch das Band durchbrennen, das mir die Luft abschnürt. Ich will aufstehen und mir das Feuerzeug wieder aus seiner Tasche holen, aber ich kann mich nicht bewegen. Ich hab unwahrscheinlichen Durst, aber selbst wenn ein Glas Wasser neben mir stehen würde, könnte ich nicht danach greifen. Ich weiß auch nicht, wie ich mir den Slip anziehen soll, der immer noch in meinen Händen liegt.

»Darum hab ich jetzt auch nicht mehr so viel Zeit, vorbeizukommen, wenn wir hier fertig sind. Der Kleine hat Sommerferien.«

Ich wünschte, die Scheune würde genau jetzt in Flammen aufgehen, genau jetzt, solange Klaus noch neben mir steht. Die verkohlten Enden des Strohbands liegen in meinem Schoß, eben haben sie sich noch um meine

Handgelenke geschlungen. Jetzt bin ich frei, aber ich weiß gar nicht, wie ich mich bewegen soll.

Klaus macht die Verschlüsse seiner Arbeitshose wieder zu. Seine Zigarette ist fast aufgeraucht. Mit zwei Fingern streicht er mir noch mal über die linke Brust, lächelt mich an.

»Hoffe, das war okay für dich?«, sagt er.

Ich nicke, aber da hat er sich schon umgedreht und stapft durch das Stroh zum Ausgang. Mein BH und mein Top liegen völlig zerknüllt zwischen den Halmen.

»Soll ich die Tür auflassen?«, fragt Klaus.

Ich kann sein Gesicht nicht sehen. Die Sonne strahlt hinter ihm in die Scheune. Er ist nicht mal halb so groß wie das Tor. Wenn er es zumacht, richtig zu, müsste ich mir ein Loch in den Boden graben, bis ich unter dem Tor durchkriechen kann.

»Nur ein Witz«, sagt er, winkt und ist weg.

Wahrscheinlich grinst er auf dem Weg zum Wagen. Die Autotür schlägt zu, und jetzt sitzt er da, in dem aufgeheizten Bus, lässt die Scheiben runter. Der Motor springt an, er stößt zurück, schaltet und rattert über den Feldweg. Hinter ihm Staub. Er dreht das Radio lauter, weil ich nicht da bin, um mich mit ihm zu unterhalten.

Sperma sickert unter mir in die Halme. Das Stroh sticht mir in die Füße. Der Ventilator oben in der Wand wiegt sich quietschend hin und her.

Er ist froh, wieder zu ihr zu fahren, sich den Ring über den Finger zu schieben. Ich streiche über seine Hand, jeden einzelnen Finger hoch und wieder runter, bis ich ihre Finger sehe, die darüberstreichen, mit langen Fingernägeln, unter denen keine Sandkörner kleben.

Ich angel den BH aus dem Stroh, das Top, meine Son-

nenbrille. Und dann ist da noch was, eine Streichholzschachtel, eine winzige, in der nur ein paar Streichhölzer sind. *Pension Ingrid* steht drauf, in verschlungener
Schrift, die in einem Schiffstau endet.

Einen Moment glaube ich, es wäre das Beste, wenn ich
einfach hierbleiben würde, hier im Stroh, bis ich ver-
durstet bin. Dann gehe ich doch raus und muss erst mal
die Augen zukneifen vor lauter Licht, aber die warme
Luft ist das Beste, was mir passieren kann. Jan hat mir
mal erzählt, dass er frisch geschlüpfte Entenküken, von
denen er schon dachte, sie wären tot, weil sie so leb-
los im Stroh lagen, in einem Eimer in die Sonne gestellt
hat, um sie auf den Misthaufen zu werfen, und als er
sie dann holen wollte, fünf Minuten später, saßen sie
piepsend da, alle wieder lebendig.
    Der Bus ist weg, nicht mal mehr Staub liegt in der Luft.
Ich ziehe den Balken wieder vor das Tor, meine Sonnenbrille vor die Augen. Es ist still wie immer, die Gräser
sind vertrocknet, in den Brennnesseln hängen Samen
und Spinnweben und der Schotter knirscht unter meinen Sohlen, als wollte er mir sagen: Das hättest du nicht
machen dürfen, aber das sagt mir schon das Brennen
zwischen meinen Beinen, mein wunder Rücken und
die Handgelenke. Ich ziehe mir einen Strohhalm aus
den Haaren und kämme sie weiter durch mit meinen
Fingern. Ich will immer duschen, wenn ich von meinem
Vater komme, und ich bin auch immer vollkommen fertig, wenn ich da war. Ich krieche zu Jan ins Bett.

Als ich aus dem Wald komme, stehe ich vor diesem
riesigen Feld. Der Weizen ist so vertrocknet, dass er

aufgehört hat zu wachsen. Damit wird die Scheune bestimmt nicht voll. Die Ähren hängen schräg zur Seite und knistern vor sich hin, die Halme reichen mir gerade mal bis zu den Knien. Alles ist verdorrt, bis an den Horizont. In der Treckerspur ist der Lehm hart wie Stein und die Risse sind so tief, als könnte man bis zum Erdkern gucken.

Der Nandu muss gelegen haben. Jetzt steht er da, zehn Meter vor mir, völlig still, als würde er sich tot stellen. Ich hab Angst, mich zu bewegen, aber egal wie still ich dastehe, der Wind bewegt meine Haare und seine Federn, die am Hals vollkommen schwarz sind. Ein Männchen. Aber Junge sind nirgendwo zu sehen. Wenn sie im Weizen versteckt sind, ist es ein Wunder, dass er mich noch nicht angegriffen hat. Der Wald liegt schon hundert Meter hinter mir. Ich könnte trotzdem rennen, auf einen Baum klettern. Oder ich nehme mir einen Ast und breche ihm seinen langen Hals. Aus meinen Händen rieseln Weizenkörner. Er steht da, zuckt mit dem Kopf und wird immer größer.

»Ich will dir nichts tun«, flüstere ich.

Ich hab schon einen völlig zerkratzten Rücken, wunde Handgelenke, und ich weiß nicht, ob ich Klaus jemals wiedersehen werde. Mehr halte ich heute nicht aus.

»Ich will dir nichts tun.«

Nandus greifen Reiter an war mal eine Schlagzeile in der Ostsee-Zeitung. »Die kommen doch mit ihren Schnäbeln gerade mal bis zu den Stiefeln«, hat Frank sich lustig gemacht. »Vielleicht haben sie dem Pferd in die Nase gebissen.«

»Geh weiter!«

Im Auto liegt meine Handtasche, da hätte ich eine

Nagelfeile und sogar einen Stielkamm. Ich ziehe mein Handy aus der Tasche. Keine SMS von Klaus. Aber mein Auto ist noch viel zu weit weg. Ich sehe es noch nicht mal, ich sehe nur das Windrad, das sich nicht dreht. Und in der Tasche von meinem Kleid habe ich nur die Streichholzschachtel von Klaus, meinen Lipgloss, die Autoschlüssel.

Der Hahn wird immer größer, der Körper aufrechter. Ich sehe mich schon auf dem Boden kauern, sehe, wie er seinen Schnabel in meinen Nacken hackt, in meinen Hinterkopf, mich an den Haaren reißt. Wie ich mir die Hände über den Kopf halte, als Schutz, meine blutigen Fingerkuppen, als ich die Augen wieder aufmache. Wie lange würde das dauern? Töten Nandus ihre Gegner? Ich könnte Caro anrufen und sie bitten, mich abzuholen.

»Ich will nur vorbei«, sage ich etwas lauter.

Und als hätte er mich jetzt endlich verstanden, macht er einen Schritt nach vorne, den Kopf hoch, lässt er mich nicht aus den Augen.

»Ja, geh!«

Er gehorcht, stellt seine Flügel auf und läuft los. Die Ähren rascheln. Ich zerreibe noch ein paar Körner in meinen Händen. Mit wehenden Flügeln trabt er Richtung Wald, wird immer kleiner, und als er durch das hohe Gras am Waldrand unter den Bäumen schreitet, gehe ich weiter dem Windrad entgegen und drehe mich nur noch ab und zu um, um sicher zu sein, dass er es sich nicht anders überlegt hat.

Vom Berg aus sehe ich meinen roten Wagen zwischen den Brennnesseln leuchten. Ich sehe die Dächer von Schattin und die Weide, auf der keine Kuh mehr liegt oder steht. Die Sonne ist schon versunken, trotzdem sieht der Himmel noch aus, als wäre er aus Gold. Die Striemen an meinen Handgelenken sieht man kaum noch. Ich laufe nur diesen Weg lang, durch die ausgetrockneten Pfützen, auf dem rissigen Lehm, und in meiner Tasche schiebe ich die Streichholzschachtel auf und wieder zu.

»Ich hab ja nichts gegen deinen Freund«, hat Klaus gesagt, »aber er war in der Windkraftanlage, und in der Nacht danach wurde sie aufgebrochen.«

Ich weiß.

»Da kann man schon einen Zusammenhang sehen.«

Ich weiß.

»Aber du bist wunderschön.«

Und er hat mich direkt auf den Bauchnabel geküsst.

Ich ziehe die Tür auf, lasse mich auf den Beifahrersitz fallen und klappe den Schminkspiegel runter. Mein Lidschatten ist fast nicht mehr zu sehen, mein Mascara am rechten Auge verwischt. Direkt über meinem Wangenknochen schimmert die Haut rot. Ich mache das Licht an. Rot und ein bisschen blau. Ich taste nach dem Kirsch unter meinem Sitz. Er ist fast so warm wie Glühwein, aber nichts ist mir gerade egaler. Dann hole ich mein Schminkzeug raus und pudere mir die Wangen, tupfe mir einen Hauch von Gold über die Augen und verwische mit dem Pinsel die verschmierte Wimperntusche zu einem schwachen Schatten. »Ich war bei meinem Vater«, sage ich in den Spiegel. »Ich war in Restorf.«

Ich nehme noch einen Schluck.

»Ich hab mein Handy nicht gehört. Hab ich vielleicht

aus Versehen auf lautlos gestellt. Das kann doch mal passieren.«

Und wieso bist du vom Berg gekommen? Ich hab dein Auto beim Windrad gesehen.

Ich lasse die Tür auf, nehme die Flasche und mein Handy und gehe zum Windrad, vor dem jetzt ein riesiges Vorhängeschloss hängt. Das Metall ist immer noch eingedrückt, der Lack abgeplatzt. Ende des Monats sollte ich vorsichtig sein, stand doch in meinem Horoskop. Warum habe ich darauf nicht gehört? Ich setze mich auf die Treppe.

20 Uhr 13, mit dem Melken müssten sie fertig sein.

Anrufe in Abwesenheit: Caro. Keine SMS.

Die Streichholzschachtel riecht nach Klaus' Weichspüler, nach dem auch seine Arbeitshose roch. *Pension Ingrid.* War bestimmt schön. Ich ziehe ein Streichholz über den Brennstreifen, und sofort ist die Flamme da, blau, fast unsichtbar, das Holz knistert und biegt sich schwarz meinen Fingerspitzen entgegen. Dann fällt es runter auf den Beton und ich zertrete es zu Staub.

Mit dem Daumen drücke ich auf Caros Foto. Mein Handy wählt sofort ihre Nummer, obwohl ich mir noch gar nicht sicher bin, ob ich jetzt wirklich mit ihr sprechen will. *Die von Ihnen gewählte Nummer ist im Moment ...* Leider. Ich drücke auf den roten Hörer und suche Torsten. Es tutet ein Mal, zwei Mal, drei, vier, fünf – *Hier ist die Mailbox von ...*

Ich lehne mich gegen die Windradtür. Mein Kirsch ist nur noch halb voll und mein Tanga feucht von Sperma und Schleim. Ich weiß nicht, was schlimmer ist.

Auf der Treppe stolpere ich fast über mein Handtuch, kann mich gerade noch mit einer Hand abfangen. Ich bleibe stehen, höre nichts, dann gehe ich weiter. Aus meinen Haaren tropft Wasser auf meine Schultern, als ich vor unserer Schlafzimmertür stehe. Die Linden rauschen.

Durch den Türspalt sehe ich ihn im Bett liegen, und der Wind reißt mir fast die Klinke aus der Hand. Die Vorhänge schlackern so laut, es ist ein Wunder, dass Jan nicht aufwacht. Mit nacktem Oberkörper liegt er da, verschwitzte Haare, die Decke hängt halb vom Bett.

Ich schiebe meine Klamotten unter den Schrank, höre die Streichholzschachtel noch kurz rascheln, dann ist es wieder ganz still. Ich ziehe mein Nachthemd unter meiner Decke vor und liege auch schon neben Jan. Das Wasser sickert aus meinen Haaren ins Kissen.

»Christin?«

Die Blätter schlagen gegen das Fenster. Er legt mir den Arm um den Bauch, sofort halte ich seine Hand fest und streiche ihm einfach über die Finger, als wäre alles gut.

»Wie war's?«

»Okay.«

Er küsst mich auf die Schulter.

Seine Haut ist rau. Er hat Risse in den Fingern und Hornhaut an den Handinnenflächen. Er küsst mich auf den Hals. Und als seine Hand immer weiter nach unten wandert und ich sie nicht aufhalten kann, drehe ich mich zu ihm und fahre in den Bund seiner Shorts. Jan schmeckt so weich und warm wie immer. Meine Brandblase brennt ein bisschen, aber eigentlich habe ich mich schon daran gewöhnt.

Die Vorhänge schlackern im Wind, die Schatten der Blätter zittern an der Tapete, und Jan küsst meine Brustwarzen, als wäre nichts passiert. Aber dann fängt die Sirene an zu heulen. Erst ganz leise.

»Jan«, sage ich.

Er küsst mich weiter und ist schon unter meinem Bauchnabel.

»Jan!«

Die Sirene wird immer lauter. Ich ziehe ihn hoch.

»'ne Übung?«, frage ich, aber da geht die Sirene schon wieder los, noch lauter als beim ersten Mal. Jan starrt auf das Bild über dem Bett, die Skyline von New York. Sein Penis liegt schlapp auf dem Laken und ich fühle mich unendlich schwach.

Als die Sirene zum dritten Mal anfängt, zieht Jan seine Boxershorts unter der Decke vor.

»Ich hoffe, das dauert nicht lange«, sagt er, steigt in seine Jeans, nimmt Socken aus der obersten Schublade.

Der Wind streift meinen Rücken. Ich decke mich zu, ziehe die Luft ein und bin mir nicht sicher, ob da Rauch drin ist oder nicht.

»Papa«, ruft Jan in den Flur.

Die Schlafzimmertür von Frank und Manuela geht auf.

»Bis später«, sagt er, macht die Tür hinter sich zu, und ich höre die Schritte und Stimmen auf der Treppe.

Als alles still ist, ziehe ich mein Kleid unter dem

Schrank vor, hole die Streichholzschachtel raus. Drei sind noch drin, ich hab keine Ahnung, wie viele ich verbrannt hab, aber alle waren aus, alle waren nur schwarze Asche. Da war doch kein Fünkchen Glut mehr. Ich stecke sie unter meine Winterpullover zu der Herz-Neun.

Ich schlüpfe in meinen Slip und ziehe die Vorhänge zur Seite. Die Linden rauschen so laut, dass ich den anspringenden Motor gar nicht höre. Der Škoda hält vor dem Tor, Frank steigt aus, lässt einen Torflügel über die Straße schwingen, und als Jan neben ihm hält, setzt er sich wieder auf den Beifahrersitz. Auch Caros Vater fährt aus der Einfahrt, und am Zaun kläffen die Rottweiler.

Die Grillen, dieser Geruch von Mist und Stroh und trockenem Sommerboden. Das Feuer muss weiter weg sein, sonst würde ich doch den Rauch riechen. Der Himmel ist überall dunkelblau. Die ersten Sterne glitzern über mir. Ich schließe den Stall auf.

In dem Moment sehe ich blaue Lichter am Ende der Straße, die nach Restorf führt. Ich weiß nicht, wie viele Feuerwehrwagen es sind, zwei, drei, vielleicht auch vier, alles blinkt. Die Lichter zucken durch die Nacht, als wären es Blitze. Sie kommen immer näher, sie kommen die Straße hoch. Ich hab doch alle Streichhölzer zertreten. Ich drehe die Flasche Sauren Apfel auf. Das Glas, das ich in der Hand halte, kommt mir völlig nutzlos vor. Warum hab ich es mitgenommen? Warum wollte ich überhaupt ins Büro? Soll ich *Feuer* googeln? *Schattin*? Soll ich im Internet nachgucken, wie man Dinge, die man bereut, rückgängig macht? Die Brandblase kribbelt zwischen meinen Beinen. In der Flasche ist kaum noch was drin. Den Rest trinke ich in einem Zug aus.

Ich schließe die Tür wieder zu.

»Prinz«, flüstere ich. »Prinz!«

Ich flüstere, so laut ich kann. Die blauen Lichter kommen immer näher.

»Prinz!«

Langsam werden seine Umrisse in der Dämmerung sichtbar.

»Wo warst du denn?«

Als die Feuerwehrwagen über den Dorfplatz fahren, eins, zwei, drei, streiche ich Prinz über den Kopf.

»Du musst hierbleiben! Du kannst nicht mit.«

Blaulicht flackert über die Mauern. Ich sperre Prinz in den Kälberstall, dann steige ich in den Ford, schiebe die leere Flasche zurück unter den Sitz und stecke das Glas ins Handschuhfach.

Schon als ich am Bushäuschen vorbeifahre, sehe ich den Rauch. Wenn die Sonne untergeht, sieht der Himmel manchmal so aus, als würde er brennen. Dann fließt das Rot über den ganzen Horizont. Jetzt ist es anders. Hinter dem Berg steigt eine rot-graue Wolke in die Nacht.

Die Lichter vom Windrad blinken vor sich hin, als wäre alles normal. Von den Feuerwehrwagen ist nichts zu sehen. Ich fahre so langsam, dass ich jeden Augenblick stehen bleiben könnte. Wenn mein Fuß keine Kraft mehr hat, weiter auf das Gaspedal zu treten, rolle ich einfach wieder den Berg runter, zurück auf den Hof. Ich könnte noch heute Nacht fliehen. In drei, vielleicht vier Stunden bin ich in Polen. Aber damit mache ich mich erst recht verdächtig. Es gibt doch keine Beweise.

Der Boden ist so trocken, dass man keine Reifenspur darauf sieht, keinen Fußabdruck, nichts. Und wenn die Löschfahrzeuge weg sind, gibt es nur noch Matsch und Stiefelabdrücke.

Kurz bevor ich auf dem Berg ankomme, sehe ich hinter einem Schleier aus Qualm die Lichter von Lübeck. Hinter dem kleinen Wald, da, wo die Scheune ist, blinkt das Blaulicht gegen die Bäume, der Himmel ist voll mit rotem Rauch. Ich greife nach der Flasche. Ich gucke auf mein Handy. Nichts. Die Streichholzschachtel ist unter den Pullovern. Ich habe geduscht. Ich habe alle Spuren von mir gewaschen. Ich habe mal gelesen, dass Sperma bis zu sechsunddreißig Stunden in der Scheide bleibt.

Vor ein paar Tagen habe ich Klaus hier langgelotst. Es war so heiß, und ich hatte viel zu viel Fahrtwind im Gesicht. Als ich in die Einfahrt biege, sehe ich auch die Feuerwehrwagen am Ende vom Weg, viel mehr, als eben durch Schattin gefahren sind. Sie müssen von der anderen Seite über Lankow und Duvenest auf den Feldwegen gekommen sein. Ich lenke den Ford zwischen zwei Apfelbäume und schalte den Motor aus. Die Scheune ist nur noch ein schwarzes Gerippe, aus dem die Flammen schlagen, drum herum ein glühendes Meer.

Ich trinke und trinke, als könnte ich damit das Feuer löschen. Ich sehe brennende Nandus über die Felder laufen, bis sie zusammenbrechen und als Aschehaufen liegen bleiben. Ich sehe die Schwalbenküken aus ihren Nestern in die Flammen fallen. Ihre Mutter fliegt raus in die Nacht.

So leise wie möglich drücke ich die Autotür hinter mir zu. Da sind Rufe, die von da kommen, wo die Feuerwehrwagen stehen. Keine Ahnung, wo der nächste

Löschteich ist. In Lankow? Auf jeden Fall viel zu weit weg. Nach ein paar Schritten sehe ich die Glut von Zigaretten in der Dunkelheit leuchten. Leise Stimmen, dann sehe ich zwei Jungs am Feldrand stehen, neben ihnen ein Moped.

»Hi«, sagt der eine, der andere nickt nur.

Ich weiß nicht, ob ich sie kenne, von irgendwoher bestimmt, aber es ist zu dunkel und sie haben Basecaps auf.

»Wie sieht's aus?«, frage ich und bleibe neben ihnen stehen.

»Schwarz«, sagt der, der etwas dicker ist als der andere und riesige, weiße Sneakers trägt.

Und tatsächlich ist das Feld, das einen Meter vor mir beginnt, vollkommen schwarz, Stoppeln und Ähren qualmen vor sich hin, Halme glühen und knistern. Ich lasse die Jungs stehen und gehe den Sandweg weiter, rechts ist das schwarze Feld, links der Mais, ein paar Blätter sehen schwarz und versengt aus. Als ich die ersten Worte verstehe, bleibe ich stehen.

»Hier!«

»Stopp!«

Die verbrennenden Ähren, das knackende Holz.

»Wasser marsch!«

Es gibt Männer mit dunkelblauen Uniformen und welche mit den alten orangenen. Sie haben alle diese weißen Helme auf, und ich kann unmöglich erkennen, wer Jan ist. Ich laufe ein paar Schritte, dann bleibe ich stehen. Vor meinen Füßen liegt ein Schlauch, der sich wie eine Würgeschlange durch das Gras zieht.

Das Ende wird von zwei Männern gehalten, die so nah am Feuer stehen, dass ich mir sicher bin, sie müssten jeden Augenblick verglühen. Sie sind genau da, wo der Bus von Klaus vorhin noch gestanden hat, vor dem Tor, das es nicht mehr gibt. Der Strahl, der aus dem Schlauch kommt, ist viel zu schwach. Ich kann mir nicht vorstellen, dass er irgendwas bringt. Es sieht so aus, als würde das Wasser verdunsten, bevor es das Feuer trifft. Die Männer sind viel zu klein, um irgendwas gegen die Flammen machen zu können. Die Fetzen, die in den Himmel steigen, sehen aus wie kleine glühende Vögel.

Die Trockensteher liegen in ihrem Unterstand im Stroh und kauen vor sich hin, als wäre nichts gewesen. Alle Fenster im Haus sind dunkel.

»Ich komm ja schon.«

Prinz winselt hinter der Tür vom Kälberstall.

»Ich komm ja schon.«

Er schnüffelt an mir, als wäre der Rauch in jede Zelle meiner Haut gezogen, in mein Nachthemd, in den Kapuzenpullover, in meine Stiefel.

»Es ist alles gut«, flüstere ich, aber die Haut an meinen Wangen ist so trocken und spannt, als würde sie jeden Augenblick zerreißen.

Ich hatte genug Schnaps, ich hole mir eine Flasche Fanta aus der Speisekammer und trinke und trinke, bis mir die Kohlensäure Tränen in die Augen treibt. Ich gucke raus in den dunklen Garten, als würde ich zum letzten Mal hier in der Küche stehen. Hinter mir tickt die Uhr, und oben summt der Fliegenfänger.

Mein Handy. Automatisch suche ich die Nummer von Daniela T, und als mir der Name dann entgegenleuchtet, weiß ich gar nicht mehr, was ich damit soll. Ich kann Danilo nicht anrufen, schon gar nicht um diese Uhrzeit. 00:02. Was soll ich denn sagen? Du musst mich verstecken, vielleicht hab ich die Scheune angezündet, aber ich weiß es nicht genau?

Prinz steht unter dem Tisch und sieht mich an. Ich knie mich runter zu ihm, nehme ihn in den Arm, vergrabe mein Gesicht in seinem Fell.

»Mein Guter.«

Mit einem Brummen lässt er seinen Kopf in meinen Schoß fallen, sodass mir gar nichts anderes übrig bleibt, als da unter dem Tisch sitzen zu bleiben. Der Steinfußboden ist eisig. Aber was macht das schon?

»Ja, mein Guter.«

Er schließt die Augen und hechelt und hechelt.

Ich darf meine Schminksachen nicht vergessen. All das, was im Bad steht. Das ganze Make-up, meine Lippenstifte, die Pinsel. Und oben: die Cremes, die Zeitschriften in meinem Nachtschrank. Der Koffer unter meinem Bett. Die Kleider, alle Röcke und die Unterwäsche im Schrank.

Vorsichtig ziehe ich meine Beine unter Prinz' Kopf weg, ziehe mich am Tisch hoch, schleiche in den Flur und die Treppe rauf. Wenn man nur ganz außen auf die Stufen tritt und das Gewicht auf das Geländer verlagert, knarrt es fast gar nicht.

Das Bett in Jans Zimmer ist zerwühlt. Auf einmal ist es mir wieder viel vertrauter als in letzter Zeit. Wo soll ich denn schlafen, wenn nicht hier? Ich ziehe meine Reisetasche vom Schrank. Sie sieht noch nagelneu aus, nur ein bisschen verstaubt. Ich weiß nicht, wo ich anfangen soll, weil da niemals alles reinpasst. BHs brauche ich, Slips, Tangas, meine guten Tops und Shirts. Die Sachen, die ich nur noch im Stall angezogen habe, kann ich hierlassen. Ich mache den Reißverschluss auf. Ich ziehe die oberste Schublade auf. Aber es wird Jan doch auffallen, wenn er wiederkommt, dass die Sachen nicht mehr in meinem Schrank sind. Was soll ich ihm denn sagen? Ich mache den Reißverschluss wieder zu. Ich schiebe die Tasche zurück auf den Schrank, ziehe mir den Pullover aus. Meine Haare riechen so sehr nach Rauch, sogar mein Kopfkissen stinkt danach, die Decke, die Luft.

»Wie war's?«, frage ich.

Jan taumelt, lässt sich auf die Bettkante fallen. Er legt seine Hand auf meine Hüfte. Der Geruch von Alkohol und Rauch, mir ist sofort schlecht.

»Jan«, flüstere ich und streiche ihm über die Hand, aber da zieht er sie schon wieder weg, steht auf, und ich höre seinen Gürtel klappern. Auf dem Wecker leuchtet 03:16. Jan nuschelt irgendwas.

»Was?«

»Du musst melken.«

Er setzt sich auf die Bettkante zurück.

»Und Frank?«

»Löscht noch.«

Er wirft seine Hose über die Stuhllehne, sie rutscht runter, und der Gürtel klappert auf den Boden.

»Christin«, sagt er heiser. »Die Scheune ist abgebrannt, unsere Scheune hinten am Wald!«

»Dreh dich mal um!«, sage ich, setze mich hin und ziehe ihm das völlig verschwitzte T-Shirt über den Kopf.

»Der Weizen.«

Sein Atem ist eine Mischung aus Bier und Jägermeister, seine Augen sind zu.

»Ich kann nich melken.«

Und am liebsten würde ich »ich auch nicht« sagen, denn das stimmt wirklich. Theoretisch weiß ich schon, wie das geht, aber alleine hab ich das noch nie gemacht.

Unter der Decke streicht er über meinen Oberschenkel. Seine Finger sind so rau, dass ich wünschte, er würde sofort wieder aufhören. Ich drücke seine Hand weg und ziehe ihn ins Bett.

»Schlaf«, sage ich, decke ihn zu und rücke rüber auf meine Seite.

»Das ganze Stroh.«

»Ja«, sage ich.

Er drückt sich an meinen Rücken. In seinem Bauch gluckert es. Ich ziehe seinen Arm um mich und halte seine Hand fest.

»Wie spät ist es?«, flüstert er.

»Ja, ja.« Mit meinem Daumen streiche ich ihm über den Handrücken, bis er ruhiger atmet. »Schlaf jetzt!«

Wenn ich melken soll, lohnt es sich überhaupt nicht mehr einzuschlafen. Ich gucke den Blättern zu, die an der Wand zittern, noch im Laternenlicht, aber die ersten Vögel zwitschern schon. Der Tag hat eigentlich schon angefangen.

Ich muss die Kühe von einer Stallseite auf die andere treiben, das Tor zwischen den Hälften zumachen, die Schranke vom Melkstand auf. Dann gehen sie automatisch rein. Das ist noch einfach, aber es gibt diese Kühe mit roten Bändern an den Knöcheln, die nicht gemolken werden dürfen. Oder sie müssen gemolken werden, aber die Milch darf nicht in den Tank, weil sie ein Antibiotikum kriegen. Ich weiß es nicht. Die Vögel sind so unerträglich laut. Wie kann Jan bei dem Lärm schlafen?

Ich atme in die Bettdecke, die immer wärmer wird, atme meinen Atem wieder ein, bis ich keine Luft mehr kriege. Ich ziehe die Decke unter mein Kinn. Jans Atem pfeift in meine Haare. Irgendwo summt eine Mücke, nur für einen Moment, dann ist sie wieder still, sitzt an der Wand oder am Vorhang, hoffentlich nicht an mir.

Ich schiebe ein Bein unter der Decke vor, lasse es aus dem Bett hängen. Als ich mit beiden Fußsohlen ganz auf den Dielen stehe, rutsche ich übers Laken, hebe Jans Arm nur kurz an und lege ihn auf die Decke zurück.

Ich schalte den Wecker aus, nehme mein Handy vom Nachttisch und meine Stallklamotten vom Stuhl. Die Dielen knarren, als ich am Bett vorbeischleiche, aber von Jan kommt kein Ton mehr. Ich hänge mein Nachthemd über die Türklinke und ziehe mir die Jeans an, das weiße Top und Jans alte Sportjacke.

Der Wasserkocher sprudelt und knackt. Als ich die Küchentür hinter mir zuziehe, kommt Manuela gerade aus dem Bad. Ich hätte nicht gedacht, dass sie schon wach ist, ich habe nichts gehört.

»Guten Morgen.« Auch sie hat schon ihre Stallsachen an. »Ich glaub, wir müssen melken«, sagt sie.

»Hast du überhaupt geschlafen?«, frage ich.

Manuela gießt ihren Tee auf.

»Keine Ahnung«, sagt sie. »Kaffee ist auch gleich fertig.« Sie zieht den Teebeutel ein Stück aus der Tasse und lässt ihn wieder reinsinken.

»Hab auch überlegt, noch mal hinzufahren, aber Frank meinte, es ist besser, wenn einer heute fit ist.«

»Was ist denn genau passiert?«

»Die Scheune hinten ist abgebrannt und ein Stück vom Weizenfeld. Kein Mensch weiß, warum.«

Ich sage gar nichts, schüttel nur den Kopf, dann verschwinde ich im Bad und schaufel mir das eisige Wasser ins Gesicht, trinke sogar einen Schluck davon, obwohl ich Wasser eigentlich nicht mag. Es sticht vor Kälte in meinen Backenzähnen. Als ich auf dem Klo sitze, ziehe ich die Vorhänge zur Seite. Im Osten ist schon so ein feiner heller Streifen zu sehen, und in ein paar Stunden ist es wahrscheinlich wieder unerträglich heiß. Ich creme mich nur mit meiner Tagescreme ein, die Herzchen-Ohrringe fummel ich mir auf dem Weg in die Küche in die Löcher.

»Dann fütter ich noch schnell die Kälber«, sagt Manuela. »Und helf dir dann. Nur die Kannen musst du mir rübertragen.«

»Gut.« Ich setze mich und klammere mich an meine Kaffeetasse.

»Willst du auch?«, fragt Manuela.

Sie schmiert sich Butter auf eine Brötchenhälfte. Ich greife lieber nach dem Milchkrug, der so kalt ist, dass die Wassertropfen auf die Tischdecke perlen.

»Ich hab noch nie alleine gemolken.«

»Kriegst du schon hin.«

Das sagt sich so leicht. Ich puste in meinen Kaffee. Mit einem Löffel kratzt sie die letzte Marmelade aus dem Glas, dass es knirscht und quietscht.

»Du warst doch als Kind schon auf'm Hof.«

Sie leckt den Löffel ab und lässt ihn in die Spüle fallen, legt das Brett mit dem Marmeladenbrötchen auf den Tisch und setzt sich zu mir. Da hab ich aber nicht gemolken, da hab ich im Stroh gespielt.

»Was bedeutet noch mal dieses rote Band?«

»Dürfen nicht gemolken werden.«

»Und wenn mir das doch passiert?«

»Geht nicht, da ist ein Chip drin, der die Melkmaschine blockiert. Was mir schon alles passiert ist.«

Manuela schüttelt den Kopf. »Ich hab das Tor einmal nich zugemacht und die gemolkenen Kühe sind zu den andern rüber.«

Sie beißt in das Brötchen. Marmelade bleibt an ihrer Oberlippe kleben.

»Und einmal hab ich die Trockensteher zum Besamer geschickt.«

Sie lacht in sich rein. Ich stelle mir vor, wie Frank sich aufgeregt hat. Caro hat immer vermutet, dass er Jans Mutter grün und blau geschlagen hat und dass sie den Krebs nur deswegen bekommen hat, aber das kann ich mir nicht vorstellen. Er hat zwar auch Jan geschlagen, als er klein war, aber das ist was anderes.

»Und ein Bullenkalb mit einem Sterkenkalb hab ich auch schon verwechselt«, sagt sie. »Hat zum Glück der Händler noch gemerkt.«

Ein roter Klecks tropft von der angebissenen Brötchenhälfte auf die Tischdecke. Neben dem Küchenschrank tickt die Uhr.

»Ich kann das irgendwie noch nich ganz fassen mit die Scheune«, sagt sie. »Würd gern ma wissen, wie die einfach so abbrennen kann.«

»Glaubst du, das is schlimm für uns?«

Manuela wiegt ihren dicken Kopf hin und her.

»Vielleicht is es sogar gar nich so schlecht. Zahlt ja die Versicherung.«

Als ich aus der Diele komme, kräht der Hahn und es riecht nach Tau und Staub und Rauch. Prinz läuft schnüffelnd an der Hausmauer entlang. Der Škoda ist nicht da. Ich kann mir nur vorstellen, dass Frank Jan nach Hause geschickt hat, zum Melken, aber als Jan dann bei den Leuten von der Feuerwehr ankam, bei den Frauen, die da rumstanden, um ihren Männern Kaffee und Schnaps und Stullen zu bringen, ist er noch stehen geblieben und hat sich versorgen lassen, bevor er nach Hause ist mit irgendjemandem.

Prinz tapst hinter mir über die Betonplatten. Ich drehe den Schlüssel um, ziehe die Stalltür auf und taste nach dem Schalter, bis die Leuchtstoffröhren knistern. Der Milchtank glänzt. Die Luft ist stickig und warm. Ich sehe nur die Sterne und den Himmel, der hinter der Ostweide heller wird.

Ich knie mich vor den Tank und drehe am Hahn, bis ein eiskalter Tropfen in meine Handfläche fällt. Die Milch sammelt sich in der Lebenslinie und schwappt über in die anderen Fältchen.

Prinz ist irgendwo in der Dämmerung verschwunden, also schlürfe ich die Milch selbst von meiner Hand. Hunde dürfen sowieso keine Milch, das ist besser für ihn. Trotzdem darf er mich jetzt nicht alleine lassen. Und dann höre ich auch schon seine Schritte, er guckt in den Stall, mit den Vorderpfoten auf der Stufe, streckt sich und gähnt mit so einem leisen Jaulen und verzogenem Maul, dass man sein Zahnfleisch sieht.

»Ich bin auch müde.«

Der Stromkasten klickt gleichmäßig am Zaun, sonst höre ich nur die Vögel. Mir wird klar, dass ich nicht die Einzige bin, die so früh schon wach ist. Bäcker, Melkfrauen, Ärzte, und die Männer, die immer noch löschen, und irgendwo auf der Welt ist es jetzt sogar schon mitten am Tag.

Also schlurfe ich hoch zum Melkstand, alles ist vorbereitet, zum Glück macht Jan das immer schon abends.

Ich knipse das Radio an, dann bin ich weniger allein. *And I will love youhu, baby, aahaalways.*

Die Leuchtstoffröhren flackern die Stalldecke entlang. Die meisten Kühe liegen noch in ihren Buchten, aber ein paar sind schon am Futterstand oder fressen Kraftfutter, und ich höre die Pellets durch die Rohre rieseln. Alles riecht nach Silage und zu viel Kuhatem, und ich würde am liebsten sofort beide Tore aufreißen.

Die ersten Kühe stehen schon auf, als ich auf die glitschigen Spalten trete. Ich hasse das, ständig hat man Angst auszurutschen. Ich kann nicht verstehen, wie man jeden Tag seines Lebens durch Scheiße laufen will.

»So«, sage ich. »Jetzt geht mal schön brav auf die andere Seite!«

Der Schwarzen, die in der ersten Bucht liegt, fließt Milch aus einer Zitze. Auf der Liegematte hat sich schon ein kleiner See gesammelt. Ich klettere in den Gang hinter den Matten, nehme mir einen von den Stöcken und schlage gegen das Gatter, sodass die Kuh ihre langen Wimpern zusammenkneift.

»Und auf!«, rufe ich. »Uuuuund auf!«, so wie Jan und Frank, aber meine Stimme passt einfach nicht hier rein. Ich hab das Gefühl, dass mich die Kühe überhaupt nicht ernstnehmen.

»Und auf!«, rufe ich und laufe von Matte zu Matte und schlage gegen das Gatter. »Uuund auf!«

Die meisten stehen auf, bevor ich bei ihnen bin, manche strecken sich noch mal. Die 183 nicht. Ich muss ihr fünf Mal den Stock auf den Rücken dreschen, bis sie sich bewegt.

»Na los! Na los!«

Die ersten Kühe trotten durchs Tor auf die andere

Seite vom Futterstand. Sie wissen genau, dass sie gemolken werden, sie wollen gemolken werden, sonst fangen sie an zu brüllen. Ihre Euter sind schon so schwer, dass sie kaum noch laufen können.

»Na los!«, rufe ich und schlage der letzten Kuh auf die Schnauze, bis sie zurückweicht auf die Spalten, klettere ihr hinterher auf den glitschigen Boden und folge den Kühen mit meinem Stock. Die Gelenke knacken. Die Scheiße sickert durch die Spalten. Der Futterstand ist vollkommen leer gefressen, das kann ich aber nicht auch noch machen. Ich bin noch nie mit dem Radlader gefahren. Dann kriegen sie eben nur Gras, davon haben wir zum Glück noch genug.

»Wenn ihr euch beeilt, könnt ihr schneller raus.«

Eine von den Kühen hat ein rotes Band am Knöchel. Ich schlage ihr den Stock auf den Schenkel.

»Na los!«, sage ich und lasse die Schranke hinter ihr runterkrachen. Dann gehe ich wieder zurück über die leeren Spalten, während sich zweihundert Kühe auf der anderen Seite drängen. Ich drücke das Tor auf, das sofort rausschwingt in die Morgenluft, die mir schon viel wärmer vorkommt als eben. Im Osten dehnt sich der helle Horizont immer weiter aus. Ich ramme den Holzkeil unter die Tür. Die ersten Kühe brüllen.

»Ich komm gleich!«, sage ich.

Vogelgezwitscher, im Kälberstall Muhen, nur Manuela kann ich nicht hören. Sie ist drinnen und macht das Wasser heiß. Kein Auto, kein Scheinwerfer auf dem Weg nach Restorf, nur das rote Windradlicht am Himmel und über mir die Sterne und das Blinken von einem Flugzeug. Vielleicht sind die Feuerwehrwagen vom Berg gekommen, als ich geschlafen habe. Sie können doch nicht immer noch alle da oben sein. Ich trete noch mal gegen den Holzkeil. Dann mal los!

Prinz steht hinter der Schranke und wartet auf mich. Ich steige in den Wassereimer, bewege die Stiefel hin und her, bis das Wasser dunkelbraun ist, dann in die Desinfektion, auf den Wischlappen und zurück auf die Fliesen.

Und ich hab nur die Zeit, die nie vergeht, wenn du nicht da bist und mich nicht verstehst. Frank ist fest davon überzeugt, dass die Kühe mehr Milch geben, wenn *Welle Nord* läuft. Das sagt er immer wieder, aber ich glaube, er will nur nicht, dass man den Sender verstellt. *Ich steh am Fenster und seh in den Regen, zähl die Tropfen auf dem Glas.*

»Du bist mir eine schöne Hilfe!«, sage ich und Prinz spitzt die Ohren. Dann ziehe ich an den Stricken die Tore auf.

»Na kommt!«, rufe ich, aber eigentlich will ich nur, dass Manuela kommt oder Jan, um mich hier abzulösen, und nicht die Kühe, die sollen schön in ihrem Stall bleiben und sich die Milch noch ein bisschen verkneifen, aber sie drängeln sich schon rein in den Melkstand, stoßen sich die Köpfe gegenseitig in die Flanken und schlagen sich die Schwänze um die Schnauzen. Ich binde mir Jans Schürze um, muss mir die Bänder drei Mal um den Bauch wickeln, bis sie passt, und kann dann kaum noch laufen mit dem Plastik an den Beinen. Die Einmalhandschuhe sind mir viel zu groß, aber ohne Handschuhe an die Euter, an denen manchmal noch die Scheiße klebt – auf keinen Fall. Zuerst die Zitzen sauber machen, dann vormelken und das Melkzeug ran. Und das zweihundert Mal.

Es ist sehr still, die Männer schlafen immer noch. Manuela kommt in die Küche, geschminkt und in einer weißen Umstandsbluse.

»Ich fahr mal«, sagt sie.

Ihre Schuhe klackern über den Steinboden.

»Wohin?«

»Nach Grevesmühlen.« Sie greift nach dem Einkaufszettel auf dem Küchentisch, den ich mir eben noch durchgelesen habe. »Brauchst du was?«

Manuela stopft den Zettel in ihre lila Handtasche.

»Haben wir noch Putenbrust?«

Ich kann mich nicht erinnern, dass das auf dem Zettel stand.

»Bring ich mit«, sagt Manuela.

Ich wünschte, sie würde endlich aufhören, so freundlich zu sein. Sie angelt den Autoschlüssel vom Haken, drückt mit dem kleinen Finger die Türklinke runter. In der Diele redet sie mit Prinz. Ihre Schritte auf dem Kiesweg, der anspringende Motor, das Abbremsen und die Kurve am Dorfplatz, dann wird der Wagen immer leiser und ich höre nur noch die Fliegen, die am Fenster auf und ab summen. Es ist schon zu heiß draußen, um es aufzumachen. Stattdessen drehe ich am Wasserhahn und lasse mir das kalte Wasser über die Hände sprudeln, pule mir ein bisschen Dreck aus den Fingernägeln. Die Rosenblüten schwanken über den Johannisbeersträuchern, Hummeln, mein Nachthemd im Gras, dadrüber schaukelt die Wäsche im Wind.

Ich ziehe die Schublade unter der Spüle auf, nehme einen neuen Fliegenfänger raus, den letzten. Dann steige ich auf einen Stuhl und von da aus auf den Tisch. Ein paar Fliegen bewegen noch ihre Beine oder einen Flügel, und ich ziehe die klebrige Reißzwecke aus der Decke, strecke den Fliegenfänger weit von mir, balanciere damit über den Stuhl zurück auf den Boden bis zum Mülleimer. Je länger ich hinsehe, desto mehr noch zappelnde Fliegen erkenne ich. Manche bewegen einen Flügel, andere kleben mit dem Kopf fest und strampeln mit den Beinen. Eine ist gerade erst dagegen geflogen und versucht noch, aus dem gelben Giftzeug wieder rauszukommen. Ich trete den Mülleimerdeckel auf und lasse den Fliegenfänger vorsichtig hineinfallen. Dann wasche ich mir die Hände noch mal. Diesmal mit dem heißesten Wasser, das die Leitung hergibt. Erst als ich mir sicher bin, dass alle Bakterien tot sind und ich die Hitze vor Schmerz nicht mehr aushalte, dreh ich das kalte Wasser auf und das warme zu.

Mit dem neuen Fliegenfänger in der Hand will ich gerade wieder auf den Stuhl steigen, als ich Motorengeräusche höre, die eindeutig lauter werden und auf den Hof zukommen. Ich laufe ins Bad und sehe gerade noch den Jeep vom Tierarzt durchs Tor fahren, dann höre ich das Hupen, das macht er immer, und Prinz kläfft und ich hoffe, die Männer haben so einen festen Schlaf, dass sie nichts davon mitbekommen. Andererseits hab ich keine Ahnung, was der Tierarzt will, und verstehe nicht, wieso Manuela mir nicht gesagt hat, dass er heute kommt. Das wusste sie doch, da bin ich mir sicher.

»Prinz, du bleibst hier!«, sage ich so streng wie möglich, drücke ihn zurück und zwänge mich durch das Dielentor.

Der Tierarzt ist schon ausgestiegen. Reinhard heißt er, den Nachnamen hab ich vergessen, und ich weiß nicht, ob ich ihn einfach so duzen kann.

»Die Männer schlafen noch«, sage ich.

Wir geben uns die Hand.

»Die haben doch gelöscht«, sage ich.

Der Tierarzt nickt nur.

»Das is 'ne Scheiße.«

Seine Jagdhündin sitzt auf der Beifahrerseite und verfolgt die Hühner mit ihren Blicken. Der Tierarzt nimmt einen Eimer voller Plastikhüllen und Spritzen von der Rückbank.

»Ich hab's eilig«, sagt er zu mir, und zu der Hündin: »Du bleibst da!«

Prinz jault hinter dem Dielentor. Ich wünschte, er wäre still.

»Was sollen Sie denn machen?«, frage ich auf dem Weg zum Stall.

»Ein paar Euter angucken.«

»Und welche?«

»Das müssten Sie doch wissen.«

Genau das habe ich befürchtet.

»Dann muss ich mal im Buch gucken«, sage ich nur.

Es gibt doch dieses blaue Buch, in dem immer solche Sachen stehen.

»Dass ihr das immer noch mit Büchern macht«, sagt der Tierarzt und geht am Tank vorbei Richtung Melkstand, während ich die Tür zum Büro aufschiebe. Ich wünschte, auf dem Schreibtisch würde jetzt ein Glas mit meinem Apfel stehen, aber da steht nichts, also ziehe ich das Buch aus dem Regal und blättere auf die neuste Seite. Die ist schon Tage alt, bis auf *Besamer* und dahinter die Nummern von ein paar Kühen steht da nichts. In dem Regal sind sonst nur Ordner: *Milchleistung, Klauenschneider, Kraftfutter, Molkerei, Kälber, MK, Versicherung.* Ich ziehe die Schubladen auf, aber da sind nur Zettel und Briefe, ein Schokoladenweihnachtsmann, Ohrmarken, Draht, eine Zange. Ich lasse mich auf den Stuhl fallen, drücke schon fast auf den Power-Knopf, aber ich weiß wirklich nicht, wie mir der Computer jetzt weiterhelfen sollte.

Der Tierarzt steht oben im Melkstand, den ich gerade blitzblank gekärchert hab, und guckt in den Stall.

»Ich find nix.«

Ich ziehe die Schultern hoch und lasse sie wieder fallen.

Eine Kuh steht in der Kraftfutteranlage und es ist so still, dass man das Rieseln der Pellets hört, die anderen sind alle schon draußen.

»Dann morgen«, sagt er. »Aber das neue Heu hattet ihr nicht in der Scheune?« Als müsste man sich wirklich Sorgen machen, wenn ich schon alleine auf dem Hof gelassen werde.

»Nein, nein.«

»Aber ihr habt's schon drin? Es soll ja Regen geben.«

Dann dreht er sich um und geht die Stufen wieder runter, am Milchtank vorbei. Ich komme kaum hinterher, so einen Schritt hat er drauf.

»Morgen dann etwas früher. Gegen neun. Seid ihr da fertig mit dem Melken?«

»Klar.«

Durch das offene Fenster stellt er den Eimer wieder auf die Rückbank. Ein paar Hennen laufen aufgeregt zurück zum Hahn, der mit den Perlhühnern auf dem Misthaufen scharrt. Der Tierarzt fährt um mich rum und die Ohren der Jagdhündin schlackern im Fahrtwind. Alles ist voller Staub. Ich schmecke ihn sogar auf meiner Zunge und hab das Gefühl, dass er meine Nase verstopft.

Und dann genieße ich die Ruhe, weil mal kein Trecker über den Hof fährt und niemand da ist, der mir sagt, dass ich die Tränken kontrollieren soll oder den Tank putzen. Aber in dem Moment fällt im Haus eine Tür zu, und als ich die Schritte von Frank höre, weiß ich, dass es nicht der Wind war.

»Wo ist er?«, sagt Frank, der mit zerwühltem Haar und offener Hose im Dielentor steht. Prinz kommt auf mich zugelaufen.

»Kommt morgen wieder«, sage ich und streichel ihm durchs Fell, aber ich sehe schon, dass Frank diese Antwort nicht besonders gut gefällt.

»Warum holst du mich nicht?«

»Ich dachte, ihr schlaft noch.«

»Sehe ich so aus, als würde ich schlafen?«

Seine Stimme hallt zwischen Haus, Stall und Scheune hin und her. Er dreht sich um, steckt sich auf dem Weg zurück zur Tür das Hemd in die Hose.

»Leider nich«, sage ich so leise, dass nur Prinz mich hören kann. Der Wind rauscht durch die Linden, und die Schwalben schaukeln auf der Stromleitung über dem Hof. Ich weiß nicht, wohin ich soll. Im Haus ist Frank, im Schlafzimmer schläft Jan.

Ich lasse die Autotür auf, damit die heiße Luft rauskann, und sitze da und trinke den allerletzten Tropfen Kirsch. Die Straßen sind voll mit vertrockneten Lindenblüten. Tante Rehnas Schafe wandern über den Bürgersteig. Im Dorfteich quakt eine Ente.

Der Milchwagen kommt frühestens in einer Stunde, das Frischemobil erst heute Nachmittag. Ich weiß nur nicht, ob ich so lange warten kann. Vorsichtig nehme ich die *Jolie* aus meinem Handschuhfach.

Der Flirt-Tipp für diesen Sommer. Spielen Sie mit Ihren Haaren, sooft es geht. Werfen Sie Ihre Mähne nach hinten, wickeln Sie einzelne Strähnen um Ihre Finger. Damit wickeln Sie auch ihn um den Finger. Oder legen Sie alle Haare über eine Schulter nach vorne. Wenn Sie Ihre Haare vorher mit einem Parfum besprüht haben, das nach Maiglöckchen oder Melone duftet, liegt er Ihnen zu Füßen.

Die Hühner scharren noch in der Erde unter der Linde, aber der Hahn stolziert schon aus dem Tor raus und an dem Kälbchen unter der Plane vorbei. Eine Henne nach der anderen bemerkt es und rennt ihm hinterher, nur die mit dem zerhackten Rücken bleibt allein auf dem Hof zurück.

Erst denke ich, das Rauschen ist nur der Wind, dann fahren zwei Feuerwehrwagen über den Dorfplatz am Hof von Caros Eltern vorbei Richtung Restorf, ohne Licht, ohne Eile. Ich will eigentlich sofort den Motor anschmeißen und auf den Berg fahren, aber ich weiß nicht, ob ich das wirklich sehen will. Vielleicht ist es besser, wenn alles so bleibt, wie es ist. Wenigstens in meinem Kopf.

Ich drehe den Schlüssel um und ziehe die Tür zu. Die

zurückgebliebene Henne schreckt auf und läuft aus dem Tor zu den anderen. Der Hahn hebt den Kopf und bestimmt gackert er auch, aber davon höre ich nichts. Als ich an ihnen vorbeifahre, laufen sie nur weiter raus auf die Wiese.

An der Kreuzung bleibe ich noch mal stehen und gucke in alle Richtungen, aber da kommt kein Feuerwehrwagen mehr und auch sonst kein Auto. Also fahre ich um den Dorfteich rum, am Haus von Caros Eltern vorbei und den Berg runter nach Restorf. Ich könnte sogar nach Hamburg fahren und Eis essen am Wasser, aber dann fallen mir meine Klamotten wieder ein. Kuhscheiße klebt an meiner Hose, mein Top ist voll mit Milchpulver. Außerdem weiß ich überhaupt nicht mehr, ob ich noch Autobahn fahren kann. Eigentlich bin ich nach der Fahrschule nie wieder Autobahn gefahren. Ich hätte doch heute Nacht packen sollen.

Auf der Straße nach Carlow ist alle paar Meter ein Düngerfleck auf dem Asphalt. Kurz bevor ich den Trecker einhole, halte ich vor der Pferdekoppel. Die Isländer grasen auf ihrer Wiese. Genau hier ist der beste Ort, um den Spiegel und das Not-Make-up aus meinem Handschuhfach zu holen. Dabei fällt mir das Weinglas entgegen. Keine Ahnung, was ich damit noch soll. Ich gucke kurz in den Rückspiegel, ob da irgendwas kommt, aber die Straße ist leer, also werfe ich das Glas in die Gräser unter dem Apfelbaum, wo es verschwindet, ohne einen einzigen Ton.

Nichts geht über das Tageslicht von allen Seiten. Wenn ich schon nach Kuhstall stinke, will ich wenigstens gut aussehen, soweit das in diesen Klamotten geht.

Ich klemme den Spiegel ins Lenkrad und fange erst mal mit den Augenbrauen an. Dann Concealer, Bronzer und einen Hauch Blush, mehr krieg ich aus der Dose nicht raus. Mascara, und auf die Lippen *Juicy Peach*, der so nach Pfirsich schmeckt, dass alles gleich viel schöner aussieht und ich Caro mit Zahnspange und *Bravo Girl* auf mich zukommen sehe. Sie trägt pinken Nagellack und macht riesige rosa Kaugummiblasen, die platzen und an ihrer Nasenspitze hängen bleiben. An den Fingern trägt sie Plastikringe, die mal als *Special* in kleinen Tütchen an der *Yam!*, der *Bravo Girl* oder der *Mädchen* hingen. Wir setzen uns auf die staubigen Stufen vom Konsum und ziehen unsere RedBull-Dosen auf, trinken ein paar Schlucke ab, bevor wir sie mit Rostocker auffüllen. Caro hat gerade erfahren, dass Mark nur ihr Halbbruder ist, dass es irgendwo einen anderen Vater gibt, ihre Eltern das aber scheinbar nicht stört, selbst Mark stört es nicht. Er ist fest davon überzeugt, dass sein richtiger Vater ein Arschloch ist und er nichts mit ihm zu tun haben will. Er glaubt, dass alles so bleibt, wie es ist. Caro hat ihrer Mutter Geld geklaut für die *Bravo Girl* und für RedBull. Ich habe meinem Vater eine Flasche Rostocker Doppelkorn geklaut, mit in die Schule genommen und schon in der zweiten großen Pause ein paar Schlucke getrunken. Spatzen kacken neben uns auf die Stufen. Wir gehen nicht nach Hause an diesem Freitag, wir schlendern zur Badestelle und lachen und lachen und treffen die Jungs mit den Autos. *Der milde Klare von der Küste.*

Ich halte direkt neben der Kirche unter den Linden, die über mir rauschen, und der Wind weht mir fast die Sonnenbrille vom Kopf. Es ist immer ein ziemlich komisches Gefühl, auf den Friedhof zu gehen, als würde ich was wirklich Wichtiges machen, als wäre ich viel näher dran am Leben als sonst, obwohl es ja eher der Tod ist.

Früher hab ich mir immer gewünscht, meine Mutter würde auf diesem Friedhof liegen. Dass sie nicht abgehauen ist, sondern dass ich so ein Mädchen bin, das nach der Schule immer noch zum Grab der Mutter läuft, um ihr zu erzählen, wie es so war. Dann hätte man mir wirklich alles verziehen, jede schlechte Note, wenn ich mal nicht aufgepasst hab. Ich hab alle Gräber abgesucht, ihren Namen aber nicht gefunden.

Es sind noch ein paar Reihen, bis ich da bin, aber ich kann schon sehen, dass jemand an Annes Grab steht. Ich halte an und will wieder umkehren, aber warum eigentlich? Dann erst erkenne ich, dass es Torsten ist. Ich ziehe die Gummis und die Plastikhüllen von den Rosen, stopfe sie in den Papierkorb und gucke hinter den Grabsteinen nach Steckvasen. Gustav Karow hat nichts. Vielleicht war Torsten doch in Anne verliebt. Hinter Elisa Maria Blumenraths Marmorstein ist eine. Vielleicht hätte er sich wirklich von Caro getrennt, wenn Anne noch leben würde. Auf Dorothea Schaffhirts Grab stehen vertrocknete Dahlien, die ich rausziehe und hinter ihren Grabstein werfe. Die Vase nehme ich mit. Meine Hände sind voller Erde, Moos und Dreck, aber wenn es um Anne geht, ist mir das egal. Vielleicht ist das alles aber auch nur das schlechte Gewissen, weil ich so froh war, dass niemand mehr zwischen Torsten und Caro stand.

Er hat eine Hand in seiner Jeans vergraben, mit der anderen nimmt er die Zigarette aus dem Mund. Auf dem Grabstein liegt noch eine, die vor sich hin qualmt.

»Du bist ja kitschig«, sage ich und hake mich bei ihm ein.

Dabei kommt Torsten ins Schwanken. Jetzt rieche ich auch die Mischung aus Schnaps und Schweiß, die er verströmt, so intensiv, dass ich ihn lieber wieder loslasse.

»Musst du gerade sagen!«, sagt er und zupft ein Blütenblatt von einer meiner Rosen.

Auf dem Grab stehen schon eine Sonnenblume und ein Strauß Nelken. Ich stecke die Vasen nebeneinander ganz vorne auf das Grab. In jede passt ein Strauß, als wären sie genau dafür gemacht. Dann nehme ich die Gießkanne, die immer hinter dem Grabstein steht, und gehe Wasser holen. Ich wollte ihr ja alles erzählen, von Klaus und Jan und Danilo und diesem Windradeinbruch. Das kann ich jetzt nicht. Aber Anne hätte mich vollkommen verstanden, da bin ich mir sicher. Sie war zwar viel extremer und hatte diesen komischen Männerschaden, dass sie nie mit einem Mann zweimal Sex haben wollte und sowieso nie in ihrem Bett, aber genau deswegen hätte sie meine Sache mit Klaus okay gefunden. Ich drehe den Hahn auf, das Wasser sprudelt in die Kanne.

»Warum solltest du das denn nich machen?«, hätte sie gesagt. »Wenn du Bock hast.«

Die Zigarette ist vom Grabstein geweht und qualmt im Sand vor sich hin.

»Männer sind auch keine Engel«, hätte sie gesagt und den Rauch in die Luft gepustet.

Ich gieße die Steckvasen voll, dass sich die Rosen drehen und die zweite Vase überläuft auf die Steinchen.

»Wollen wir noch was trinken? Bei mir in der Tanke?«

Zu allem würde ich jetzt Ja sagen, wenn Torsten mich

fragt, so fertig sieht er aus. Das heißt, er guckt einfach ernst, aber wenn Torsten ernst guckt, dann geht es ihm richtig schlecht. Ich kippe das restliche Wasser aus der Gießkanne hinter den Grabstein, es läuft in einem kleinen Bach über den frisch geharkten Boden. Torsten hebt die Kippe auf und vergräbt sie zusammen mit seiner unter den Kieseln.

»Können«, sagt er.

Wir gehen den Weg wieder zurück, über uns das Rauschen der Bäume. Irgendwo weiter weg ist ein Mähdrescher unterwegs oder irgendein großes Spritzfahrzeug.

»Ich bin zu Fuß«, sagt Torsten. Das hab ich mir schon gedacht, denn von dem Golf ist hier nichts zu sehen. Wenn Torsten zu Fuß unterwegs ist, stimmt wirklich was nicht.

Ich steige ein, beuge mich über den Beifahrersitz und ziehe den Knopf hoch.

»Sorry, ich stinke noch etwas, aber ich hab's nicht mehr geschafft, mich umzuziehen«, sage ich.

»Wusstest du davon?«, fragt er.

Ich lasse den Wagen rückwärts auf die Straße rollen.

»Vom Feuer?«

»Vom griechischen Feuer, das in Caros Herz brennt«, sagt er angewidert.

Ich trete auf das Gaspedal.

»Keine Antwort ist auch eine Antwort«, sagt Torsten und schüttelt den Kopf.

Wir fahren an Mandys Blumenparadies vorbei. Sie steht mit einer Gießkanne vor der Garage und gießt Wasser in einen Eimer voller Lilien.

»Noch nicht lange«, sage ich.

»Sie hat wohl gemerkt, dass ich doch nicht so viel

draufhab.« Torsten schnaubt verächtlich. »Aber ich mach das mit der Tanke. Diesmal wirklich. Glaubst du mir wenigstens, dass ich das hinkrich?«

»Klar!«

»Ich werd ihr das schon zeigen. Ich werd ihr das so was von zeigen.«

In den Rissen zwischen den Steinplatten wächst überall Unkraut. Von den Tanksäulen blättert der Lack. Die Gitter vor den Fenstern sind verrostet. Ich war schon ewig nicht mehr hier, irgendwann im Winter mal zu Torstens Geburtstag, da haben wir im Schneesturm mit Feuer und Schmalzbrot gefeiert. Es war schweinekalt.

Der Golf steht auf der rechten Seite der Tanksäulen, ich halte auf der linken, die ist zwar nicht überdacht, aber die Sonne ist sowieso gerade verdeckt von Wolken. Ein komisches Licht liegt über dem Dorf, als würde die Rauchwolke vor der Sonne stehen. Alles ist staubig und verschleiert. Ich mache den Motor aus. In dem Moment klingelt mein Handy. Jan.

»Wo bist du?«

»Auf dem Friedhof.«

»Na ja, Hauptsache, du bist zum Melken wieder da.«

»Klar«, sage ich, aber es fühlt sich wie eine Lüge an. Vielleicht weil ich nicht weiß, warum ich wiederkommen sollte. Mein Handy-Ladegerät liegt im Schlafzimmer neben meinem Bett und im Bad steht Make-up, das ein Vermögen wert ist, das sind die ersten Gründe, die mir einfallen.

»Okay«, sagt Jan, so kurz und hart, dass es alles andere als okay klingt. »Dann bis später.«

»Ja.«

Wenn Jan das jetzt nicht so gesagt hätte, wäre ich ganz bestimmt zurück gewesen, aber jetzt will ich es irgendwie nicht mehr.

»Bis dann.«

Ich lege auf und gucke rüber zu Torsten. Durch die Scheiben von seinem Golf sehe ich, wie er die Tür zur Tanke aufschließt. Ich höre das Tuten, das aus dem Handy kommt, und versuche mir vorzustellen, Torsten zu küssen, aber das hat noch nie funktioniert. Obwohl ich alle paar Jahre mal wieder daran gedacht hab. Und dann schiebt sich Klaus dazwischen, den ich jetzt unwahrscheinlich gerne küssen würde, bis ich runtergucke auf meine Klamotten und den Stallgeruch einatme.

Ich drücke die Autotür zu, lasse die Fenster runtergekurbelt und stecke mein Handy in die Hosentasche. Aus dem Dorf kommt Kindergeschrei, irgendwo kräht ein Hahn. Torsten macht das Fenster von innen auf und guckt durch die Gitterstäbe.

»Apfel oder Birne?«, fragt er.

»Hauptsache, kalt.«

»Bei mir is alles kalt.« Als ich reinkomme, sehe ich tatsächlich zuerst den offenen Kühlschrank, vor dem er kniet. Die Bierflaschen sind gestapelt, in der Tür steht Schnaps in allen Farben.

»Ich hab sogar Eis«, sagt Torsten und klappt stolz das Gefrierfach auf. »Und Cola.«

»Vitamine sind schon ganz gut«, sage ich.

»Dann Birne«, sagt Torsten. »Hatte ich schon lange nicht mehr.«

Er nimmt zwei Gläschen, die auf dem Tisch neben dem Kühlschrank stehen.

»Setz dich!«

In der Mitte vom Raum steht ein weißer Plastiktisch mit ein paar Gartenstühlen drum herum. Alles etwas vergilbt. In einer Ecke steht eine DDR-Wäschetrommel, obendrauf ein riesiger Röhrenfernseher, daneben ein Plastekorb voll mit Bierflaschen. Ich lege meinen Autoschlüssel auf die Theke, neben einen Stapel Bücher und einem überquellenden Aschenbecher.

»Und was ist da?«, frage ich und zeige auf die Tür hinter der Theke.

Torsten lässt einen Eiswürfel in jedes Glas klimpern.

»Garage«, sagt er. »Da kommt die Waschanlage rein.«

»Cool.«

»Zeig ich dir gleich ma!«

Er drückt mir ein Glas in die Hand und schließt die Tür auf.

»Wenn das mit den Milchpreisen nich besser wird«, sagt er, »könnt ihr auch bei mir investieren. Hab ich Jan auch schon gesagt.«

In der Garage ist es stockdunkel, meine Augen müssen sich erst mal gewöhnen. Dabei gibt es sogar Fenster, aber die sind so dreckig und verstaubt, dass fast kein Licht durchkommt. In der Mitte liegt eine dicke Plane.

»Dadrunter ist eine Werkstattgrube, also nich raufgehen«, sagt er, aber ich hab das Gefühl, dass da was ist, was ich nicht sehen soll. Die Grube ist voll mit irgendwas, sonst würde die Plane ja runterhängen und nicht so verbeult aussehen.

»Das wird aber teuer«, sage ich, weil ich mir wirklich nicht vorstellen kann, dass in diesem vergammelten Schuppen irgendwann mal eine Waschanlage sein soll.

Und ich mir auch nicht vorstellen kann, dass Jan hier was investiert.

»Bezahlbar!«, sagt Torsten.

Ich nippe an meiner Birne, die so kalt ist, dass man eigentlich gar nichts schmeckt. In einer Ecke stehen die Kanister, die Torsten in Hamburg in seinen Golf gewuchtet hat. Immer noch voll.

Torsten geht an der Werkstattgrube vorbei, stellt seine Birne auf den Boden und macht erst einen Torflügel auf, dann den anderen, das Licht flutet durch den Raum.

»Ja, so is das«, sagt Torsten und schlendert an mir vorbei zurück in den Laden. »Ah, Kundschaft.«

Durch die Fenster sehe ich einen dunkelgrünen Polo, der direkt vor meinem Ford stehen bleibt. Mark steigt aus, in Zivil.

»Fahr man lieber rein!«, ruft Torsten ihm zu.

Also schmeißt Mark den Motor wieder an und steuert rückwärts in die Werkstatt. Torsten holt noch ein Glas raus und strahlt, als wäre nichts. Aber Mark ist irritiert, dass ich da bin, das sehe ich genau.

»Hi.«

»Wie geht's?«

Torsten drückt Mark ein volles Glas in die Hand.

»Erst die Arbeit«, sagt Mark, stellt das Glas auf den Tisch und geht zurück in die Garage.

»Die dahinten?«, fragt er und nickt zu den Kanistern rüber.

»Jipp.«

Mark macht seinen Kofferraum auf und hievt einen Kanister rein, Torsten nimmt den zweiten. Ich gehe zurück in den Laden, raus zu den alten Tanksäulen. Die

Luft ist schwül trotz des Windes. Der Himmel hat einen dunklen Violett-Ton bekommen. Auch die Schwalben fliegen nicht mehr so hoch wie sonst. Ich bleibe neben meinem Auto stehen, hole mein Handy raus, wische das Display sauber, kann mich aber nicht durchringen, Caro anzurufen. Warum hat sie mir nicht gesagt, dass Torsten Bescheid weiß? Geht's ihr gut?

Was ist los?, schreibe ich.

Wo bist du? Ruf mich an!

Die Baracken neben der Tankstelle sind völlig zugewuchert. Meine Brandblase brennt, aber ich merke sie nur, wenn ich mich darauf konzentriere. Keine Ahnung, ob ich fahren oder noch bleiben soll. Auf jeden Fall werde ich keinen Tropfen Alkohol mehr trinken heute und neuen Kirsch kaufe ich mir auch nicht mehr. In meinem Kopf dröhnt es und mein Magen zieht sich zusammen. Wenn ich so weitermache, sehe ich bald aus wie mein Vater.

Als ich wieder in die Tanke komme, sitzt Mark am Tisch und pult an seiner Bierflasche. Torsten kommt mit einem Buch in der Hand von der Theke.

»Das musst du lesen«, sagt er und streicht über das Cover. »Da steht alles schon drin.«

»Lass mich mit deinen Büchern in Ruhe!«, sagt Mark.

Ich setze mich auf den freien Stuhl neben ihn.

»Weiß man schon was?«, frage ich. »Ob es Brandstiftung war?«

Torsten macht mein Glas noch mal voll mit Birne, legt das Buch in eine Bierpfütze und setzt sich.

»Wird man wahrscheinlich auch nie rausfinden«, sagt Mark.

Der Wind weht Staub durch die Tür zu uns rein.

»Eigentlich is es ja gut für euch! Für Feuer kriegt ihr bestimmt ordentlich was.«

»Meinst du?«, sage ich.

»Muss ich mir nachher mal angucken«, sagt Torsten.

»Ganz schön krass«, sagt Mark. »Warst du schon da?«

Ich schüttel den Kopf.

»Und jetzt haben sie Regen angesagt. Jetzt!« Mark kippt seinen Schnaps runter.

»Ich muss los«, sage ich und stehe auf.

Der Wind knallt die Tür zu.

»Vielleicht komm ich nachher ma vorbei«, sagt Torsten. »Muss mir das ma angucken da.«

Mein Handy piept, als ich die Tür hinter mir zumache.

Caro: *Alles ok. Meld mich später.*

Die Straße nach Schattin wird immer schlechter. Überall knallt Rollsplitt gegen den Wagen, und ich hab das Gefühl, gleich von der Straße zu rutschen, weil der Rand so abgebröckelt ist. Der Alkohol in meinem Blut macht das alles auch nicht besser. Wenn mir jemand entgegenkommt, lande ich wieder im Graben, das weiß ich. Erst als ich beim Hof von Caros Eltern vorbeifahre, fällt mir auf, dass meine Tachonadel immer noch auf der 80 hängt. Ich bremse, werde nach vorne gedrückt und falle in den Sitz zurück. Die Rottweiler bellen wie verrückt und springen am Zaun auf und ab.

Das Feld ist so schwarz wie meine Wimpern und über den verkohlten Stoppeln hängt Rauch. Vor dem Haufen, der mal die Scheune war, stehen noch ein Feuerwehrwagen und ein Trecker und ein paar Männer, die sich kurz zu mir umdrehen, als ich die Autotür zuschlage. Auf dem Sandweg sieht man nur die Abdrücke von Reifen und Stiefeln und von den Wasserschläuchen, als wären riesige Schlangen drübergekrochen. Der Wald hinter dem Feld sieht nicht so aus, als ob er was abbekommen hätte, die Bäume sind grün und schaukeln hin und her und dadrüber kreist ein Greifvogel und schreit.
Aber der Wald ist eigentlich ein Moor oder zumindest der feuchteste Wald, den ich kenne. Jeden Winter steht das Wasser so hoch, dass sich die Bäume drin spiegeln

und der Himmel, und früher hab ich mir immer vorgestellt, wie es wäre, mit Schlittschuhen da durchzufahren. Haben wir aber nie gemacht, wir sind immer nur auf dem Dorfteich gewesen oder den Pfützen auf den Feldern.

Die verkohlten Stoppeln sind vom Wasserstrahl an den Boden gedrückt. Ab und zu steht da eine ganz normale Ähre. Der Wind fährt immer wieder in die Asche, aus der noch ein paar Balken ragen, und wirbelt sie auf zu einer grauen Wolke.

»Tach«, sage ich und die Männer drehen sich um.

»Tach«, sagt Caros Vater. Uwe sieht völlig fertig aus, aber er ist auch Gruppenführer oder so was Ähnliches.

Neben ihm steht Karl-Heinz, und etwas weiter Richtung Wald drei Feuerwehrjungs in ihrer blauen Uniform, die haben immer noch einen Schlauch in der Hand, aus dem das Wasser spritzt.

»Brennt es noch?«, frage ich.

»Mehr oder weniger«, sagt Uwe. »Ham aber alles unter Kontrolle.«

Wir stehen schweigend da und gucken übers Feld und den Rest von der Scheune. Ich atme den Rauch ein, der aus dem Boden kommt. Verbrannter Lehm, verbranntes Korn, feuchter Sand, als hätte es geregnet, und ich weiß nicht, ob das Weiße wirklich Rauch ist oder das verdunstende Wasser, das wie Nebel aufsteigt.

»Dass das einfach so abbrennt«, sage ich. Oder denke ich.

Ich rieche das Haarspray nicht mehr. Ich schmecke kaum noch *Juicy Peach*, alles ist nur noch Qualm.

Dann höre ich Motorengeräusche, und als ich mich umdrehe, sehe ich Torstens Golf den Berg runterrasen.

Er muss gleich, nachdem ich weg bin, losgefahren sein. Ich gucke auf mein Handy, aber Caro hat sich noch nicht gemeldet. Zur Sicherheit lösche ich ihre SMS und die, die ich ihr geschrieben habe, auch.

Torsten hält direkt hinter meinem Wagen. Mit einer vollen Flasche Pfeffi in der Hand kommt er auf uns zu.

»Mann, Mann«, sagt er. »Hier is wat los.«

Er drückt Uwe die Flasche in die Hand, dreht sich einmal im Kreis, als müsste er das neue Panorama erst noch begreifen, schüttelt den Kopf.

»Wir ham dich vermisst heute Nacht«, sagt Uwe.

»Feuer is nich so mein Ding«, sagt Torsten. Er reicht den Pfeffi an mich weiter. Eine Windböe fährt in die Asche.

»Habt ihr ja auch ohne mich ganz gut hingekriegt. Echt ma. Hab ich mir schlimmer vorgestellt.«

»Uwe!«, ruft einer der Jungs am Schlauch, und Caros Vater und Karl-Heinz lassen uns stehen und gehen rüber.

»Weißt du, was ich wirklich schlimm finde?«, sagt Torsten. »Dass ich dachte, ich kann wenigstens dir vertrauen.«

Er nimmt einen Schluck und starrt auf das schwarze Feld, über dem der violette Himmel immer dunkler wird. Gänsehaut breitet sich auf meinen Armen aus.

»Ich war selber voll geschockt.«

Torsten verdreht die Augen.

»Erzähl mir nich so 'ne Scheiße. Denk dran, dass ich ein Geheimnis von dir hüte.« Er trinkt einen Schluck, dreht wütend die Flasche zu und sofort wieder auf. »Noch«, sagt er und guckt an mir vorbei zur Scheune.

Warum hat Caro mich nicht angerufen, mir nicht irgendwas gesagt, was ich sagen soll und was nicht?

»Ich hab auch schon Tage nichts mehr von ihr gehört«, sage ich. »Ich hab versucht, sie anzurufen, hab ihr geschrieben. Nichts.«

Alles, was ich dazu sagen könnte, wäre zu viel.

»Nach all den Jahren legt die mir 'n Zettel auf'n Küchentisch.«

»Die muss irgendwie ausgetickt sein«, sage ich.

»Erzählt mir was von irgend 'ner Freundin.« Torsten schüttelt den Kopf.

Sie hätte ihm gleich sagen sollen, was los ist, und mir auch.

»Aber du weißt doch, wer das is?«, sagt er. »Kannst du mir nich erzählen, dass du das nich weißt.«

Einer der Jungs dreht den Schlauch ab. Erst wird der Strahl immer weniger, dann tröpfelt nur noch ein bisschen Wasser raus. Die Schwalben fliegen so niedrig, dass sie fast unsere Köpfe streifen.

»Ich weiß nur, dass er in Lübeck im Krankenhaus arbeitet.«

Prinz kommt mir aus dem Stall entgegen.

»Na, mein Kleiner«, sage ich und streiche ihm über den Kopf. »Na?«

Er tapst mir hinterher, am Milchtank vorbei bis in den Melkstand. *Welle Nooord.* Jan desinfiziert die Zitzen.

»Jan!«, rufe ich durch das Dröhnen der Melkmaschinen.

Er dreht sich um, geht ein paar Schritte und bleibt unten an der Leiter stehen, ich beuge mich runter und küsse ihn auf die Stirn.

»Ich mach die Kälber«, sage ich.

»Manuela hat sich noch mal hingelegt, aber du sollst sie wecken«, sagt er.

Bevor der Gesang von *It's Raining Men* einsetzt, bin ich wieder draußen. Der Wind fegt Staub über den Hof. Prinz schnüffelt am Gartenzaun, da, wo die Hühner immer im Sand baden.

»Kommst du mit rein?«, frage ich, aber er hebt nicht mal den Kopf, schnüffelt einfach weiter.

»Prinz?«, sage ich.

Er zuckt nur mit den Ohren und schnaubt beim Ausatmen kleine Staubwolken in die Luft. Sand klebt ihm an der Nase. Auch als ich ein paar Schritte gehe, folgt er mir nicht.

Keine Ahnung, ob ich mich schon mal so allein gefühlt hab. Ich gehe durch die Küche und so leise wie möglich durch den Flur in die Stube. Saurer Apfel ist nicht mehr da, Kirsch auch nicht, nur ein Schlehenwein, der schon seit drei Monaten abgelaufen ist. Ich trinke ein paar Schlucke aus der Flasche, hole mein Handy raus, suche Caros Nummer. *Nachricht schreiben.* Ich tippe: *Hey Caro, ich*, lecke mir den Wein von den Lippen, *hab mit Torsten...* Das *n* blinkt noch ein paar Mal, dann bleibt es stehen. Ich drücke auf die Taste mit dem roten Hörer, erst verschwindet das *n* wieder, dann *e t s r o T*, dann sind auch alle anderen Worte wieder weg und das Display ist so leer und grau, dass sich mein Gesicht darin spiegelt. Ich hab vier Augen, zwei Münder und Nasen in verschiedenen Größen. Mein Ohr schiebt sich in meine Wange.

Zurück in der Küche setze ich das Wasser für das Milchpulver auf, dann ziehe ich mir die Stiefel wieder an und gehe in die Diele und wieder über den Hof zur Scheune.

Niemand ist bei den Kälbern. Ich knipse das Licht an, höre das Rascheln in den Buchten und ein ganz leises Muhen. Die Sterken gucken mir entgegen und warten auf das Heu. Aber erst mal sind die Kleinen dran. Also geh ich in die Kammer und schöpfe das Milchpulver mit dem Messbecher in eine Kanne. Durch das kleine verschmierte Fenster fällt kaum Licht rein, außerdem hängen Spinnweben davor, voll mit eingesponnenen Fliegen.

Mein Handy vibriert.

»Wo bist du?«

»Selber hallo!«, sagt Caro.

Die ganze Zeit dachte ich, es gäbe tausend Dinge, die ich sie fragen will, aber jetzt fällt mir gar nichts mehr ein.

»Du hättest mir ja mal was sagen können!«

»Ich wollte nicht so viel darüber reden«, sagt sie.

So nachdenklich klang ihre Stimme schon ewig nicht mehr.

»Kennst du das nich? Dass du denkst, dann geht das nich mehr in Erfüllung.«

Vielleicht ging es mir genauso mit Klaus. Ich lege den Messbecher zurück in den Milchpulversack und gehe ans Fenster.

»Und deine Wohnung?«

Ich kann mir nicht vorstellen, dass sie sie einfach so aufgibt, die Blumen, die sie an die Wände gepaust hat, die Tischdecken, all die Vasen und Kerzen.

»Das sind doch nur Möbel.«

Na ja.

»Hol ich irgendwann ab, wenn ich weiß, dass Torsten nich da ist.«

Die Hühner scharren vor der Stalltür.

»Ich muss dir noch was beichten.«

Caro klingt, als würde ich danach kein Wort mehr mit ihr sprechen.

»Vielleicht weißt du es sowieso schon. Es ist auch gar nichts Schlimmes.«

Der Hahn gackert, als würde er irgendwo Gefahr wittern.

»Ich hab rausgefunden, dass Torsten und Mark, und ich glaub auch Jan, in diese Windräder eingebrochen sind, also nicht nur in das bei euch, auch schon vorher, in die anderen.«

»Echt?«, sage ich, obwohl ich nicht besonders überrascht bin.

»Ich hab da so Sachen gefunden in Torstens Tanke.«

»Warum machen die denn so was?« Auch diese Frage meine ich eigentlich gar nicht ernst, aber Caro war auch nicht ehrlich zu mir.

»Das war auch so ein ausschlaggebender Punkt«, sagt sie.

Irgendwie bin ich stolz auf Jan, dass er das schon so lange macht, ohne aufgeflogen zu sein, dass nicht mal ich es mitbekommen hab.

»Es gibt jetzt Essen. Wir können ja morgen noch mal telefonieren, oder du kommst mal im Laden vorbei und wir gehen Kaffee trinken. Und sag Torsten bitte nichts. Der muss erst mal runterkommen.«

»Klar.«

Ich wische durch den Staub auf dem Fensterbrett.

»Mach's gut, Süße!«

Tuten.

Obwohl ich hier fast jeden Tag bin, fallen mir zum ersten Mal diese Tütchen und Flaschen auf, die ganz oben im Regal stehen. Ein durchsichtiger Kanister mit einer schwarzen Flüssigkeit. *Bantol N*, keine Ahnung, was das ist. Und daneben eine Tüte mit Totenkopf. Ich drehe einen Eimer um, steige drauf und angel die Tüte runter. *Rat Storm. Der hochwirksame Köder für die effektive Ratten- und Mäusebekämpfung.* Die Packung ist ziemlich alt und verstaubt und ich greife rein und ziehe einen rötlichen Ring raus, der aussieht wie Hundefutter. Er riecht auch ein bisschen so. Einen Moment bin ich kurz davor, mir dieses Zeug einfach in den Mund zu stecken.

»Prinz!«, rufe ich.

Er muss noch irgendwo draußen sein. »Prinz!« Aber die Tür ist auf, und dann höre ich ihn auch schon in den Stall tapsen.

»Na komm!«

Er bleibt in der Tür stehen, guckt mich zögernd an, als würde er genau wissen, was ich vorhabe. Ich halte ihm den Ring hin. Wahrscheinlich sind die Sachen so alt, dass sie ihre Wirkung verloren haben.

»Mh?«, mache ich, und da kommt er doch auf mich zu, schnuppert an dem Leckerli, nimmt es mir aus der Hand und frisst es einfach auf. Er bleibt sogar stehen und wedelt mit dem Schwanz, guckt mich an, als wollte er noch mehr haben. Also nehme ich noch einen Ring aus der Tüte und noch einen und fütter ihn damit.

»Lecker?«

Ich steige wieder auf den Eimer und stelle die Packung zurück, streiche Prinz noch mal durchs Fell, dann nehme ich die Kanne mit dem Milchpulver.

In der Küche sitzt Manuela, vor ihr liegt ein angebissenes Käsebrötchen.

»Sie hat sich bewegt«, strahlt sie mich an.

Eine Hand liegt auf ihrem Bauch. »Willst du mal fühlen?«

Bevor ich irgendwas sagen kann, nimmt sie meine Hand und legt sie unter ihren Bauchnabel.

»Schon den ganzen Nachmittag«, sagt sie. »Ich konnte kaum schlafen.«

Ihr Bauch ist heiß und viel fester, als ich dachte. Trotzdem kann ich mir nicht vorstellen, durch diese Fettschicht irgendwas zu spüren.

»Da«, sagt Manuela, und einen Moment habe ich wirklich das Gefühl, dass da irgendwas war, wie ein Fisch, der mit seinen Flossen schlägt und das Fett zum Zittern bringt.

»Hast du's gespürt?«

»Ja«, sage ich und ziehe meine Hand weg.

»Da«, sagt Manuela schon wieder, beide Hände auf ihren Bauch gepresst. Sie guckt irgendwo in sich rein und ich nehme den Wasserkocher und gieße ihn über der Milchkanne aus, mache ihn noch mal mit kaltem Wasser voll und schütte es dazu.

»Ich weiß nicht, was auf einmal los ist mit ihr«, sagt Manuela. »Langsam wird sie wirklich lebendig.«

Mit dem Schneebesen verrühre ich das Milchpulver und das Wasser. Es schäumt und spritzt ein bisschen, aber ich kann nicht sehen, ob alle Klumpen aufgelöst sind, und rühre und rühre.

»Ich helf dir gleich«, sagt Manuela und steckt sich den letzten Happen von ihrem Brötchen in den Mund.

Prinz ist vor mir in der Diele. Ich schleppe die Milchkanne auf den Hof, und als ich Torstens Golf sehe, der vor dem Tor steht, rutscht mir der Griff aus der Hand und die Milch schwappt aus der Kanne.

Prinz läuft los, rennt über den Hof, knurrt, und sobald er am Tor ist, fängt er an zu bellen.

»Aus!«, brüllt Frank, aber Prinz kläfft weiter, und als Frank einen Schritt zur Seite geht und ihn am Halsband festhält, guckt Torsten direkt zu mir rüber. Meine Hände sind voll mit warmen Milchspritzern. Ich nehme den Griff von der Kanne, die sofort wieder gegen meine Knöchel schlägt. Im Stall drücke ich die Tür hinter mir zu. Ich könnte mich hinter den Strohballen verstecken und nie wieder rauskommen. Die Sterken brüllen.

»Ruhe!«, sage ich, aber sie hören nicht auf mich.

Die Kälbchen rascheln im Stroh. Das jüngste von

ihnen, das in der vordersten Bucht steht, ist fast vollkommen weiß. Es hat nur ein paar schwarze Flecken auf dem Rücken und an den Beinen, und das Fell ist noch weich. Schon als ich ihm über den Hals streiche, fängt es an, mit den Füßen zu stampfen, und versucht, meinen Arm mit seiner Zunge zu erreichen. Ich gebe ihm meine Hand. Es saugt sich sofort an meinen Fingern fest, die raue Zunge und der Gaumen mit den Rillen.

»Ich bin nicht deine Mutter«, sage ich und ziehe meine Hand aus dem Maul, wische sie trocken im Fell, dann stelle ich die vier Eimer in eine Reihe. Die Kälber stoßen wie verrückt gegen die Gatter, und ich versuche, die Kanne anzuheben, aber ich schaffe es nicht.

Ich höre kein Bellen und kein Motorengeräusch, nur irgendwo ein Summen, das nach Hummel klingt. Die Kälber zappeln und saugen an den verrosteten Metallrohren. Ich atme noch mal ein, nehme den Henkel und mit der anderen Hand greife ich unter den Boden der Kanne und schütte die Milch in einen Eimer nach dem anderen, während mein Handy in meiner Hosentasche vibriert.

Ich hole es erst raus, als alle Kälber an ihren Gumminuckeln saugen und schmatzen und mit ihren Schwänzen wedeln.

Daniela T: *ich will dich sehn lusst heute abent vorbei zu kommen*

Ich ziehe mir das Handtuch vom Kopf, sodass mir die immer noch feuchten Haare auf die Schultern fallen, schiebe die Vorhänge zur Seite und gucke in die Blätter, auf den vertrockneten Dorfteich und zum Bushäuschen, vor dem wieder der rote Golf geparkt hat, an dem Madeleine lehnt und mit irgendeinem Typen knutscht.

Vor dem Tor steht immer noch Torstens Wagen.

Ok aber ich weiß noch nich wann ichs schaffe.

Senden.

Dann hole ich meine Reisetasche wieder vom Schrank, stopfe meine Unterwäsche in die kleine Seitentasche, Slips, BHs, Socken, die Pillenpackung dazwischen. Die Treppe knarrt. Ich schiebe die Reisetasche zu dem Koffer unters Bett, mache den Kleiderschrank zu.

»Torsten is schon wieder total dicht«, sagt Jan. »Das kann dauern.«

»Wegen Caro?«

Jan nickt.

»Kann ihn ja verstehen.« Jan lässt sich aufs Bett fallen. »Aber wir ham grad andre Probleme.«

Dabei macht er gar nicht den Eindruck, als würde ihn das mit der Scheune besonders stören.

»Ist das denn schlimm?«, frage ich. »Mit dem Brand?«

Jan holt einen Karabiner und ein zusammengeknülltes Strohband aus seiner Hosentasche. Strohstaub rieselt aufs Bett.

»Was heißt schon schlimm?«

Mein Handy vibriert über den Nachttisch.

Daniela T: *Bin eh noch länger wach. rosa luxemburg str 43.* Ein Zweig schabt über die Hauswand. Ich gucke noch mal runter, aber Torstens Wagen steht direkt vor dem Tor, da komme ich mit meinem Ford nicht vorbei.

Jan schwingt sich vom Bett.

»Ich werd ma wieder«, sagt er, nimmt seinen Pullover vom Stuhl und geht zurück in den Flur.

Ich lege meine Kleider zusammen, meine Röcke, meine Jeans, und schon ist meine Reisetasche voll. Das Ladegerät für mein Handy passt noch rein, aber außen am Schrank hängen noch meine Handtaschen.

Ich sitze auf meinem Bett und kann nicht mehr aufstehen, lese noch mal die letzten SMS von Danilo, dann lösche ich alle, die ich von ihm bekommen habe. Was stand noch mal in meinem Horoskop? Im Juli lernen Sie den Mann Ihrer Träume kennen? Der ganze Sommer voller Leidenschaft? Ich ziehe mir die Jogginghose ein bisschen runter, greife mir in den Slip und taste über die Brandblase, sie ist kaum noch zu fühlen. Caro hat ein Tattoo und ich habe eine Brandblase. Vielleicht hätte ich mir doch das ganze Horoskop bestellen sollen. Ich nehme die Feile aus der Schublade vom Nachttisch und pule mir den Sand aus den Nägeln. Im Haus ist alles still, keine Stimmen, keine Tür, nichts. Ich lege die Nagelfeile zurück, ziehe mir die Hausschuhe aus und gehe den Flur entlang bis in das kleine Zimmer am Ende, das neue Kinderzimmer. Von da kann man in den Garten gucken. In einer Ecke steht Jans alter

Stubenwagen, mit hellblauem Himmel und Sternchen, auf denen Bären sitzen. Das letzte Tageslicht fällt auf den Spielteppich. Ganz vorsichtig gehe ich ans Fenster. Ich höre Männerstimmen, aber ich kann nichts verstehen. Torsten sitzt in der Hollywoodschaukel, Jan im Gartenstuhl ihm gegenüber. Auf dem Tisch stehen eine Flasche Korn und drei Gläser, ich kann Franks riesige Arme sehen. Sein Körper ist von dem Haselnussstrauch verdeckt, unter dem Prinz liegt. Nur die Vorderbeine und die Spitze der Schnauze sind zu sehen.

Torsten schaukelt vor sich hin. Ich drehe den Fenstergriff so langsam wie möglich nach oben, ziehe das Fenster einen Spalt breit auf.

»Ja, wie man sich manchma täuschen kann in die Weiber«, sagt Frank.

Stille.

Dann Torstens Stimme, so leise, dass ich nichts verstehe, außer das »Weißt?« am Ende.

Eine Windböe zieht das Fenster zu. Ich erschrecke mich so, dass ich zurückstolpere und dabei gegen den Stubenwagen stoße, der mit quietschenden Reifen über den Boden fährt und erst am Wickeltisch wieder zum Stehen kommt. Ja, wie man sich manchmal täuschen kann.

Ich gucke noch mal aus dem Fenster, aber ich traue mich nicht mehr, es aufzumachen. Also schiebe ich den Wagen wieder an die Stelle, an der er stand, und laufe zurück in unser Schlafzimmer. Dort nehme ich die violette Handtasche und stecke mein Portemonnaie rein, die Handcreme, die Nagelfeile. Wie man sich täuschen kann. Ich stecke die Herz-Neun und die winzige Streichholzschachtel zwischen all die Klamotten. Dann gehe ich die Treppe runter, in die Stube. Manuela klappert in der Küche mit den Tellern und summt vor sich hin. Ich nehme den Schlehenwein, setze mich an den Tisch und gucke raus auf den Dorfplatz. Madeleine knutscht immer noch. Sie hat ultrakurze Hotpants an, und der Typ hat seine Hand auf ihrem Hintern. Der Wein tut unwahrscheinlich gut.

Ich glaube, ich schaff es heute nich mehr. Morgen?

Dann stelle ich die Flasche zurück, gehe hoch in unser Zimmer, ziehe mir die Stallsachen aus und lege mich ins Bett. Unter dem Kopfkissen halte ich mein Handy umklammert.

Als ich aufwache, ist es dunkel. Die Dielen knarren. Jan atmet schwer. Er läuft am Bettende auf und ab. Ich halte noch immer mein Handy in der Hand. Ich atme tief ein und wieder aus und versuche, mich so wenig wie möglich zu bewegen.

»Scheiße«, flüstert Jan.

Prinz, denke ich. Bestimmt ist es wegen ihm. Das Gift hat doch gewirkt. Und er liegt jetzt tot unten auf dem Boden. Tränen laufen mir aus den Augen. Prinz wimmert. Oder sind das nur die Äste, die über die Scheiben quietschen? Jan hat das Fenster aufgemacht. Ich höre eindeutig das Rauschen von Regen und ein leises Donnergrollen in der Ferne.

Was passiert denn bei Rattengift? Verblutet man von innen, weil es alles zerstört, die Zellen und die Wände der Venen, bis das Blut überall in den Körper läuft? Irgendwie hätte ich versuchen können, um Torstens Wagen rumzukommen, ihn notfalls selber zur Seite fahren sollen, dann wäre ich jetzt weit weg

»Scheiße, Scheiße, Scheiße«, flüstert Jan. Dann knallt das Fenster zu.

Jans Gürtel klappert auf den Boden. Wie können sich die Wände von Venen denn einfach auflösen?

Der Wecker piept, erst langsam und leise, dann wird er immer schneller und lauter. Jan liegt jetzt schwer und warm neben mir, dass weiß ich, auch wenn er sich nicht bewegt. Ich bin tatsächlich wieder eingeschlafen. Mein Handy ist nicht mehr in meiner Hand. Ich taste unter meinem Kopfkissen danach, aber es ist nicht da. Der Wecker piept immer schneller. Hat Jan es genommen? Warum bin ich nicht aufgewacht? Wind drückt die Äste gegen das Fenster. Regen prasselt auf die Lindenblätter. Ich taste das Bettlaken ab, unter meinem Kissen, unter meiner Decke, nichts. Ich höre Jans Atem, das Bett knarrt. Ich stelle mich schlafend. Mit einem leisen Stöhnen steht er auf, dann geht der Wecker aus.

»Christin? Bist du wach?«

Ich versuche, ganz ruhig zu atmen, obwohl ich am liebsten schreien würde.

»Christin?«

Ich höre wieder den Gürtel klappern. Mit nacktem Oberkörper steht Jan am Fenster und macht sich die Hose zu. Ich muss an seine Brustwarzen denken und an die feinen, blonden Haare, die daneben wachsen, wie meine Lippen darüberfahren, wie ich in seine weiche Haut beiße. Er zieht die Vorhänge zur Seite. Regentropfen laufen über die Scheibe. Als er sich umdreht, mache ich die Augen wieder zu, höre ihn atmen, höre, wie der Dielenboden quietscht, und ich weiß, dass er jetzt noch sein T-Shirt anzieht, das über der Stuhllehne hängt, und die Socken, die er gestern schon anhatte. Die Tür fällt ins Schloss, dann knarrt die Treppe unter seinen Schritten.

Ich hebe mein Kopfkissen an.

Nichts.

Ich knipse die Lampe an.

Nichts.

Ich setze mich hin und stoße mit den Füßen gegen etwas Hartes.

Da liegt es auf dem Boden, halb unter dem Nachtschrank.

Eine neue SMS.

Daniela T: *ok sag einfach bescheit*

Meine Stallsachen liegen noch auf dem Stuhl in der Ecke. Die Morgenluft ist so frisch und kühl wie seit Wochen nicht mehr. Ich ziehe die kurze Jeans noch mal an und über das Top ein langes Shirt und den Kapuzenpullover. Dann laufe ich die Treppe runter. Im Flur brennt Licht. Prinz liegt unter dem Küchentisch, den Kopf auf den Beinen hebt er nur die Lider und guckt mich an, fiept ein bisschen, zuckt mit den Hinterläufen über den Boden. Kaffee tröpfelt in die Kanne.

»Jan?«, flüstere ich so laut wie möglich.

Aber ich höre nichts, nichts im Badezimmer, nichts in der Speisekammer, nichts in der Stube. Ich schlüpfe in die Stiefel. In der Diele brennt schon Licht. Die Fresser scharren im Stroh, aber unter dem Türspalt ist noch alles dunkel. Der Wind reißt mir das Tor aus den Händen. Tropfen schlagen mir ins Gesicht. Es riecht nach nassem Staub, nach Regen auf zu trockenem Boden. Schon lange war kein Morgen mehr so dunkel.

Ich renne über den Hof. Der Beton ist nass, aber die Wärme der letzten Wochen ist noch in den Platten gespeichert und steigt jetzt auf. Im großen Stall brennt das Licht. Alles ist still, kein Radio. Die Maschinen pumpen noch nicht.

»Jan?«

Der Melkstand ist leer. Er muss bei den Kühen sein, irgendwo im Stall, um sie auf die andere Seite zu treiben. Ich beuge mich über die Schranke. Die Kühe trotten auf mich zu, biegen vor mir ab, auf die andere Seite vom Stall. Auf den Matten liegt kaum noch eine. Jan muss ganz hinten am Tor sein.

Ich laufe die Stufen zur Brücke hoch, die über den Kühen auf den Futterstand führt, an der Kraftfutteranlage vorbei. Die Gitter klappern unter meinen Schritten und hallen durch das Dach. Jetzt sehe ich ihn. Jan geht hinter der letzten Kuh, mit dem Stock in der Hand.

»Was ist los?«, rufe ich runter zu ihm.

Ich halte mich an den Metallrohren fest.

»Jan!«

Die Pellets rieseln durch das Rohr. Es macht mich verrückt, das zu hören. Wie kann es sein, dass die Sender der Kühe noch funktionieren? Dass die Computer in diesem Moment jedes Gramm aufzeichnen, das in diesem Stall gefressen wird? Und dass die Kühe immer noch trotten und trotten?

Ich weiß nicht, ob Jan mich verstanden hat. Ich laufe die Stufen runter, auf den Futterstand, über den glitschigen Boden voller Silage-Reste und Mais. Zwischen Jan und mir ist nur das Gatter, durch das die Kühe ihre Köpfe stecken, wenn sie fressen.

»Was ist los?«, frage ich noch mal.

Die Kühe sind schon fast alle auf der anderen Seite. Jan bleibt nicht stehen.

»Das weißt du besser als ich«, ruft er nur und geht weiter über die Spalten, ganz langsam und entspannt, um die Kühe nicht aufzuregen.

»Du musst mir schon sagen, was los ist!«, sage ich.

Eine Fliege landet auf meiner Hand. Ich scheuche sie weg und gehe Jan auf dem Futterstand hinterher.

»Glaubst du, das sieht niemand, wenn du Stunden mit deinem Auto auf dem Berg stehst?«, sagt er.

Der Futterstand ist zu Ende. Ich laufe zurück, wieder hoch auf das Gitter, wieder an der Kraftfutteranlage vorbei.

»Warte!«, rufe ich und springe die Stufen runter, laufe den letzten Kühen entgegen, die erschrocken zurückweichen, an mir vorbeitraben, fast ausrutschen dabei auf den glitschigen Spalten und erst im Gedränge vor dem Melkstand ruhiger werden.

Jan sieht so einsam aus, dass ich gar nicht weitergehen kann.

»Und erzähl mir nicht, du hättest die Aussicht genossen«, sagt er.

In dem Moment weiß ich, dass ich ihn nie wieder küssen werde. Ich sehe seine trockenen Lippen und versuche, irgendwas von ihm zu riechen, aber ich rieche nur Silage und den Geruch von Gülle, der aus den Spalten steigt. Ich weiß noch, wie es sich anfühlt, seine Finger zu halten, und wie weich die Haare in seinem Nacken sind. Ich kann mich auf einmal so gut daran erinnern, dass ich nicht mehr sprechen kann.

»Hau ab!«, sagt Jan. »Ich muss melken!«

Er kommt auf mich zu.

Erst denke ich, alles geht ganz normal weiter, er wird einfach melken und danach wird alles wie immer, aber dann liege ich auf dem Boden, bevor ich die Arme heben kann. Mein Kopf schlägt auf den Beton. Der Stock kracht auf meine Rippen. Zwei, drei, vier. Ich drücke mein Gesicht auf die Spalten. Die Arme über meinen Kopf. Dass er nur mein Gesicht nicht trifft. Sechs, sieben. Meine Stirn tut so weh, viel mehr als die Schläge auf meinem Körper.

Dabei ist es gar nicht so schlecht, dazuliegen und nichts zu tun, einfach nichts zu tun. Meine Haare. Meine Klamotten. Alles voller Kuhscheiße. Mein Gesicht. Aber das kann man abwaschen, das kann man alles abwaschen.

»Verschwinde endlich!«

Ich warte auf den nächsten Schlag, aber da kommt nichts mehr. War das alles? War das die ganze Kraft, die er für mich noch übrig hat?

»Hau ab!«

Ich kann nicht verschwinden. Ich liege hier und will hier liegen bleiben, bis ich sterbe. Warum kann ich noch denken und sehen und alles?

Ich höre, wie Jans Schritte leiser werden, höre das Quietschen, als die Schranke hinter ihm zugeht, das Plätschern vom Wassereimer, in dem er sich die Stiefel sauber macht. Das Radio geht an. *Welle Nord.*

Die Stelle über meiner Augenbraue brennt. In meiner Lunge zieht es bei jedem Atemzug. Ich darf mich nur nicht wieder bewegen. Ich lege meine Hände auf die Spalten, schmecke die Kuhscheiße auf meinen Lippen. Der beißende Geruch von Ammoniak. Ich blinzel in den dämmrigen Stall. Da ist niemand, der mich hier liegen sieht, niemand, der mich aufhebt und irgendwo hinträgt. Es ist fast, als würde ich wieder in der Scheune liegen, auf dem Stroh. Wenn Klaus sich hochstemmt, sich anzieht, um wieder wegzufahren. Ich rieche schon den Duft seiner Zigarette. Und die Luft ist so wunderbar warm. Ich weiß gar nicht, woher die Schmerzen kommen. Vielleicht bin ich nur ausgerutscht, weil ich zu unvorsichtig war. In meinem Kopf wummert es. Nein, ich liege im Stall.

Gleich kommen die ersten Kühe wieder auf diese Seite, gleich, wenn sie gemolken sind. Wenn sie mich sehen, erschrecken sie sich, kriegen Panik. Sie werden auf mich treten, auf meine Arme und Beine, oder mich stoßen, so wie sie es bei den Hunden machen. Jan ist wirklich weg. Niemand steht mehr neben mir.

Ich kann meine Arme bewegen und meine Beine. Ich ziehe mich am Gitter der Kraftfutteranlage hoch. Meine Beine halten mich, auch wenn sich meine Knie wie verklebte Brocken anfühlen.

Die Kühe brüllen und gucken mir von der anderen Gatterseite entgegen, und draußen läuft der Regen durch die Rohre. Jetzt erkenne ich auch das Lied, das im Radio läuft. *Country roads take me home to the place I belong.* Die Melkmaschinen saugen und pumpen in einem anderen Takt. Ein Rinnsal läuft meine Wange runter. Bei jedem Schritt zieht ein Schmerz von meinen Beinen hoch bis in meinen Brustkorb. Wie Muskelkater oder als hätte ich viel zu schwere Milchkannen getragen.

Ich muss meine Sachen in die Waschmaschine stecken. Ich muss irgendwie ins Badezimmer kommen. Ich muss duschen. So kann ich nicht rumlaufen. Ohne in den Wassereimer zu treten, gehe ich in den Melkstand,

West Virginia, so hoch kann ich meine Beine nicht heben, *mountain momma*. Oben an der Treppe bleibe ich stehen. Da ist Jan. Zieht die ersten Pumpen von den Eutern. Die Melkmaschinen sind so laut.

An der Wand hangel ich mich weiter, hinterlasse Dreckspuren auf den Fliesen, auf dem Boden und am Tank. Mit einer Träne läuft mir Gülle über die Lippen. Als ich die Tür nach draußen aufmache, ist es heller, als ich dachte, aber der Regen macht das erste Tageslicht dunkel. Erst kann ich mich kaum überwinden, da rauszugehen, aber dann bekomme ich ein paar Tropfen ab, die gar nicht kalt sind, sondern warm. Aus der Regenrinne, die vom Stalldach kommt, plätschert es in die Tränke. Sie ist voll bis zum Rand, Blätter und Blüten schaukeln auf der Oberfläche. Die Trockensteher drängen sich unter dem Dach zusammen.

Auch im Kälberstall brennt jetzt Licht, das sehe ich durch den Spalt unter der Tür. In meinem Kopf pocht es bei jedem Schritt. Ich wische mir die Hände am Pullover ab. Überall das Tröpfeln und Rieseln vom Regen.

»Christin?«, höre ich Manuela rufen.

Aber die Tür vom Kälberstall bleibt zu. Ich versuche schneller zu gehen.

»Bist du das?«

So leise wie möglich hebe ich den Verschluss vom Dielentor nach oben, schlüpfe durch den Spalt und verschwinde in der Dunkelheit. Ich taste mich am Stroh entlang, bis ich gegen die ersten Schuhe stoße, ziehe meine Beine aus den Stiefeln und stolpere in den Flur, in die Küche. Alles riecht nach Kaffee, die Kanne ist voll.

Ich laufe durch die Speisekammer ins Bad, verriegel

die Tür. Den Pullover aus, die Hose runter. In die Waschmaschine, alles.

Dann stehe ich vor dem Spiegel und sehe den Riss auf meiner Stirn kaum, weil er so voll ist mit Dreck. Blut und Kuhscheiße laufen mit dem Regenwasser über meine Wange. Meine Haare kleben in der Wunde.

Ich steige in die Badewanne.

»Christin?«, ruft Manuela vor der Tür.

Das Wasser ist so laut. Ich kann sie nicht hören. Aber ich höre den Wasserkocher in der Küche rauschen. Die Milchkanne klappert. Eine dreckige Brühe läuft an meinen Füßen vorbei in den Abfluss, vorbei an meinem kirschroten Nagellack. Ich ziehe den Duschvorhang zur Seite und wühle in der Medizinkiste nach den Kopfschmerztabletten, mache alles nass, drücke eine raus und noch eine und schlucke sie mit dem Wasser aus dem Duschkopf runter.

Dann Shampoo in die Haare. Vanilleduft. Der Schaum läuft über die blauen Flecken auf meiner Hüfte. Mein Handy, wo ist mein Handy? Hab ich es mit all meinen Sachen in die Waschmaschine gesteckt? Oder oben liegen gelassen? Ich steige wieder aus der Wanne, lasse die Dusche laufen, knie mich vor die Waschmaschine, tropfe alles voll und ziehe die Klamotten aus der Trommel. Ich gucke in jeder Tasche nach.

Nichts.

Alles wieder rein. Wieder unter die Dusche. Was hat Danilo noch mal geschrieben? Ich soll vorbeikommen, wann immer ich will. Rosa-Luxemburg-Straße 43. Danilo Tews. Als ich den Hahn endlich zudrehe, höre ich nur noch den Regen.

Erst als ich mir völlig sicher bin, dass Manuela nicht mehr in der Küche ist, entriegel ich die Tür, halte das Handtuch unter meinem Kinn zusammen und gehe vorsichtig über die Fliesen durch die Speisekammer. Nein, ich höre nichts. Nicht mal die Kaffeemaschine.

Prinz liegt immer noch unterm Tisch und schläft. Sein Bauch hebt und senkt sich, man kann es kaum sehen, aber ich sehe es genau. Er schläft nur.

»Ich hab meine Strafe schon bekommen. Siehst du.«

Ich laufe an ihm vorbei in den Flur, die Treppe hoch und ins Schlafzimmer. Mein Handy liegt nicht auf dem Nachtschrank, es ist nicht im Bett, nicht unter dem Kopfkissen, nicht unter der Decke, nicht zwischen Matratze und Lattenrost. Ich lasse das Handtuch fallen, hole die Reisetasche unter meinem Bett vor und den Koffer mit den ungetragenen Sachen, ziehe mir einen Slip an und stopfe die restliche Unterwäsche in die Seitentaschen, meine Bikinis, all die Tangas, ziehe mir einen BH an, Jeans, sogar Socken, ein schwarzes Top und die rote Strickjacke.

Ich nehme die Handtaschen, die außen am Schrank hängen. In die eine stopfe ich die Strumpfhosen, in eine andere die Shirts und die Zeitschriften aus dem Nachtschrank. Die Herz-Neun liegt auf einmal vor meinen Füßen. Die bescheuerte Herz-Neun. Ich zerreiße sie in winzige Fetzen und streue sie aus dem Fenster. Ich taste mir über die Wunde an meiner Stirn. Sie blutet kaum noch. Aber jeder Atemzug sticht in meinen Lungen. Immer wieder muss ich anhalten, ruhiger atmen. Ruhiger atmen!

Ich wühle mich noch mal durch die Bettdecken. Irgendwo knallt eine Tür zu. Ich kann doch nicht ohne

Handy weg. Ich kann es doch nicht hierlassen. Vielleicht ist es mir im Stall aus der Tasche gerutscht, auf dem Futterstand in die Silage gefallen oder zwischen die Spalten in die Gülle.

Zurück in den Stall kann ich nicht. Und es dauert noch Stunden, bis Jan fertig ist mit Melken, währenddessen fährt Frank schon neues Futter in den Stall und schiebt die Spalten sauber, spritzt sie ab. Die Äste der Linden kratzen über die Fenster. Ich gucke auf die Skyline von New York über unserem Bett und glaube schon, ich liege wirklich unter diesem lila Himmel, aber dann springt irgendwo ein Auto an. Es wird lauter und wieder leiser und verschwindet auf der Straße nach Thandorf.

Ich mache die Augen zu. Die Matratze ist so weich. Ich stelle mir vor, dass Jan die Treppe hochkommt und sich entschuldigt, es tut mir so leid sagt, und ich nicht weiß, was ich antworten soll. Ich streiche mir wieder über die Wunde, weil ich nicht glauben kann, dass sie wirklich da ist, dass dieser Kopf wirklich auf die Spalten im Kuhstall geknallt ist. Vielleicht hab ich alles nur geträumt, muss nur ein bisschen weiterschlafen, bis ich aufwache.

05:14 zeigt der Wecker an.

Ich könnte mich in irgendeine Bäckerei in Schönberg oder Rehna setzen und bis neun oder zehn Uhr Kaffee trinken oder in meinem Auto Kirsch. Keine Ahnung, ob ich es schaffe, Danilo wach zu klingeln.

Der Koffer schlägt gegen jede Stufe, die Taschen rumpeln gegen das Treppengeländer, drücken auf meine blauen Flecken, am liebsten würde ich alles sofort loslassen. Eine Handtasche rutscht mir von der Schulter und knallt die Stufen runter bis auf den Boden. Ich bin so vollgepackt, dass ich nicht mal in die Stube gehen kann, um mir eine Flasche Schnaps zu holen. Wenigstens höre ich niemanden in der Küche.

Nur Prinz liegt immer noch unter dem Tisch.

Die Kaffeekanne ist nur noch halb voll. Zwei Tassen stehen auf dem Tisch und die Glaskaraffe, voll mit Milch.

»Hast du mein Handy gesehen, Prinz?«

Ich lasse den Koffer und alle Taschen neben dem Herd auf den Boden sinken, krame eine große Plastiktüte aus der Schublade, gehe zurück in den Flur und sammel alle meine Schuhe ein. Wieder das Stechen, als ich mich runterbeuge. Ich kriege keine Luft, in meiner Lunge ist kein Platz mehr. Ich muss hier weg. Im Spiegel der Garderobentür sehe ich, dass schon wieder Blut in meinen Augenbrauen hängt. Ich ziehe mir die Sommerjacke an und darüber meinen Wintermantel, lasse die Tüte mit den Schuhen neben den Taschen liegen und gehe noch mal ins Bad, krame all mein Schminkzeug in die Kulturtaschen, tupfe meine Stirn mit Klopapier ab.

Als ich zurück in die Küche komme, liegt Prinz vor der Tür zum Flur. Ich sehe runter auf seinen Bauch, aber er bewegt sich nicht mehr.

»Prinz?«

Nichts. Ich will seinen Kopf kraulen, aber da sehe ich, dass blutiger Schleim aus seinem Maul läuft. Seine Augen sind auf. Er starrt einfach auf den Fußboden vor seiner Nase. Eine Fliege summt irgendwo durch die Küche. Ich drehe mich um, aber ich sehe sie nicht.

Das Fenster ist gekippt, ein kühler Luftzug bringt den Fliegenfänger zum Schwanken. Ich hieve mir die Taschen wieder auf die Schultern. Wieder das Stechen in meiner Lunge, aber ich muss jetzt gehen. Ich mache die Tür auf, steige über Prinz rüber und bin im Flur. Ich will wieder zumachen hinter mir, aber sein Kopf ist auf die Schwelle gerutscht, also lasse ich alles auf, schleppe die Taschen durch die Diele am Stroh vorbei und raus auf den Hof. Ich kann nicht mal Caro anrufen, um ihr das alles zu erzählen. Ich kann mir ein neues Handy kaufen, aber ich weiß ihre Nummer nicht.

Im Kälberstall brennt immer noch Licht, aber ich kann nicht leise sein, nur hoffen, dass Manuela mich trotzdem nicht hört oder absichtlich ignoriert. Ich schiebe die Reisetasche neben den Koffer auf den Rücksitz, stelle die kleineren Sachen in den Fußraum, ziehe mir den Wintermantel wieder aus, ganz vorsichtig, ich kann meinen linken Arm kaum heben. Ich taste nach einer Flasche unter dem Fahrersitz, finde nur den Kirsch und der ist leer.

Die Tür vom Kälberstall geht auf. Manuela, die Milchkanne zwischen ihren Füßen.

»Du gehst?«

Was soll ich hier noch, würde ich gerne sagen, aber ich kann nicht. Der Wind weht ihr die Locken ins Gesicht.

»Schade«, sagt sie, kommt ums Auto rum, auf mich zu.

Ich hätte schon längst einsteigen und wegfahren sollen. Jetzt wird es immer schwerer. Manuela bleibt auf der anderen Seite der Autotür stehen und mustert mein Gesicht, schüttelt den Kopf.

»Da bist du aber auch selber schuld«, sagt sie. »Das weißt du.«

Ich kann sie nicht weiter angucken, will auch nicht sehen, wie sich traurige Falten unter ihren Augen bilden. Ich drehe mich um und gucke zum Stall. Soll ich zurückgehen, noch einmal rein und nach meinem Handy suchen?

»Na gut«, sagt Manuela.

Ihre Latzhose ist voll mit Regentropfen. Sie dreht sich um, geht zurück zu ihrer Milchkanne. Ich setze mich hinters Lenkrad, gucke dem Regen zu, wie er über die Scheibe läuft, wie Manuela dahinter verschwimmt. Als ich sie nicht mehr sehe, steige ich wieder aus, gehe rüber zum Stall. Auf der Stromleitung schwankt eine einzelne Schwalbe.

Schon bevor ich die Tür aufmache, weiß ich, dass da nichts ist. Auf dem Boden sind nur die dreckigen Stiefelabdrücke, die ich vorhin hinterlassen habe. Das Leuchtstofflicht flackert mir entgegen. Trotz der Jacke ist mir auf einmal eiskalt und übel. Vielleicht hätte ich wenigstens was essen sollen, bevor ich die Schmerztabletten genommen habe. In einer Minute bin ich doch wieder draußen. Die Tür knallt gegen die Mauer. Ich gehe am Tank vorbei, die Stufen hoch.

Auf *Welle Nord* laufen Nachrichten, aber ich verstehe kein Wort. Jan ist ganz hinten und wischt die Zitzen sauber, während Frank weiter vorne schon das Melkzeug ansetzt. Die gemolkenen Kühe stehen im Stall und fressen. Der ganze Futterstand ist schon wieder voll mit Silage. Da finde ich mein Handy niemals. Es liegt auch nicht auf den Spalten. Die rosa Glitzerhülle würde ich sofort sehen. Wahrscheinlich ist es längst im Güllekeller untergegangen.

»Zu dir fällt mir nichts mehr ein!«, ruft Frank.

Er steht unten an der Leiter und schüttelt den Kopf, die Hände hat er auf das Geländer gestützt.

Jan sieht nicht mal auf, stöpselt einfach weiter die

Melkbecher an die Zitzen. Neben mir zappelt eine Fliege im Eimer. Ich muss dagegen gestoßen sein, denn das Wasser schwappt an den Wänden hoch. Eigentlich ist der Eimer gar kein Eimer, sondern ein aufgeschnittener Kanister. Keine Ahnung, warum mir das noch nie vorher aufgefallen ist. Die Fliege wird von einer Welle verschluckt.

»Hab ich Jan gleich gesagt, dass das nichts wer'n kann, bei dem Vater.« Er schüttelt übertrieben den Kopf. »Deine Mutter konnte auch nix anders als abhauen. Kann ja nur so wat bei rauskomm.« *Und jetzt gibt's erst mal drei Hits am Stück.* »Nu mach, dass du hier wechkommst!«

Er dreht sich um. Die Fliege ist nicht wieder aufgetaucht.

»Seh zu!«, ruft Jan, ohne den Blick von dem Euter zu nehmen, das vor ihm ausgepumpt wird.

In den Pfützen schwimmen Lindenblüten und tote Fliegen. Ich schiebe den Verschluss hoch, lasse das Tor nach außen aufschwingen, sodass es kurz vor dem toten Kälbchen zum Stehen kommt, steige ein und fahre los. Der Scheibenwischer schiebt die Tropfen zur Seite. Jetzt kann ich den nassen Asphalt sehen und den Dorfteich mitten in der Wiese. Das Wasser ist viel höher als gestern, er sieht schon wieder fast voll aus und eine Ente schwimmt neben dem Schilf. Die Häuser stehen noch ganz ruhig da. In keinem der Fenster brennt Licht.

Die Regentropfen machen mich schwindelig. Ich versuche, in den vierten Gang zu schalten, aber ich finde ihn nicht. Die Straße ist voll mit Lehm, den die Trecker verloren haben oder die Feuerwehrwagen, ich weiß es nicht. Dreck und Steinchen schlagen gegen die Karosserie. Mir ist so schlecht, dass ich kaum fahren kann. Aber hier kann ich nicht halten.

Die Büsche sind über den Asphalt gewuchert, Äste hängen über die Straße. Der Wind hat Zweige auf den Weg geweht. Gleich bin ich am Wald, da, wo Torsten mich rausgelassen hat.

Von einer Sekunde auf die nächste ist mir unerträglich heiß. Ich kurbel das Fenster runter. Regentropfen schlagen mir ins Gesicht. Ohne zu bremsen, rattere ich runter in den Wald, rutsche von der Kupplung, der Motor geht aus. Ich reiße die Tür auf, beuge mich aus dem Wagen und kotze gelben Schleim auf den Waldboden, mit weißen Tablettenkrümeln.

Eine Nacktschnecke kriecht über die aufgeweichte Erde. Wieder muss ich würgen. Ich reiße den Mund auf, aber da kommt nichts mehr. Überall singen die Vögel, und es tropft und tropft auf meine verschwitzte Stirn. Eine Ameise krabbelt um den Schaum, den ich ihr in den Weg gekotzt habe. Sie ist genauso schwarz wie der Boden, und sie läuft über einen Zweig und über ein vertrocknetes Buchenblatt und verschwindet im Gras.

Ich lasse die Tür auf, lehne mich zurück und mache die Augen zu. Wie meine Mutter also. 05:46. Ich schalte das Licht an, drehe mir den Rückspiegel zu und hole meine Schminksachen aus dem Handschuhfach, aber ich kriege es nicht hin, die Creme zu öffnen. Die Muskeln, die ich dafür brauche, quetschen meine Lunge ein, drücken auf all das, was in mir wehtut. Ich lege die Creme auf den Beifahrersitz. Der Riss über meiner Augenbraue ist gerade wie ein Schnitt und bestimmt zwei Zentimeter lang. Vielleicht müsste er genäht werden, damit es keine Narbe gibt. Das Blut ist noch nicht zu Schorf geworden, aber das winzige Rinnsal, das aus dem unteren Ende gelaufen ist, trocknet langsam auf meiner Haut.

Ich spucke auf ein Taschentuch und tupfe mir damit die Wunde ab, dann drücke ich mir ein bisschen Concealer auf den Finger und verreibe ihn mir vorsichtig auf der Stirn, unter den Augen und auf den blauen Stellen auf meiner Wange. Ich hole den Verbandskasten unter dem Beifahrersitz vor, schneide mir ein Stück Pflaster ab und klebe es vorsichtig über den Riss. Dann pudere ich mir die Nase und die Wangen, tupfe mir etwas Goldschimmer auf die Lider und tusche mir die Wimpern in *blackest black*. Dabei muss ich wieder an die verbrannten Weizenstoppeln auf dem Feld neben der Scheune denken. Sie sind so weit weg, als wären sie nur ein Traum. Die Bäume über mir knarren und knacken. Eigentlich glaube ich, dass das alles gar nicht passiert ist.

Ich halte meine Zahnbürste in den Regen, bis die Borsten nass sind, drücke ein bisschen Zahnpasta drauf und putze mir die Zähne, während die Nacktschnecke über ein Löwenzahnblatt kriecht. Eine Taube gurrt. Bei jedem Windstoß prasseln noch mehr Tropfen auf die Frontscheibe. Bevor der nächste Schwall kommt, spucke ich das Zahnpasta-Speichel-Gemisch neben die Schnecke. Für meine Lippen nehme ich *russian red*. 06:01.

Die Tür zu Danilos Wohnung steht auf. Erst wundere ich mich, weil ich ja nicht geklingelt hab und er gar nicht wissen kann, dass ich komme, aber dann steht ein Mann in Polizeiuniform vor mir.

»Moin«, sagt er.

»Moin.«

»Und?«

»Ich wollte eigentlich zu Herrn Tews.«

Weiter hinten im Flur sehe ich noch mehr Polizisten, eine Frau ist auch dabei, ihr wasserstoffblonder Pferdeschwanz fällt über die Uniform.

»Da kommen sie ja gerade noch rechtzeitig. Der is nämlich nich mehr lange hier.« Rechts neben der Eingangstür geht es ins Bad, eine Tür weiter ist die Küche. Ich muss gar nicht hingucken, um es zu wissen. Die Wohnung ist genauso geschnitten wie die von meinem Vater, sie hat nur ein Zimmer weniger.

»Scheiße«, höre ich Danilo sagen, dann kommt er aus der hinteren Tür, neben der die Polizisten gewartet haben. Er trägt nur Boxershorts, karierte, und sein ganzer Oberkörper ist voll mit Tattoos. Sogar ein winziges Hakenkreuz ist dabei, direkt unter seiner linken Brustwarze. Er sieht mich nicht.

»Der soll sich noch was anziehen«, ruft der Polizist, der neben mir steht, seinen Kollegen zu.

»Lasst mich doch ma los, ey.« Danilo verschwindet

wieder im Zimmer. »Was soll ich denn nu schon wieder gemacht haben?«

»Tja«, sagt der Polizist. »Viel Zeit zum Quatschen is jetzt nich.« Er wiegt den Kopf hin und her. »Müssen Sie sich wohl acht, neun Monate gedulden, junge Frau.«

Die Reisetasche rutscht mir von der Schulter, kracht runter auf den Linoleumboden. Ein Windstoß zieht das Badezimmerfenster zu. In der Wanne steht Wasser, das gelblich schimmert. Auf den Fliesen davor liegt ein klitschnasses Handtuch. Der Duschvorhang ist um die Stange gewickelt und schaukelt langsam hin und her.

»Das nehmen wir auch noch mit«, sagt die Polizistin und wedelt mit einem Tütchen voll mit weißem Pulver.

»Vielleicht wird's auch ein Jahr.« Der Polizist grinst.

Danilo kommt wieder aus dem Zimmer neben der Küche. Er hat jetzt ein zerknittertes Hemd an, Jeans und all die Silberkettchen um den Hals, die er beim Teichfest schon umhatte. Vor der Küchentür bückt er sich, stopft noch irgendwas in seinen Rucksack, dann zieht er den Reißverschluss zu, und als er wieder hochguckt, sieht er mich endlich. Nur eine Sekunde etwa steht er da, eine tiefe Falte zieht sich zwischen seinen Augenbrauen nach unten, sein Blick wandert von mir zurück auf den Boden. Er wirft sich den Rucksack über die Schultern.

»Bisschen spät«, sagt er übertrieben laut und, als hätte er sich selbst erschrocken, viel leiser: »Bin schon fertig mit Baden.«

Die Polizistin klickt eine Handschelle an seinem Arm fest.

»Tut mir leid«, sage ich.

»Schlüssel darf ich aber noch mitnehmen, ja?«

Danilo zieht den Schlüssel ab, der von innen im Schloss steckt, und schiebt ihn sich in die Hosentasche. Ich hieve mir die Reisetasche wieder auf die Schulter und gehe in den Hausflur zurück.

»Hab mir unser Wiedersehen auch anders vorgestellt«, sagt Danilo. »Beim nächsten Mal hab ich mehr Zeit. Versprochen!« Dann geht er umringt von Polizisten die Treppe runter. Ich folge ihnen ein paar Stufen, bleibe auf dem Zwischenstock stehen, höre die Schritte durch den Flur hallen und sehe, wie sie Danilo aus dem Haus führen, ihm die Tür aufhalten und er auf der Rückbank verschwindet. Die Polizistin steigt auf der Beifahrerseite ein, dann rollt der Wagen aus der Einfahrt auf die Straße. Ein paar Kinder stehen auf der Wiese im Regen und verfolgen das Ganze, bis ein Junge einem anderen den Ball aus dem Arm kickt. Der Ball rollt von der Wiese auf den Bürgersteig und weiter auf die Straße. Die Kinder laufen ihm hinterher, kriegen ihn erst, als er in der Wendeschleife immer langsamer wird. Dahinter beginnen die Schrebergärten. *Gartenverein Frohsinn e. V.* steht auf dem Schild über dem Tor. Daneben liegt eine Telefonzelle auf der Seite. So eine, die früher mal gelb war und jetzt total vollgesprayt ist und keine Scheiben mehr hat. Eine Birke wächst aus dem Loch, das mal das Fenster der Tür war. Der Ball knallt gegen das Tor. Ein Junge reißt seine Arme hoch, jubelt und schlägt mit einem anderen ein.

Ich weiß gar nicht mehr, wo es noch richtige Telefonzellen gibt und wie sie funktionieren. Die Nummer von meinem Vater kann ich auswendig, die vom Hof weiß ich auch. Zwei null null zwei zwei.

Ich biege ab zu den Baracken, wo die Bank ist und der Raiffeisenmarkt, und halte direkt neben den Einkaufswagen. Vielleicht sollte ich nicht reingehen. Mein Tank ist noch halb voll. Damit komme ich ein paar Hundert Kilometer weit, wenn ich nicht so schnell fahre. In meinem Portemonnaie habe ich noch 20,–, nein 25,– Euro, und 70, 80, 94 Cent. Und die Geheimzahl für mein Konto ist: 7782. Ich habe sie in meinem Handy unter *Petra* gespeichert. Ich drücke die Autotür zu, schließe ab und gehe die Rollstuhlrampe hoch.

Die Abmachung war: Ich kann kostenlos bei Jan wohnen, für das Essen muss ich nichts zahlen, und Frank überweist mir 150,– Euro im Monat. Wenn ich mehr verdient hätte, hätten sie mir eh alles abgezogen. Das hätte gar nichts gebracht. Ich schiebe die Karte in den Schlitz neben der Tür, nach ein paar Sekunden kommt sie wieder raus, der Summer brummt und ich drücke die Tür auf. Es gibt einen EC-Automaten, ein Gerät, über dem *Ein- und Auszahlungen* steht, und einen Kontoauszugdrucker. Ich hab schon ewig keine Kontoauszüge mehr abgeholt, die Bank schickt sie mir jeden Monat zu und ich werfe die Briefe ungeöffnet in den Müll. Wenn es eine Sache gibt, mit der ich mich nicht beschäftigen möchte, dann ist das Geld. Die Tür fällt ins Schloss. Ich gucke raus zu meinem Auto, das so vollgepackt dasteht, als würde ich damit verreisen.

Bitte geben Sie Ihre Karte ein. Please insert your card. Mit einem leisen Klicken verschwindet die Karte im Automaten. *Der Vorgang wird bearbeitet.* Noch ein Klicken. *Bitte wählen Sie die gewünschte Funktion aus.* Ich tippe auf *Geld abheben.* Wieder wird mir übel. Ich suche den Raum nach einem Mülleimer ab, finde aber keinen. *Bitte geben Sie Ihre persönliche Geheimzahl ein.* Ich stelle mir vor, wie ich hinter den Kontoauszugdrucker kotze und der ganze Raum nach halb verdautem Essen stinkt. *Bitte wählen Sie den gewünschten Betrag aus.* Ich tippe auf *100 EUR. Der Vorgang wird bearbeitet.* Ich halte meine Hand vor den Schlitz, in dem meine Karte verschwunden ist. Eine Sanduhr dreht sich auf dem blauen Bildschirm.

Gewünschter Betrag 100 EUR ist nicht auszahlbar. Die Kontoprüfung ergab für die verwendete Karte einen maximal zulässigen Auszahlungsbetrag von 10 EUR. Drücken Sie BESTÄTIGUNG, um 10 EUR abzuheben, oder KORREKTUR für anderen Betrag. Mir wird schlagartig heiß. Hinter der verschmierten Glastür geht ein Mann in Stiefeln und blauen Arbeitsklamotten an meinem Auto vorbei. Ein Schweißtropfen läuft meinen Rücken runter.

Ich drücke auf *Bestätigung.* Es klickt und rattert, meine Karte steckt wieder in dem Schlitz. Schnell ziehe ich sie raus und schiebe sie zurück in mein Portemonnaie. Dann nehme ich den Zehneuroschein, stecke ihn neben den Zwanziger. *Vielen Dank für Ihren Besuch!* Auf der anderen Straßenseite leuchtet das REWE-Schild. Wenn ich nur das Kleingeld ausgebe, habe ich immer noch 30 Euro in Scheinen.

Der Regen prasselt in den Teich und auf die zwei Enten, die in der Mitte schwimmen. Die Linden wiegen sich hin und her, und der Wind weht die Blätter über den Asphalt. Ganz automatisch bin ich nach links gefahren, auf den Hof zu, aber jetzt bremse ich und bleibe vor dem Bushäuschen stehen, in dem eine leere Schnapsflasche liegt.

Die Trockensteher drängeln sich immer noch unter dem Unterstand, das Hoftor ist offen, ich bräuchte nur noch ein paar Meter weiterfahren, dann könnte ich Jan nach Geld fragen. Oder Manuela. Sie würde mir bestimmt was geben. Wie konnte ich bloß diese Fanta und den Kirschlikör kaufen? Jetzt hab ich nur noch 29,70 Euro im Portemonnaie. Die Flaschen liegen unangebrochen auf meinem Beifahrersitz, noch könnte ich sie zurückgeben.

Ich lege den Rückwärtsgang ein und rolle in die Wendeschleife, dann schalte ich in den ersten Gang und biege nach rechts ab, gebe wieder Gas und holpere über die Schlaglöcher. Die Westweide ist leer, das Gras immer noch vertrocknet. Aus der Hecke mit den Kirschbäumen fliegt ein Starenschwarm auf und verschwindet über dem Weizenfeld.

Ich greife nach der Flasche mit dem Kirsch, stelle sie mir zwischen die Knie und versuche, den Deckel mit rechts abzudrehen, aber ich schaffe es nicht. Mit der linken Hand am Lenkrad fahre ich neben dem Feld her, auf dem wir das Rehkitz zerhäckselt haben. Der Matsch spritzt gegen meinen Wagen. Durch die Stoppeln sprießen schon wieder grüne Halme. Drei Kraniche schreiten darüber, mit nassen Federn, die fast schwarz sind vor Feuchtigkeit. Einer von ihnen reckt den Hals in die Luft, wirft den Kopf zurück und schreit in den Himmel. Ich weiß gar nicht mehr, wo der Trecker stehen geblieben ist. Alles sieht so grün und anders aus. Auch das Windrad ist nicht mehr leuchtend weiß, sondern dreckig und grau, die roten Lichter blinken durch den Regen.

Klaus müsste doch hier sein, um dafür zu sorgen, dass es Strom erzeugt, dass es nicht aufhört, sich zu drehen. Aber die Tür ist zu. Da ist niemand. Dabei war ich mir so sicher, sein Bus würde neben dem Elektrohäuschen stehen, und jetzt, je weiter ich auf den Berg komme, je mehr ich vom Weg sehe, der zum Windrad führt, und von der Fläche neben dem Elektrohäuschen, desto klarer wird mir, dass da niemand ist und kein Auto so klein ist, dass die Brennnesseln es vollständig verdecken.

Ich fahre weiter an der Einfahrt vorbei, obwohl ich bis eben noch vorhatte, auf den völlig aufgeweichten Weg abzubiegen. Früher hab ich mir immer vorgestellt, dass hinter dem Berg eine ganz andere Landschaft beginnt, dass da keine Felder sind, die nach Gülle stinken, sondern riesige Seen mit glitzerndem Wasser, das voll ist mit Segelbooten. Ich hab mir vorgestellt, dass da, wo wir nicht hindürfen, gar kein Todesstreifen ist, sondern ein langer weißer Strand mit Eisverkäufern.

Ich drehe noch mal am Kirsch, aber der Deckel ratscht über meine Haut, ohne dass sich irgendwas bewegt. Ich drücke fester zu, aber als der Aluminiumrand in meine

Finger schneidet, gebe ich auf. Ich lege den Kirsch zurück auf den Beifahrersitz und greife nach der Fanta. Die geht ganz einfach auf, zischt und ist voll mit Kohlensäure, und ich trinke und trinke, während ich den Berg runterrolle.

Als ich absetze, bin ich schon unten am Feldweg, der zur Scheune führt. Der Lehm ist zerfurcht von Treckerspuren und voll mit Pfützen, mein Wagen schlingert hin und her. Ich halte das Lenkrad fest, lasse die Flasche in den Fußraum gleiten und gebe Gas, bis ich die Reste von der Scheune sehe.

Balken ragen aus den Aschebergen und ein paar schwarze Mauern. An einer Stelle raucht es noch. Ich nehme meine Jacke und steige aus. Der Geruch von verbranntem Stroh und Holz ist nicht mehr so stark, aber er ist immer noch da, als würde er von jetzt an dazugehören.

Eine Windböe fegt in die Asche und weht grauen Staub auf, der in Wirbeln in die Luft steigt und rüberfliegt bis zum alten Garten. An dem Baum hängen schon winzige Birnen über den Lupinen, und die ersten Sonnenblumen haben dicke, schwere Köpfe gekriegt, von denen der Regen tropft. Es ist nur noch eine Frage der Zeit, bis sie aufgehen und blühen.

Vielleicht gräbt Jan das Grab für Prinz genau hier, neben dem von Arko. Jetzt, wo der Boden so weich ist, ist es doch perfekt. Wenn ich einen Spaten hätte, würde ich sogar selbst sofort anfangen, egal wie viele Blasen ich danach an den Händen hab. Vielleicht bin ich ja nur hierhergefahren, um ihm zu helfen, um Blumen zu pflücken, während er gräbt.

Es wird wärmer, je näher ich den Resten von der

Scheune komme, der Geruch stechender. Die Ascheberge sehen so weich aus, viel weicher als das Stroh, das
da vorher lag, als könnte man sich einfach reinfallen
lassen und drin verschwinden. Aber all die Nägel, die in
den Brettern waren, sind nicht verbrannt, vielleicht glühen sie sogar noch, irgendwo tief dadrinnen, wie Koh-
lereste am Morgen. In ein paar Tagen wird Jan mit dem
Radlader kommen und die Asche irgendwohin fahren,
bevor alles wieder zugewuchert ist. Vielleicht ist sie ein
guter Dünger für das Weidegras.

Meine Schuhe saugen das Regenwasser auf. Ich spüre
die Kälte schon an meinen Zehen. Neben der Pfeffi-Fla-
sche bleibe ich stehen. Ganz unten ist noch eine winzige
grüne Pfütze drin und ich will schon danach greifen, um
sie auszutrinken, aber als ich mich runterbeuge, sehe
ich die Schnecke, die über das Etikett kriecht. Sie hat
schon so eine glitzernde Bahn hinterlassen, als würde
ihr die Flasche gehören. Ich kann kaum hingucken, so
traurig sieht das aus, weil ich mir genau vorstellen kann,
wie Torsten den Pfeffi hierhingefeuert hat, wie er wieder
auf sein Handy geguckt hat. Aber da war immer noch
keine Nachricht von Caro. Und als wäre nichts passiert,
kriecht diese Schnecke einfach über diese Flasche, die
mal so voll war und grün.

Ein paar Meter von mir entfernt ragt die Mauer mit
dem riesigen Ventilator aus der Asche, verrußt und
glänzend nass. Ich kann kaum glauben, dass dieser
Ventilator noch vor ein paar Tagen da so hing und
quietschte, wenn der Wind in die Scheune fuhr, während ich darunter im Stroh lag.

Hinter den Brombeeren, da, wo das verbrannte Feld
wieder beginnt, ist jetzt ein Weg, ein richtiger Feldweg,

der bestimmt bis nach Lankow führt. Die Feuerwehrwagen müssen ihn in den Acker gefahren haben, um das
Wasser aus dem Löschteich zu holen, um von Lankow
aus bis zur Scheune zu kommen. Früher hat es mal
so einen Weg hier gegeben, als da noch ein Dorf war,
das hat mir Jan erzählt. Der Weg führte sogar bis nach
Lübeck, wurde dann aber immer umgepflügt, weil man
in der Sperrzone sowieso nicht weiterkam. Jetzt ver-
läuft er so gerade durch das Feld, als wäre er nie weg
gewesen.

Mein Pflaster ist durchgeweicht und die Wunde
brennt und zieht. Aber der Regen lässt nach, eigentlich
ist er nur noch ein unregelmäßiges Tropfen. Irgendwo
zwitschert es, was genauso klingt wie die kleinen
Schwalben in ihren Nestern. Ich drehe mich um, gucke
über die Felder, über den Garten, suche die zerfurchte
Wiese ab, aber ich sehe keinen einzigen Vogel.

Ich gehe bis an den Rand der Asche. Ich höre das
Zwitschern ganz genau, es klingt gedämpft, als würde
es irgendwo aus den Resten der Scheune kommen,
als ob die Küken da verschüttet wären und nach ihrer
Mutter rufen, weil sie Futter brauchen, sonst sterben
sie doch. Die Wunde unter meinem Pflaster pocht. Eine
Böe fährt über die Scheune, wirbelt mir alles entgegen,
Regen und Asche und Ruß. Ich drehe mich weg, kneife
die Augen zu, und als ich sie wieder aufmache, ist meine
Haut bedeckt mit grauem Staub, Ascheflocken hängen
in meinen Haaren.

Die Scheinwerfer von meinem Auto leuchten mir
entgegen wie zwei Augen von jemandem, der auf mich
wartet.

Im Norden sieht der Himmel schon wieder viel heller

aus, als würde über dem Meer die Sonne scheinen. Ich wische mir die Asche von den Armen und gehe auf das Auto zu, aber nach ein paar Schritten bleibe ich stehen. Meine Schuhe quietschen vor Nässe. Meine Klamotten sind klamm und kalt und kleben auf meiner Haut wie ein vollgesogenes Fell. Ich schlüpfe aus den Schuhen, ziehe mir die Socken von den Füßen. Der Schutt ist so hart, dass meine Knie einknicken für einen Moment, aber ich kann mich gerade noch abfangen, und dann fühlt es sich sogar gut an, als wäre ich ein bisschen freier als sonst. Es tropft nur noch von den Bäumen, der Regen hat jetzt ganz aufgehört

Ich ziehe mir auch die Strickjacke und das T-Shirt aus und streife mir die Jeans von den Beinen. Jetzt habe ich nur noch trockene Sachen an, ein schwarzes Top, meinen BH und einen Slip. Die nassen Klamotten liegen neben mir, dreckig und völlig unbrauchbar. Ich nehme die Schuhe und werfe erst einen, dann den anderen in die Ascheberge. Kleine Staubwolken puffen in die Luft, da, wo sie eingeschlagen sind. Also werfe ich auch den Rest der Sachen hinterher, bis alles verschwunden ist. Als die Aschewolken sich gelegt haben, balanciere ich über den Schotterweg zurück zum Auto. Die Sonne ist wieder da und glitzert in den Tropfen auf meiner Motorhaube. Drinnen ist es warm und trocken. Ich kurbel das Fenster runter und fahre los, an den Brombeersträuchern vorbei auf den neuen Weg. Meine Reifen schlingern durch den Lehm, und ich rutsche immer wieder von der Spur in die verkohlten Stoppeln, halte das Lenkrad fest, steure dagegen. Der Kirsch schaukelt hin und her, und ich will schon wieder anhalten, um ein bisschen was zu trinken und mir alles noch mal zu überlegen, aber dann fällt mir ein, was Jan mir mal erklärt hat, als wir im Frühling mit dem Trecker übers Feld gefahren sind. »Nur, wenn man zu langsam fährt, bleibt man stecken.« Also werde ich einfach immer schneller.

Danksagung

Ich danke Marius Hoffmann, Ursula Kirchenmayer, Elisabeth Botros, Cornelia Bengsch, Stefan Vidović, Thomas Klupp, Valentin Tritschler, Antje Rávic Strubel, Ulrike Ostermeyer, Widu und Felix Herbing sowie der Hansestadt Rostock.